學術著作◆大專用書

童話創作的原理與技巧

蔡尚志 著
國立嘉義師範學院教授

五南圖書出版公司 印行

自序

小時候，讀過一些翻譯的西洋童話，深為那些神奇詭異的情節、生動有趣的人物所感動，因而在腦海裡留下非常深刻的印象。六十九年起，我意外地獲得教授「兒童文學」課程的機會；從此，閱讀兒童讀物、研究兒童文學理論就成了我平日的主要工作了。

先摸索了幾年「兒童詩歌」後，我的研究領域自然而然轉向「兒童故事」。七十八年，我撰寫並出版了《兒童故事原理》；八十二年，又與林文寶、徐守濤、陳正治等三位先進，共同在國立空中大學講授「兒童文學」。這些年來，我尤其對所謂的「童話」，有了更深的思考和瞭解，也有一些樂觀的期待：

一、在國內一向被看做只是兒童故事的一個門類的「童話」，在取材多元化的趨勢下，未來的發展是否能蔚為大宗，取「兒童故事」的名稱而代之？換句話說，以後一切的故事體兒童文學作品，不但以「童話」的專名稱謂，而且取法「童話」的創作技巧，提昇品質，不再為歧異的名目（如神話、傳說、民間故事、生活故事、歷史故事等等）

所拘束，以致自我局限，難以突破。

二、國內的「童話」，為什麼一直寫不好？是童話作家的想像力不夠？還是技巧不好？兒童對童話的需求是那麼殷切，兒童讀物的出版事業又那麼發達，童話作家已不缺發表的園地，應該有更多觀摩比較與鍛鍊的機會。

無庸置疑，國內有關「童話」創作的理論研究專門著作太少了。反觀海峽彼岸的中國大陸，大學裡早已設有兒童文學研究所，大量培養兒童文學的師資及高層理論研究人才，因而有各式各樣的兒童文學理論著作的發表與出版。稍一比較即可發現，近年來中國大陸所發表或出版的童話作品，水準遠遠超過我們。

國內自七十六年師專改制為學院以後，「兒童文學」規劃為共同必修科目，每一個學生都必須修習「兒童文學」；我們在欣喜之餘，更覺責任重大。一來，以往國內的童話作家，以師範教育體系出身的最多，現在的師範生在培育時期，也理當需要接受札實的兒童文學理論教育，以便在日後的創作或教學上有一番作為。二來，近年已有不少年輕作家投入童話創作的行列，他們可能沒有機會像師院生一樣，接觸兒童文學的理論；他們也許更迫切需要閱讀一些有關童話創作的理論書籍，以為創作的參考。

有鑒於此，我從三年前就開始進行本書的撰述，分別徵引各類文學理論，從題材、主題、人物、情節四個層面深入歸納、闡論童話創作的原理；精選各國童話名作，分析、探討名家獨特優越的創作技巧。本書撰述期間，歷經三度增芟修正，務求詳贍周延、系統嚴謹，絲毫不敢掉以輕心。盼望本書的寫成，能提供若干可資參考借鏡的原則及方法，減少新一代童話作家自我摸索的困擾及挫折。

本書的撰述，承蒙多位學者專家提供高見，一再關心鼓勵，特此致最誠摯的謝意。

蔡尚志
一九九六年五月十日
序於嘉師語文教育系

目次

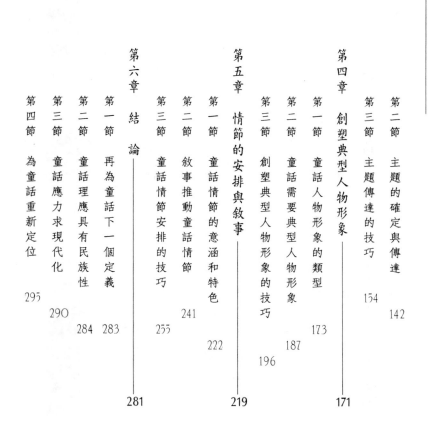

第一章

緒論

童話，是一種專爲兒童創作的帶有濃厚幻想色彩的故事體作品，是兒童文學中最重要的一種體裁，也是兒童文學的主流。

在中國，「童話」一詞，周作人先生認爲「是從日本來的」（註1），周氏以後的兒童文學研究者也都認同這個說法。西元一九〇九年（宣統元年），上海商務印書館高級編審孫毓修先生編譯了西洋兒童故事《無貓國》，創刊《童話》叢書，並撰寫〈《童話》序〉（註2），一直到一九一六年，前後共編譯了七十七冊《童話》（註3）。這是「童話」一詞，最早在中國被引用的情形。

日本所謂的「童話」，則是「泛指一般的兒童故事」（註4）。檢視孫毓修先生所編譯的《童話》叢書，一共包括了二十九種中國歷史故事、民間故事、寓言及四十八種改寫的西洋神話、傳說、民間故事、寓言、史詩、小說名著，範圍廣泛，正吻合日文「童話」的語義。孫毓修先生不僅引進了「童話」這個詞彙，更使新一代的中國兒童有了適合他們閱讀的兒童讀物（註5）；所以，他當仁不讓地成爲「中國有童話的開山祖師」（註6）。「五四運動」以後，中國的文人學者，如鄭振鐸、魯迅、周作人、趙景深、吳研因、茅盾等人，更熱衷於童話的提倡、研究、翻譯及創作，童話因而普遍受到國人的重視。

然以西洋的標準而言，中國古來，不僅沒有「童話」之名，也無「童話」之實；這是因爲中國古來就沒有專門爲兒童創作的或眞正適合兒童心理及閱讀需求的故事性作品。早期中國的兒童讀物，如《三字經》、《百家姓》、《千字文》、《神童詩》、《幼學故事瓊林》等，都偏重在識字或倫理道德教育，注重強制的灌輸，既沒有趣味性，也沒有文學性；兒童的年紀稍長，讀的更是四書五經、載道文章、聖賢格言，把兒童當做「小大人」看待，硬塞給他們修身、齊家、治國、平天下的大道理，缺乏尊重兒童性格及心智發展的覺悟。鄭振鐸先生譴責這些對兒童一味注入「忠君孝父的倫理觀念；顯親榮身的利己主義；安分守己的順民態度」的讀物，「簡直是一種罪孽深重的玩意兒」（註7），這是時代背景使然，西方早期的兒童讀物，也以灌輸基督教義爲主，情況相當類似。再說，中國古籍裡雖有不少神話、傳說及寓言作品的收錄，六朝以後更有不少志怪傳奇及笑話作品；尤其宋元明清的章回小說，像《三國演義》、《水滸傳》、《西遊記》、《鏡花緣》、《聊齋志異》裡，也有許多生動有趣的故事，但這些都是成人的專利品，「子不語怪力亂神」，是不許兒童去碰觸的。唐代段成式所著《酉陽雜俎》續集〈吳洞〉裡所記載的「葉限」故事，民俗學者把它歸類爲「灰姑娘」型故事，可是有更多的學者把它列入「神怪故事」，認爲它「所說的事是成人的人生，裡面所表現的是恐怖，決不能和童話相提並論」，以童話「所表現的是兒童的人生，裡面裝了快樂呀！」（註8）的理由加以駁斥。我們可以肯定的是，上述這些故事本來就不是爲兒童而寫作的，完全是以成人的眼光和需要來寫的，它們雖然具有民俗學的意義和價值，但是不能輕易地把民俗學的研究材料等同於「童話」，如果它們並不適合於兒童的閱讀，終究是不能認定爲「童話」的。

台灣近年來，由於經濟富裕、教育普及，兒童深受重視；相對地，兒童文學的創作和出版，也呈現著一片欣欣向榮的局面。童話是兒童文學的主流，如何提升童話的創作水準，造福兒童，甚至寫出足以崢嶸國際兒童文壇的童話作品，尤應加以重視和關注。

第一節　童話的發展

「童話」源於民間故事。《格林童話》中「童話」一詞的德文爲 Märchen，即含有「童話」和「民間故事」兩個意思，童話學者認爲，「這說明在最初，『童話』和『民間故事』事實上是一個東西——至少是一對孿生兄弟。」（註9）

人類一有語言，就有了簡單的故事了。遠古的先民，將他們對生活的感受、對各種自然現象的解釋、某些從生活中總結出來的簡單價值觀或幼稚的哲理、某些萌芽狀態的宗教思想，以單純樸拙的語言、淒美的想像，編造出許多故事來。他們編造故事的目的，除了娛樂以外，就是生活經驗的傳授與交換，動機非常單純。

歐洲在中世紀時，仍然沒有兒童的概念，社會普遍是長幼雜處、同宴共樂的（註10），大人們隨時隨地講述他們編造的故事，而兒童也一起在旁傾聽享樂，不知退避；因此，大人們的故事，也同時成爲兒童的故事，兒童一樣從成人講述的故事中得到娛樂和教訓。蘇軾《東坡志林》卷六，即有：「王彭嘗云：塗巷中小兒薄劣，其家所厭苦，輒與錢令聚坐聽古話。至說三國事，聞劉玄德敗，頻眉蹙，有出涕者，聞曹操敗，即喜唱快。」（註11）的記載，可見，中國古代的兒童，也以聽說書人改編的民間故事爲樂。

不論中國或外國，情況都是一樣的。在還沒有人專門爲兒童編寫故事的時代，兒童沒有屬於他們自己的童話，可是，他們並不寂寞，他們分享成人喜愛的民間故事，並且從中得到快樂和薰陶。所以，可以說：在遠古的時代，已經有了童話的雛形了。

回溯「童話」的發展及演進，正如成人文學一樣，是從集體創作、不斷演化的口傳階段，進入文字記述、趨於穩定的書面階段。最後才發展成飽含文藝氣息、講究手法技巧、具有作家獨特風格的創作階段。

壹 古典童話

初期的童話，我們通稱為「古典童話」。

「古典童話」又可分出「口述的民間童話」及「署名的民間童話」兩類。

人類自有語言開始，就有了各種神話、傳說、民間故事、寓言、笑話等的產生，當時雖然沒有文字，它們卻以口傳的方式，活潑而開放地在各種族群聚會中熱烈地流傳著，並且自由而蓬勃地發展起來。由於娛樂及經驗傳遞的需要，不只大人喜歡彼此講述故事、樂於聽別人講故事，小孩也因為隨著大人聽故事而產生濃厚的興致。後來，專事養育照顧小孩的婦女或兄姊，更樂於轉述自己熟悉的故事，藉以娛悅年幼的子女或弟妹。於是，大人們就逐漸懂得利用講述故事來教育自家的孩子們；他們用適合兒童口味的神話、傳說及民間故事，向兒童歌頌犧牲奉獻、捨己為人的可貴，宣揚勇敢、正義、謙讓、施捨、勤勞、節儉的美德，揭露自私、貪婪、詭詐、狠毒、蠻橫、殘暴的醜惡，更用寓言赤裸裸地來訓誡規勸兒童，藉以發揚族群精神，傳授待人處世的道理，維繫風俗傳統於不墜。

文明發達以後，才有一些有理想、有遠見的學者文士，基於各種不同的理由，將那些變動多歧、傳述互異的口述民間故事，加以蒐集、整理，用文字記述下來，這才有了書面的民間故事。

世界上最早的書面童話集，是西元一世紀印度的《五卷書》，它是一部由五個大故事和七十七個小故事編綴而成的系統化民間故事集，內容以動物故事爲主，其次是人與動物的故事、人的故事。這是一部爲少年王子而編寫的民間故事集，目的在向少年王子傳授統治國家的經驗，故事生動活潑，寓意深刻，饒有機智，富於教育和啓示，有轉愚啓慧的作用，可以說是一本採擷自印度口傳故事的精華本（註12）。西元十六世紀成書的《一千零一夜》民間故事集，收集了「阿拉伯化」的印度故事、波斯故事、希伯來故事、北非故事、古希臘故事，集神話、傳說、神魔故事、智慧故事於一書；這些故事，想像豐富而奇特，濃厚的浪漫色彩，閃耀著奇幻異彩，著名的〈阿拉丁神燈〉、〈阿里巴巴四十大盜〉更是兒童耳熟能詳、神往不已的故事（註13）。

《五卷書》和《一千零一夜》，雖然是以文字寫定的民間故事集，但是因爲沒有記述者的姓名，學者一概把它們列入「口述民間童話」的行列。

口述民間童話的特色是——自由流通、靈活演變。由於不受文字的拘束，當時的民間童話反而得到了自由流通的生機；甲地的民間童話，因商賈或旅人的口述，迅速而廣泛地傳到乙地，乙地的民間童話也以同樣的方式傳到丙地。口述民間童話在流通的過程中，有的不被喜歡和接受而淘汰了；那些美的、有趣的部分被接受而保留下來，甚至被補充或變造，獲得永恆而輝煌的生命。《一千零一夜》中的許多故事，歷代的學者早已從印度、古希臘、中東、北非等地區的民間故事考察出它們的前身。在歐洲老少咸知的〈小紅帽〉與中國的〈虎姑婆〉情節基本類似，中國的〈葉限〉與德國的〈灰姑娘〉也頗爲雷同。它們之間是否有過交流？是從中國傳出的，還是從歐洲傳進的？雖已無從考證；但是，口述民間童話在周遊列國時，被各地的轉述者因時就地加進一些個人的想像及渲染，挹注新的人物和情節，轉換新的主題思想以符合國情，則是聽任轉述者個人的自由，無意識地靈活演變。因此，數千年以後，我們讀它們時，發現它們的輪廓和情節，彼此都有大同小異的熟悉感和親切感。

西元一六九七年，法國法蘭西學院的現代派院士貝洛爾（Charles Perrault，1628—1703 A.D.）不顧毀譽，毅然決然地出版了「含著啓示的古老故事集」《鵝媽媽的故事》（Les Contes de ma mere loye），收集了〈睡美人〉、〈小紅帽〉、〈藍鬍子〉、〈穿靴子的貓〉、〈仙女〉、〈灰姑娘〉等十一篇膾炙人口的民間童話。貝洛爾以忠於口述的精神，藉著洗鍊簡潔而不失文雅的文筆，保存了法國民間故事對比鮮明、富於幽默感的特殊魅力。屠格涅夫如此評論說：

> 從他的童話裡還可以感受到我們曾經在民歌中感受過的那種神韻；他的童話裡所具有的正是那種奇幻神妙和平凡樸質、莊嚴崇高和活潑快活的糅合物——這種糅合物才眞是名副其實的童話構思區別於其他文學樣式的特徵。（註14）

法國文學史和比較文學家保羅・亞哲爾（Paul Hazard,1878—1944A.D.）在一九三二年發表的《書・兒童・成人》（Les Livres, Les Enfants et Les Hommes）一書中更說：

> 貝洛爾帶來了黎明般舒爽的氣息，他的特質是怎麼也說不完的，輕鬆而又幽默，快活又優雅。他不會勉強造作，不會有沈重的負荷，……他自己先沈醉在作品中獲得快樂，好像是爲了自己要享樂而說著故事似的。（註15）

貝洛爾因爲在對「口述民間童話」的蒐集、整理和記述上，取得了劃時代的成就，因而被後人尊奉爲「世界童話之祖」，「署名的民間童話」就於焉產生。

一八一二年和一八一五年，兩位德國兄弟雅各・格林（Jakob Ludwig Karl Grimm，1785—1863A.D.）和威廉・格林（Wilhelm Karl Grimm,1786—1859A.D.）先後出版了兩卷《由格林兄弟蒐集的兒童與家庭的童話》（Kinder-und Hausmarchen gesammelt durch die Bruder Grimm）。初版時共收集了一百五十六篇童話，到了一八五七年七版時，已增加到兩百零一篇（註16）。

兩位格林兄弟，本來都是語言學教授，他們收集德國民間童話的目的，是爲了追溯德語的語根，進行語言的研究，以保存及復興日耳曼民族的文化，根本沒有想到孩子們。可是，後來他們卻對民間童話發生了非常濃厚的興趣。格林兄弟經常返回他們的家鄉卡瑟爾，拜訪鄰近的百姓，向當地的農民採集一些鄉土風味濃厚的民間故事。尤其是碰上了一位叫菲梅妮的五十歲農婦，對他們的幫助特別大。威廉・格林有這樣的記述：

> 她記得很多傳說和故事，……她愼重的，確實的，生動活潑的，就像暢流的河川那樣，滔滔不絕的把故事說給我聽。我請她說慢些，果然就放慢了速度，緩緩的，反覆的說下去，這樣我才能順利的記下她的話，也就是一個字，一個字毫無遺漏的記下來，因此誰都不會看錯了它的眞實性。（註17）

他們甚至還請女傭們用方言說故事給他倆聽，女傭們雖然覺得驚訝，卻很樂意幫忙；各地方的熱心人士，也紛紛把故事當做禮物送給他們，這使他們蒐集到更多、更好的口述童話資料。

格林兄弟以嚴謹的態度，「一個字，一個字毫無遺漏的記下來」他們直接聽到的故事，「忠實記錄而寫成的，絕非憑空杜撰」（註18），以保存德國民間童話的眞實性。由於他們的學養豐厚，所以在整理童話時，「具有充分批判的敏銳眼光和正確選擇的鑑賞能力」，「在敘述上具有駕馭舊文體的本領」（註19），「使它們在語言上規範化，從而在近代（十九世紀）的德語中成爲具有高度文學性的讀物」（註20）。這兩百零一篇童話，所以標榜爲「兒童與家庭的童話」，可能是兩位兄弟深切體悟到家庭團聚時，長輩們慈祥認眞地爲孩子們講述童話，而孩子們也愉快滿足地聆聽著的那種和樂融洽的氣氛。

格林兄弟記述的童話，不僅早已成爲德國家庭的典藏本，而且也成了世界各國兒童珍愛的讀物，是世界公認的「古典童話」的經典作品。

在蘇俄，大文豪列夫・托爾斯泰（Lyoff Nikolaievitch Tolstoy,1828—1910A.D.）也曾匯編了五十多篇、兩卷本的《俄羅斯民間故事》。他的童話的特點是：既不拘泥於這些民間童話口傳的形式，也不用文學的語言來改寫他們，而是從無數主題相同而講法不同的故事中，先挑出最有趣和最基本的一種，再用別的同類故事的生動的語言和情節來豐富它，保存了它們的一切民間風格，從而貢獻給讀者具有一切語言富藏和故事特點的眞正民間童話。托翁的匯編法，比諸前述幾種古典童話，尤其具有獨創性（註21）。在我國，托爾斯泰的童話〈狼來了〉、〈大蘿蔔〉、〈狼和山羊〉、〈狗和自己的影子〉等篇，長期以來一直被選入小學國語課本，寓意深刻。

總結來說，「古典童話」階段有三個成果：

一、早期的口述民間童話，在流傳的過程中雖然免不了有了某些無意識的加工，即便是後來進行記述整理的作家，也都嚴格恪守「述而不作」的謹愼態度，以信實爲宗旨，絕對不敢妄加任何自創的情節，以保存民間故事的原始風味，維護自然淳樸、活潑風趣的本質。他們甚至不敢運用太典雅優美的文學語言進行改寫，深怕把童話寫得太雅緻了，因而傷害到故事本身的韻味；他們僅止於對那些過於粗劣罕見的方言、不合時宜的古語及不夠普遍流暢的文句，略加修飾而已，作品中一點也看不出作家們的個人風格。

二、數量可謂汗牛充棟，內容則大致包括三大類：（一）出現神魔、鬼怪、巫婆、精靈、仙人等超人形象，他們以超自然的法力或魔術，駕馭神奇的寶物，以爲情節發展的主要動力的「魔幻童話」；（二）以歷史或現實人物爲主角，運用了幻想和誇張的技巧，將他們的行爲和經歷加以神奇化的「傳奇童話」；（三）以動植物或其他自然物做爲主要角色，通過擬人化開展情節的「動植物童話」。然而，這些童話都不重視人物刻劃，所出現的都是概念式的「類型人物」。

三、從《五卷書》的成書，到一八三五年丹麥安徒生的第一本創作童話集《講給孩子們聽的故事》的出版，前後橫亙的漫長歲月將近兩千年。由於長時期經驗累積的成果，使後代的童話創作家繼承了豐富的資源，他們深切體悟了童話的精神特質，把握了童話創作的規律，運用各種表現的技巧，對後來童話的創作，有了實質的助益。後代的童話作家，因此得以青出於藍，創作的業績突飛猛進。

貳　作家童話

安徒生（Hans Christian Andersen,1805—1875A.D.）是「作家童話」的奠基者，他開啓了作家創作童話的新紀元。他的出現，使「古典童話」脫胎換骨，他爲童話的發展寫下了更光輝燦爛的新頁，是世界童話史上的盛事。他也是童話史上最偉大、最不朽的「現代童話」代表性作家。

安徒生是一個集詩歌、戲劇、散文、小說於一身的全能作家。當年剛屆而立之年的安徒生，已經是一個蜚聲歐洲文壇的大作家了，卻突然以不可遏抑的熱情，挾著高度的創造力，用充滿詩情的筆觸，完成了四篇童話，出版了世上第一部自創性的童話集——前三篇《打火匣》、《小克勞斯和大克勞斯》、《豌豆上的公主》雖然是由民間故事改寫而成的，卻是「用自己的手法敘述了我兒童時期聽到的古老故事」（註22）。他爲舊的童話加進了新的情節，注入了新的主題意識，完全不同於前期「古典童話」的風貌；第四篇《小意達的花兒》則完全是一篇別出心裁的創作。後來，他竟全然無視於親友們的阻撓、嘲笑、責難和詆譭（註23），更全心全意地創作童話。

安徒生出身寒微，在那個講究身世的保守時代裡，他受盡排斥、惡評和屈辱，可是他卻當仁不讓，一往直前，他自己說：

> 在我對童話的癖好日益增長時，我聽憑自己的感情衝動，因此大多是我自己創作的。下一年新的一冊出版了，之後不久又出版了第三冊，其中最長的故事《小美人魚》（台灣本通常譯做《人魚公主》，葉君健則譯做《海的女兒》）是我自己的創作。這個故事特別引起人們的興趣，並由於以下各冊的出版而使這個興趣日益加深，以至每年聖

誕節出版一冊，如果哪個聖誕節沒有我的童話，聖誕樹就將因此失色了。（註24）

由於持續不退的「衝動」和「興趣」，安徒生一生中用了四十三年的時間，創作了一百六十六篇童話（其中只有兩篇沒有發表）（註25），並且因而榮獲丹麥國王的動章。在世界的童話作家中，很少有人像他一樣，維持那麼長的創作期，爲兒童創作那麼多的童話；更沒有人像他那樣，擁有那麼多的讀者，獲得那麼多的殊榮。

安徒生所創作的童話，明顯地可以分成三個時期。第一期（一八三五—一八四五）的十年中，他所寫的童話是專門給兒童看的，所以他把這一期的童話作品叫做《講給孩子們聽的故事》。這一期作品的特色是：充滿了美麗的想像和浪漫的色彩，洋溢著開朗樂觀的情懷。他把第二期（一八四五—一八五二）的作品，稱爲《新童話》，在風格上有了很大的轉變，寫實性增強了，浪漫色彩逐漸褪去。這個轉變，我們可以從《賣火柴的小女孩》中明顯地看出來，這是由於「安徒生進入中年以後，心情產生了某些變化。他經歷的生活更多了，他對人生的體會也更深了」（註26）的關係。這一期作品的特色是：浪漫主義與現實主義結合，感情更激越。然而第三期（一八五二—一八七三）作品，內容則幾乎全是描寫現實生活的小說，浪漫色彩沒有了，而且氣氛變得更深沈，思想更悲觀蒼涼，安徒生通通把它們叫做《新的故事》。

第二期以後的安徒生童話，已經有許多篇不適合給兒童看了，因爲社會批判性及人生諷刺性太強烈，而且筆調沈鬱灰暗，兒童也不見得能夠體會。

只就安徒生壯年以前那些適合給兒童看的童話而言，就已經有了空前的開創性成就：

一、題材寬闊清新

安徒生「在『童話』這小小的框框裡面，容納了宇宙的所有舞台」（註27）。看他的童話題材，有哥本哈根磚造的住家、紅色的大屋頂、青銅色的圓屋脊、被陽光照映得亮麗發光的聖母堂塔頂的十字架、沼澤和森林、迎風搖曳的柳枝，斯堪地那維亞本島，冰雪封凍的冰島，機趣理智的德國，優雅靜謐的瑞士，陽光普照的西班牙、葡萄牙，水都威尼斯，美術之都羅馬，歌劇聖地米蘭，繁華都城巴黎，沙漠之國埃及，神祕的波斯，古老的中國，人魚公主居住的深海，天鵝群掠過的天空，它們的形形色色，都透過安徒生詩情畫意的筆調，躍然在童話裡，絢麗迷人，令人遐思。他那麼自由開放地捕捉各式各樣的題材，範圍寬廣遼闊，無所不包，使童話有了清新動人的題材，且爲童話增注了「現代」的新氣象。

安徒生的童話，結合了浪漫主義與寫實主義的創作手法，塑造了獨樹一格的個人風味，遠遠超越了貝洛爾、格林兄弟的成就，使童話眞正成爲一種成熟的文學新品種。他不但爲童話創作開闢了一個廣闊的天地，也造福了以後的童話作家，使他們有了更自由馳騁才華的空間。

二、形象精彩動人

安徒生的童話，特別擅長於形象的描繪，不管是人物或景物，他都描述得非常精彩動人，這是只偏重於事件敘述的古典童話所無法比擬的。

古典童話不重視人物描述，童話人物都是世代因襲的「類型人物」，性格絕對而固定，缺乏變化。安徒生的童話人物，則是「典型人物」，具有獨特鮮活的性格，因此，他們在童話中的形象，每因時空的不同而各具趣味和風格。醜小鴨的堅毅不撓，力爭上游；人魚公主的純潔無私，爲追求人的靈魂而放棄榮華富貴，最後不惜犧牲寶貴的生命；錫兵對愛情的忠誠堅貞，至死不渝，宛如軍人誓死如歸的情操。他們各有各的人格特質，各自堅執自己的尊嚴，個性鮮明，絕不苟且模糊。

安徒生對景物的描繪，也是清晰精緻而不含糊的。《海的女兒》描繪奇妙富麗的海底光景，令人不禁要瞠目驚歎；《白雪皇后》清晰地揭開了冰雪世界的神祕面紗，呈現出何等奇異的美景。安徒生童話中一幅幅奇異而美麗的圖景，帶領世界各地的兒童，盡情地去遨遊異國的山川景色，享受別致的異國情調。

三、想像奇妙脫俗

安徒生運用各種文藝創作技巧去寫童話，因此，他能在「有生命和無生命的靈魂中出入自如」（註28），展現奇妙瑰麗的想像世界。他並且在童話中注入了濃厚的詩情，使他的童話脫俗而充滿詩情畫意。身材小得只有半截拇指長的拇指姑娘，人小卻志氣高遠，她生活在陰暗艱苦的環境中，卻有高尚的追求光明和自由的偉大心靈，因而經歷了種種非常人所能想像的求生歷程。那個出身貧賤而可憐的賣火柴小女孩，在受盡饑餓凍餒而不能免於一死時，慈悲的安徒生爲她創造了垂死前完美的人生憧憬，給窮苦的兒童一個瑰麗的承諾，做爲永恆的安慰。

從小就樂觀熱情而愛幻想的安徒生，還能透視萬物的靈魂，加以幻化成形——錫鑄的玩具兵有著純潔高貴的戀情；陶瓷做的老人、小牧羊女及掃煙囪工人是一家人，他們各有自己的情懷和打算；靈巧而善體人意的夜鶯，爲罹患重病的中國皇帝唱出悅耳動聽的歌聲，替他趕走邪惡的死神，最後竟拒絕了皇帝的賞賜，飛向窮苦的人群，去爲人類唱出祝福的歌。安徒生如此悠游地出入於它們的靈魂深處，跟他們融洽相處，跟他們共歡樂、同甘苦。

四、思想進步可貴

古典童話的作者因爲堅持「述而不作」的原則，所以向來都忽視了作品的思想性。而安徒生一向是用他的「一切感情和思想來寫童話」（註29），他在創作時，除了重視情感的流露外，更注意思想的傳達。

安徒生在童話中所傳達的思想，是進步的、積極的，是晶瑩可貴的。《夜鶯》在宣示：人生以服務爲目的，爲人服務是快樂的事，不需要接受報答或賞賜。《拇指姑娘》在告訴兒童：人要有遠大的理想，只貪圖溫飽富足的生活，是庸俗的、自私的、沒有希望的。《醜小鴨》提醒人：人最重要的是要有高貴的品德，愈是遭遇到挫折和困頓，愈需要冷靜沈穩，愈需要謙虛待人。《飛箱》的主題思想是：人要獨立謀生，不能依賴別人，心存僥倖是非常危險的。

閱歷豐富、人生體驗深刻的安徒生，在童話中恣意表達了他對現實人生、社會狀況的種種見解和立場，因此他的作品饒富哲理意味，深具思想性和啓發性。他提高了童話的思想層次，豐富了兒童的心靈；使得他的童話更爲雋永耐讀，對兒童發揮了正面積極的意義。安徒生不只是改變了童話的體質，更提昇了童話的水準，給予後來的童話作家許多的啓示和鼓勵。這是童話史上的一大躍進。

參　小說童話

自從安徒生開創了童話的新局面以來，繼之而來的是歐洲產業革命的成功，中產階級興起，他們追求現代化與新思潮，重視兒童的教育，一時蔚成沛然莫之能禦的風尚。爲了給予兒童更好的教育，人們急切需要有更多、更好的兒童讀物，以滿足兒童閱讀上的需求；於是，各國（尤其是英國）的童話作家適時遙起雲湧了起來，他們無不投入全部的心血，苦心戮力地創作，而且獲得了豐碩的成果。

比安徒生的作家童話更進一步的，是更重視藝術空間建構的「小說童話」（fantasy）。所謂「小說童話」，是指「以純幻想爲重點的小說性童話」，是一種「氤氳著奇幻色彩的童話世界」（註30）；童話的故事起始於現實世界，旋又轉入使人感到非比尋常、離奇瑰麗的幻想的「童話世界」，並行或交錯地發展；「現實世界」以眞實的人物和背景做爲故事的基礎，而在另一個「童話世界」（英國作家約翰・托爾金稱為「第二世界」）裡，人物則藉助於魔幻事物隨心所欲地變來變去，營造詭異神祕的氣氛和情境，產生撲朔迷離的藝術效果。

「小說童話」顧名思義就是「小說化了的童話」，早已濫觴於安徒生。安徒生本來就是一位小說家，自然而然會以小說的筆法來寫童話，這實則是一項前無古人的「嘗試」，但由於缺乏理論依據，不但得不到當時文學界的支持和肯定，更遭受到時人無端的責難和詆毀（註31）。安徒生雖然獨樹一格，卻曲高和寡、不獲青睞，因此，當時的作家沒有人敢效法跟進。

直到十九世紀後半葉，由於社會劇變，思想革新，「兒童觀」進步開放了，童話作家才意識到要「用詩意的眼光來看待兒童，用幽默的情趣來感覺兒童，用愛心來與兒童相處，儘量供給孩子快樂的、親切的、美麗的讀物，以引發兒童感受藝術的興趣，發展其想像力，使之善於幻想和假設，培養其獨創性」（註32）。風流所及，不同志趣、不同學養、不同個性、不同表現風格、不同藝術專長、不同流派的作家，都紛紛投入童話的新天地裡，崢嶸頭角，一展才華。於是幽默趣味的童話、含有民間童話因素的童話、純然幻想性的童話、擬人化動物童話、科幻童話、玩偶童話、甚至於思想觀念有爭議性的童話，也紛紛在美洲、歐洲本土、蘇俄、北歐、日本等地登場（註33）。

「小說童話」延續作家童話以來的優秀品質，比諸「古典童話」有三個革命性的進步：

一、結構靈活多樣，不像古典童話有一套僵硬固定的敘述程式。作家爲了展現個人獨特的敘事風格，往往不惜隨意調遣、取捨寫作材料，進而按照自己的邏輯進行主觀的改造。童話的結局未必是「大團圓」，不乏以淒美感傷的悲劇收場，甚至不做明確的交代，留給讀者開闊的思考空間。

二、典型人物形象的創塑。古典童話的重心在故事的發展，人物只是用來遂行主題目的而已，向來不被重視，以致性格刻板、形象模糊。小說童話作家深知人物形象的刻劃以及心理的描寫，遠比魔幻歷險的平鋪直敘來得重要；因此，不但注意到人物特殊性格的刻劃，並且深涉到人物心理的把握。這種自覺，使得童話人物形象的創塑，由人物一般通性的平面描述，進步到人格特性的立體刻劃，如同小說中所刻劃的人物一樣，使讀者覺得更栩栩如生、眞實可信。

三、作家個人風格及魅力的具體展現。古典童話「述而不作」的因襲風氣，限制了作家的表現空間。小說童話則解除了對作家的種種禁錮，作家從此可以大膽地在童話裡投入自己的感情，滲入個人的理念，讓個人的學養展露在童話的字裡行間。同時，作家能更自由地把個人的風格、時代的精神特徵、流行的具體事物、生動幽默的對話，引進童話，形成自己的藝術風格；尤其，作家在敘述時能嫻熟運用精確、傳神而富情感的語言，更能具體展現自己的文字魅力。

西元一八六五年，英國的數學家路易士・卡洛爾（Lewis Carroll）出版了遊戲性十足、想像詭異而近乎荒謬的《愛麗絲夢遊奇境》，首開其端；一八七一年，他又出版了性質相同的《愛麗絲鏡中奇遇》，兩書都風靡了整個英語世界。

一八八一年，義大利的科洛狄（C. Collodi）發表《木偶奇遇記》，成功地突破了傳統「教育童話」的寫法；童話人物不是「模範生」，而是不知天高地厚、膽大妄為，有許多壞習慣的平常孩子。科洛狄完成了一部別致的新式教育童話，成為廣受兒童喜歡的代言人。

一八八六年，另一個義大利作家亞米契斯（Edmondo De Amicis）出版了系列童話《愛的教育》，以極其煽情的筆調，宣揚愛國主義，誘導兒童化小愛為大愛，是一部以主題意識掛帥的童話集，卻能異軍突起，堪稱一絕。

一八八八年，英國唯美作家王爾德（Oscar Wilde）出版了《快樂王子及其他故事集》，以磅礡的氣勢，揭露現實社會的不公不義，強烈批判人間的自私、卑鄙、愚蠢和醜惡，發揚了悲天憫人的人道主義。王爾德淋漓盡致的寫實風格，對兒童的提早社會化，有推波助瀾的作用。

一八九四年，加拿大的「動物文學之父」西頓（Senton）發表了第一篇動物童話《狼王羅勃》，此後五十年中，他一直創作不輟，極力描述動物在大自然中求生的悲壯事跡，表現動物世界裡奔騰、神祕的生命活力。同一年代，英國的吉卜林（Kipling）也相繼爲兒童寫了以叢林探險爲題材的童話《叢林奇談》及《叢林奇談續集》，他把創作的背景從寬闊的原野轉移到廣袤的森林，深入探索前人未曾觸及的野生動物生態。繼而有英國的休・羅夫亭（Hugh Lofting），他自一九二〇年起到一九五二年，一共創作了十二部《杜立德醫生》系列童話，描述喜愛動物的杜立德醫生，如何遠赴世界各地去醫治動物的疾病，拯救他們的生命。他們將人類的情與愛，延伸到動物身上，不但擴大了童話題材的領域，也爲兒童揭露了饒富傳奇色彩的動物世界面貌。

一九〇六年，瑞典女作家拉格勒芙（Selma Lagerlof）集祖國的歷史、傳說、人文風俗、山川景物，創作了《尼爾斯奇遇的旅行》（或譯《騎鵝旅行記》）。她以感性的筆調描寫知性的題材，內容豐富而生動，開啓了北歐童話樂觀、活潑的新風貌。她是如此擅於擷取傳統題材，賦予新的時代意義，重新詮釋並發揚古典的精神價值。

一九一一年，英國浪漫派劇作家兼小說家詹姆斯・巴利（James Mattchew Barrie）將他著名的喜劇《彼得潘》改寫成童話《彼得和溫蒂》（Peter and Wendy，梁實秋先生仍譯作

《彼得潘》，九歌出版社），通過彼得潘在「夢幻島」上盡情遊戲和冒險的奇遇，歌頌歡樂的童年和充滿活力的青春，爲美好的童年譜出一首天眞溫馨的曲子。而彼得潘永遠長不大的形象，成爲無論大人或小孩永遠嚮往的影像，人們因他而變得年輕朝氣、胸臆快活。

一九四四年，瑞典另一女作家林格倫（Astrid Lindgren）出版了《長襪子皮皮冒險故事》（嶺月女士譯為《小女超人》，國語日報附設出版部），創造了野性、狂放、邋遢的「長襪子皮皮」形象，在教育界和家長之間掀起了一股「皮皮旋風」。而皮皮那種非道德和反教育的行止，比起《木偶奇遇記》裡的匹諾曹或《湯姆歷險記》裡的湯姆更是有過之而無不及，正是作者童年時代內心渴望不受管制、伸張正義、高興快活的反顧；卻也因此使成人們做了一次省思，從此用一種新的理解和寬容來看待小孩，人類的童話文學觀也經歷了一番洗禮，童話的藝術空間大大地擴展了，兒童文學的理論也受到一次大考驗。

童話終於光榮地邁進文學的大圈子裡，成爲一種正式的新品種。從此，「成人作家把他們深邃的思想和成熟的藝術帶入了童話，同時也給童話帶來表現空間的拓展和表現疆域的擴大，帶來鬱鬱葱葱的新穎意味」（註34）。

第二節　童話的特質

童話不同於其他別種故事體兒童文學作品的重要質素，就是「幻想」。不論古典童話、作家童話或小說童話，「幻想」都是它們不可或缺、極其明顯的特質。

壹　童話裡有一個幻想世界

根據洪文瓊教授的譯文，外國的辭書對「fantasy」一詞做如下的定義：

一九八七年第二版《藍燈英語大字典》——

一種想像或充滿幻想的作品，特別是涉及超自然或非自然的事件、人物。

一九八五年校正版《牛津兒童文學事典》——

兒童文學裡的一種術語，用以描述虛構的作品——由明確的作者（也即不是傳承而來）所寫，而且通常篇幅較長，包括有超自然或一些其他眞實的要素。

一九八八年版日本兒童文學學會編《兒童文學事典》——

在兒童文學領域中，使用此一詞彙是跟各國傳承文學中那些驚奇故事裡的精靈故事有別，它是指個人作家所寫，通常包括超自然或者非現實的要素的作品。（註35）。

以上三條定義文字中一再提到的「超自然」、「非自然」、「非眞實」或「非現實」等要素，在在說明了童話作家所要極力營構和描繪的幻想世界，就是一個具有「超自然」、「非自然」、「非眞實」或「非現實」性質的事件或人物的虛構世界。洪教授曾進一步解說，童話作家如何營構他的幻想世界及表現他的幻想手法：

在情境上，他可以創造一全新的世界，也可以只改變現實世界的一部分；在人物的安排塑造上，他可以把有生命的動物、植物或無生命的物品加以擬人化，也可以是道地的現實人物；在情境與人物的組合上，可以是現實人物與超自然界或超自然世界的組合，也可以是非現實人物與現實世界或超自然世界的組合，當然也可以純是超人與超自然界的組合或非現實人物與非現實世界的組合；在事件的選取上，可以是現實生活裡的一般事務，也可以是非現實生活的一些怪誕不經的事務。(註36)

隨著童話藝術的精進，現代童話所講究的「幻想」，已經不再像古典童話時代那樣純粹只爲了「因人設事」或「因事尋人」而做的孤立式的簡單對應聯想。現代童話作家所進行的幻想，是有空間性、發展性的，人事合一、情境交融的整體思維活動——由人行事，染情造境，構成有邏輯性、合情可信的立體藝術空間。

貳 童話幻想的功能

兒童的理智尚未發展成熟，經驗又普遍不足，偏偏自我中心意識又很強；他們心性好奇，卻不會分析，完全任由主觀的直覺去判斷事物，決定對事物的關係和態度。因此，他們往往從感性的好惡出發，以遊戲的態度去面對事物，認識事物，接受事物。對於活生生的現實，他們不見得會相信，也不會主動去深入瞭解；他們所重視和相信的，是他們認爲可能的人物或事件。

童話作家深知兒童的這些心性特徵，所以他們不會爲兒童寫一五一十、如假包換的眞實故事；他們知道，兒童喜歡看的是虛實相生、似眞亦假的童話。而這些虛實相生的情境、似眞亦假的人物或事件，都不可能完全是現實生活中所存有，必須靠幻想去創造。但是，幻想也不是漫無章法的胡思亂想，它是有目的、有理想的，處處合乎「作家自建世界運作的邏輯」（註37）。顯而易見地，童話的幻想有兩個功能：

一、實現「作者主觀的假定」

所謂「作家自建世界運作的邏輯」，說穿了，就是作家安排情節以推演、實現主觀假定的過程或步驟。每一篇童話都有著作家一定的主觀假定；而這個假定如何去推演和實現，就全靠作者的「幻想」去解決了。王子雕像會顯現人性，興發悲天憫人的情懷；浪漫的燕子被王子的情懷所感動，替他啣了身上的寶石和金片去救濟窮人，以致於凍餒而死；這是王爾德的假定，假定人世間終究是有溫情和信賴的。錫兵深愛靈巧的剪紙舞女，只求心靈的滿足，至死不渝不悔；這是安徒生的假定，假定人間的眞愛，在精神靈魂的寄託，而不在肉體的占有。流浪小黑狗，爲了感恩圖報，居然冒著粉身碎骨的危險，協助馬戲團的小丑做一次驚險完美的演出；這是一個嚴肅的假定，假定世間有眞誠無私的友愛。熱心的杜立德醫生，喜歡各種動物，是動物們的朋友，當他收到遠方動物國王的求救電報，立即整裝出發，遠涉重洋去醫治牠們，拯救他們；這也是一個令人訝異的假定，假定人類的愛可以超越，並及於其他物類。

童話作家的主觀假定，當然有他的經驗做基礎，更是他的主觀理想，並非全然憑空冥想而來。童話作家的主觀假定，也有他自我的美感意識，它不但汲取了眞實生活的精髓，也飽孕著人類的美好願望；發而爲文學藝術的美，則更臻於人們情感世界的眞實，更合乎人們情感發展的邏輯。由於這些假定難以直接向兒童解說，只得透過生動有趣、似眞亦假的幻想事物，向兒童做具體可感的呈現。

因爲兒童無法理解現實，所以童話作家的幻想就必須脫離現實；幻想世界裡的人物、事件或環境，可能是現實生活中根本不存在的，或是從現實生活中的原型做大幅度的變造而來。超現實的事物和環境，營造出既陌生又新奇的幻想空間；這個幻想空間，把兒童與現實世界的距離拉遠了，事物也變形了，因而更合乎兒童的興趣，不但能滿足他們的心性，也能獲得他們的認可。

二、滿足「兒童心理的真實」

作家選擇童話做爲表現的形式，最主要的目的，在於滿足兒童「心理的眞實」。

兒童常常憑感覺去判斷，對他們來說，有時候，實際的眞實就是感覺的眞實；有時候，實際的眞實他們並不感覺眞實；而往往，實際上是不眞實的，他們的心理感覺卻是眞實的。因此，兒童的「心理眞實」重於實際眞實，這是由兒童自身的心理、生理特徵所決定的。由於兒童的自我中心意識很強烈，「他們所注重的是一種他們認爲可能的東西」（註38）。

《木偶奇遇記》裡那位老木匠所精心刻出的小木偶，不但會笑、會說、會跑，還像一般的小孩子一樣，有許多難以自制的壞習慣，他熱情、衝動、頑皮、狡猾，他喜歡玩樂治遊，不喜歡上學，一上學就逃學，還會說謊話騙人，因此他註定要遭遇到種種折磨和苦難；幸虧有仙女暗中在保護他、教誨他，使他每次都能脫險獲救，最後終於變成一個眞實、善良的孩子，而且回到創造他、愛護他的老木匠身邊。科洛狄筆下的小木偶，其實是以許多現實世界裡的兒童爲模特兒的，他有的那些壞習慣，一般的小孩子也都或多或少有一些，可是他所做出的那麼多壞事，又是平常小孩子想做而不敢做的；他的膽大妄爲，使他成爲兒童心目中的英雄，滿足了兒童潛意識裡蟄伏的憧憬。作家如此誇強而集中地描述小木偶的種種歷險奇遇，全是來自於幻想，可是小讀者心理的感覺卻認爲是眞實的，因爲他們相信這是可能的，「佯信」是眞實的。

《愛麗絲夢遊奇境》，自從愛麗絲掉進深洞以後，怪異的事就不斷發生。她忽而喝了一口桌上的藥水，身體一下子就變大，大到都快碰到天花板了，也出不了門，只得楞在那兒掉眼淚，眼睛直掉到把地板淹成一個淚水池。後來她又喝了另一瓶藥水，人一下子就變得好小好小，她只得在淚池中游泳。不久，她又因爲在兔子家喝了半瓶飲料，身子又變高大了，還好，兔子給她吃了一塊糕餅，她的身體才又縮小。最後她逃到樹林裡，幸虧得到毛毛蟲的指點，吃了磨菇，身體才恢復原狀。在愛麗絲的夢境裡，她忽而奇大忽而奇小，遊戲式的幻象，使她做了不少荒謬絕倫的趣事，不斷的誇張和變形，深深地吸引住兒童的興趣，不只是當初聽故事的小孩喜歡，後來讀這個童話的小朋友也愛不釋手。這是因爲他抓住了兒童的心理，使他們感受到「心理的眞實」。

林格倫根據還活躍在她記憶中的童年情性和渴望，所幻想出來的「長襪子皮皮」，天不怕地不怕，邋裡邋遢，翹著兩隻硬梆梆的小辮子，臉上長滿雀斑，大嘴巴，藍上衣拼上紅布條，穿的長襪子一隻棕色、一隻黑色，鞋子正好比她的腳還大一倍，一副「大姊頭」的形象。她又力大如牛，曾經摔倒過馬戲班的大力士，降服了海盜和小偷，制伏了公牛和大鯊魚。偏偏她既善良又好打抱不平，更有一副樂善好施的熱心腸，所有遭受到委屈的小孩子都可以得到她的援助和照顧。她統領一個完全屬於自己的世界，爲所欲爲，了無禁忌。林格倫把她自己童年的渴望和憧憬都寫出來了，人同此心，所有讀她的童話的小孩子，無不大呼過癮，信以爲眞，因爲她創造了兒童們「認爲可能的」人物，滿足他們「心理的眞實」。

參　虛實相生的幻想空間

自從安徒生以來，寫實的成分大量滲入童話中，因而在結構上改變了古典童話的空間格局。現代的童話，不管寫實的比例大或小，都直接影響了虛構的部分，形成彼此相生相成的依存關係；缺少虛構的部分，現實世界就無從體現；離開寫實的部分，幻想世界更難以展開。現代童話就在這種虛實相互依存的關係中，營構出「虛中生實，寓實於虛」別有一番情趣的幻想空間。

童話作家在營構「虛實相生」的幻想空間上，通常運用下列兩種方法：

一、現實世界與幻想世界分段描寫

王爾德的《自私的巨人》，先描述每天下午放學後，孩子們總喜歡到巨人美麗的花園裡去玩；可是，巨人卻自私地在花園四週築了一道高牆，掛起「不准擅入，違者重懲」的警告牌，不讓任何孩子再度闖進他的花園裡；孩子們從此就沒有可以玩的地方了。這一段描寫的是現實世界裡大人與小孩的衝突。

於是，花園立即變得冷冷清清，了無生氣，不論春夏秋冬，花園裡終年都是寒風雪霜；巨人孤獨絕望地守著死氣沈沈的荒蕪園子，整日歎息春天來得太遲，盼望天氣能早日變好。突然有一天早上，巨人聽到了美麗的歌聲，有一隻小小的梅花雀在他的窗外唱歌，同時，園子裡的冰雹不再下了，北風也不再吼了；巨人驚訝地看著窗外，原來是一群活潑淘氣的小孩，從牆上的一個小洞爬進園子裡來玩。這一段主要是以極其誇張的手法，描寫在幻想世界裡巨人悲慘淒涼的遭遇，卻又出其不意信手拈來一個扭轉局面的契機，作者的筆鋒又自然而然地轉向現實世界寫去。

孩子們再度在花園裡歡樂自在地玩耍，他們感動了巨人，巨人情不自禁悄悄地走近他們，加入玩樂的行列；巨人跟他們玩得很高興。這段寫實以後，作者的描述又滑入幻想世界去了。

巨人從此念念不忘他第一個抱他、吻他的小孩；可是，那小孩卻杳然隱去，再也不曾出現過。直到巨人臨死前，小孩（他的兩隻手掌心上及兩隻腳背上各有一個釘痕！）又重現在巨人面前，他微笑地告訴巨人，他要帶巨人到他的園子——天堂裡去。那小孩竟然是耶穌的顯靈！是祂降臨花園，向巨人宣揚「神愛世人」的教義，因而使他在神的感召下改過贖罪。王爾德以這個嚴肅優美的特殊幻想，結束了這篇童話，讓讀者有一種心靈頓悟的喜悅。

二、現實世界與幻想世界交織描寫

安徒生的《皇帝的新裝》，虛實交織描寫，有機地結合在一起，渾然融洽，很難截然劃分。

皇帝喜歡穿漂亮的新衣服，於是兩個冒充織工的騙子乘虛而入，向皇帝自吹自擂說，他們能織出「凡是不稱職的人或愚蠢的人，都看不見」的漂亮衣服。童話一起頭就用虛實交織的筆法，以虛構人物（騙子）來烘托眞實人物（皇帝）對漂亮衣服的癡與迷。如此虛實交織的筆法，更深刻地凸顯出皇帝的特殊形象。

在騙子織衣的過程中，皇帝曾兩度派信賴的大臣去探視織布的情形，自己也忍不住親率隨員去過一次。前後三次探視時，任何人都看不見織布機上有什麼布料，可是每一個官員都怕說了實話會洩露自己的愚蠢而丟了官；甚至連皇帝也自欺欺人地讚歎布料織得美極了！安徒生用如此虛實交織的筆調，赤裸裸地諷刺世人愚昧貪婪的鄙劣，已經到了連自己的良知都可以出賣的地步。

最後，皇帝在一群愚昧的臣子的阿諛慫恿下，來了一次赤身裸體的穿幫大遊行。這時候，人群中有一個天眞的小孩，揭穿了皇帝「什麼衣服也沒有穿呀！」的大騙局。強烈的誇張，深刻的諷刺，在在象徵人間的誠實和純眞早已泯滅殆盡，只剩下少不更事、稚幼天眞的小孩，才是人間最後的良知。這個情節，描寫的有現實世界的眞實，更有幻想世界的虛構，虛與實早已交織不清，實虛難辨了。但是，安徒生寫來入木三分，格外傳神，讓人情不自禁要笑出淚來。

第三節 兒童觀與童話的教育功能

爲什麼爲兒童寫童話？爲兒童寫什麼樣的童話？這主要是看童話作家的「兒童觀」而決定。

所謂「兒童觀」，是指成人對兒童的認識與瞭解所產生的看法或觀念。每一個童話作家，對兒童都有不同的認識和看法，因而影響了他創作童話的意識，以致於寫出了各具審美傾向的作品。

雖然每一個童話作家都強調尊重兒童的權益，但是他們看待童話的態度和觀念卻各有各的主見。有的是以教育與啓蒙爲目的、以品德勸勉爲宗旨的，一般主張主題掛帥的作家都是「教育主義者」；他們通常事先設定一個有教訓性的主題，然後再去虛擬表演這個主題的人物和事件，因此作品的圖解性、訓示性很強。有的是揭露人生現實，想幫助兒童認識社會、瞭解人生現象的「寫實主義者」，如安徒生和王爾德；這類作家所寫的童話，現實性強，容易出現批判或諷刺的筆調。有的是以尊重兒童本性、強調聽任兒童身心自由發展的「自然主義者」，如科羅狄、林格倫的作品就富於回歸自然本眞的思想，讓兒童有解脫束縛、獨立自主的快樂。有的是童心未泯、樂於和兒童溝通，爲充實兒童的生活知識，或熱心地向兒童傳授經驗的「童心主義者」，如修斯博士、林良；他們的作品洋溢著坦率天眞的童趣，讀起來輕鬆愉快，怡然自適。

儘管每個童話作家的兒童觀不同，但他們關心兒童，想要藉童話來薰陶兒童、幫助兒童，一切以兒童本位爲出發的心理和動機都是一致的。成人的兒童觀可能因時代、地區、對象不同而各有差異，但卻無所謂絕對的對或錯。一個童話作家，應該多接近兒童，觀察兒童的生活，瞭解兒童的認知發展與心理特性，並留意教育思潮與時代風尚，才能獲得進步、沒有偏差的兒童觀。什麼樣的時代就會有什麼樣的兒童，作家認識或面對什麼樣的兒童，就會產生什麼樣的「兒童觀」；兒童觀常因時空的不同而改變，不是永遠一成不變的。童話作家有了進步、沒有偏差的兒童觀，才能創作出適合兒童需求、被兒童歡迎的童話。

不管童話作家抱持著什麼樣的「兒童觀」，但他總是深切地瞭解到，童話決不同於學校上課的教材，卻是一種不可或缺的「教育兒童的文學作品」，它的功能遠遠超過學校的教材，是多種多樣的，而且也應該是多面的。

童話作家們的「兒童觀」雖然各有不同，但將他們的作品加以歸納分析，就不難發現具有下列三項積極的教育功能。

壹 娛悅心情，滿足兒童的遊戲心理

兒童的自我世界，是一個「娛樂的世界」，他們對待一切事物的第一個著眼點是：「它好不好玩？」「它有沒有趣？」當成人開始鼓勵兒童閱讀圖書時，也是一再的對他們強調：「這本書很有趣，你一定會很喜歡！」「這個故事很有趣，大家都在看！」

童話中，人物的幽默、誇張、戲謔、唐突、俠義，情節的離奇、懸疑、緊張、脫序、超俗，對話的俏皮、風趣、荒謬、出其不意，景色的幻麗、詭異、神祕，敘述的繪聲繪影、虛張聲勢，處處都能製造趣味，能滿足兒童的遊戲心理，帶給他們精神的娛樂和享受。

兒童閱讀童話，無疑地是一種靜態的遊戲，而且是一種寓教於樂的「學習、活動、適應、生活或工作」（註39），因此他們會樂此不疲。

《蟒蛇克瑞特》（註40）中與包度夫人朝夕相處的大蟒蛇克瑞特，善良溫馴，牠跟包度夫人一起上街買東西，一起到學校上課；牠能像狗一樣快樂地搖尾巴，而且讓男孩子爬上牠長長曲折的身體去溜滑梯，女孩子拿牠當繩子跳著玩，牠親自示範教小朋友打童軍結；牠殷勤地爬上電線桿去幫小朋友搆下掛在電線上的風箏，還緊緊地纏住強盜的身子，幫助警察捉強盜。作者巧妙的奇想，讓小朋友與大蟒蛇玩在一起，比起小朋友進動物園遠看鐵籠子裡孤獨的大蟒蛇，滋味要驚喜刺激多了。

《讓路給小鴨子》（註41）裡，五個慈祥和藹的警察先生熱情體貼地爲鴨群指揮交通，讓鴨子們能順利地走過人車擁擠的馬路，平安地回家。故事中一個個繁亂、緊張、險象環生的事件：飛跑著的汽車猛按喇叭，發出震耳欲聾的「吧吧！」聲，鴨子們恐懼的「呷！呷！」驚叫聲，警察忙碌的手勢加上急切的哨音。鴨影、人跡、鐵皮怪獸，擁擠在十字路口，造成一陣紛擾的場面，好像小孩子在玩官兵捉強盜的遊戲一般，慌亂，熱鬧，又有趣，直教小朋友大呼過癮，眞是難得一見的精彩好戲！

《炮彈小黑》（註42）童話裡，那隻爲了感恩圖報，自願躲進炮筒裡當砲彈的小黑狗，在「轟」的一聲後，出乎觀衆意料地從炮筒裡彈出，不偏不倚地穿過小丑手中的紙箍，最後飛落在一面鼓上，神閒氣定地站著，做了一場精彩的演出。小朋友都喜歡狗，要求狗做出一些滑稽的動作，可是再也不可能出現比小黑更滑稽有趣的表演了。

就算帶有淒涼氣息的《賣火柴的小女孩》，安徒生也沒忘了在童話中製造一些幽默滑稽的情節。小女孩在冰冷的暗夜中擦了第二根用來取暖的小火柴，微弱的光在牆上所照射到的那塊地方，竟突然變得透明得像一片薄紗，使她看到了房間裡的東西——桌上鋪著雪白的桌巾，上面有精緻的碗盤，塡滿了梅子和蘋果的、冒著香氣的烤鵝。更美妙的是——這隻鵝竟然從盤子裡跳了出來，背上插著刀叉，蹣跚地在地上走著，一直向這個窮苦的小姑娘面前走來（註43）。奇妙有趣的幻想，來得突然，不但引起了小朋友的喜悅，也暫時趕走了悲慘憂傷的氣氛。

托爾斯泰就認爲：「人們所瞭解所喜歡的書籍，不是爲他們而寫的，而是他們自己寫的。」（註44）童話中的趣味，就是這般精彩到讓兒童「佯信」（註45）是「他們自己寫的」，自然得就像在他們的遊戲中突然插進來一個有趣的事件那麼順理成章，不但有出其不意的驚異和激越，更合乎他們的心理期望和思維邏輯，使他們產生娛悅的心情。

貳 啟發思想，開展兒童的經驗世界

「童話並不會創造一個人的態度，而是更進一步……啓動了已經存在於他們心裡的念頭和態度。」（註46）童話對啓發兒童思想的作用，是明白可見的。

《烏龜大王亞特爾》（註47）裡，蠻橫狂妄的烏龜國王亞特爾，強令牠的五千六百零七個烏龜子民，疊起高得不能再高的羅漢塔，讓牠坐在高入青雲的塔頂上，享受權威統治者的狂想。不料，壓在最底下的那隻不勝負擔的可憐小烏龜，因爲實在忍受不了而打了一個嗝兒，搖動了龜塔，亞特爾就從高高的龜塔寶座上重重地摔了下來。牠的夢醒了，牠的王國也垮了；而牠的每一個烏龜子民，也獲得一切動物所應有的自由。

現代童話雖然不像「古典童話」那樣著重描述善有善報、惡有惡報的主題，但是修斯博士這個深富啓發性的童話，不但很容易讓兒童聯想起古典童話裡類似的報應情節，尤其當他們讀完了童話尾聲的那幾句話：「現在這位亞特爾大王，這位了不起的國王，才從夢中醒來，發現一切都落了空。」「不用說，所有的烏龜自然都獲得了自由，獲得了一切的動物所應有的自由。」「大王」、「了不起的國王」、「從夢中醒來」、「一切都落了空」、「應有的自由」，除了會引起兒童的一陣輕笑外，更會引發他們的深思。「民主」、「自由」的呼聲，反抗獨裁軍事統治的抗爭活動，常常在電視上、報紙上出現，從小就耳濡目染的小孩子，這個童話會對他們產生深刻的思想啓發作用。

《朋友麥克》（註48）描述一個住在遙遠樹林裡的小朋友小巴迪斯，除了父母親外，他沒有半個熟人；他很需要玩伴和朋友，很羨慕父親小時候有一個好朋友「麥克」。有一天，他在樹林裡發現了一隻小麋鹿，很高興地把牠帶回家當朋友，並且替牠取名「麥克」。可是，小麋鹿畢竟是一隻野生動物，牠有野性，不受人類的拘束，無法適應人類的生活，而且需要同類的眞朋友，於是不久就離開小巴迪斯奔回樹林裡去了。小巴迪斯很傷心，父親就送他到鎮上的小學去讀書。不久，他就認識了一位好朋友，名字也叫「麥克」，正好和父親小時候的好朋友同名。從此，他再也不寂寞了。

人生在世，怎能沒有朋友？怎能遺世孤立？兒童心性活潑，最喜歡交朋友了。這個童話，讓兒童用同儕心理去領會，沒有朋友的人是如何孤獨寂寞？有個好朋友的人是多麼幸運？因而啓發他們喜歡朋友、珍惜友情的思想。

童話也是兒童豐富經驗、廣闊視野的利器。保羅・亞哲爾就讚歎安徒生童話，讓兒童從中得到許多驚喜：

> 以法國的孩子來說，雪景是難得一見的，那波里和格拉那達的男子，只有遙望著遠遠的，山頂上的積雪。巴黎有時也會下雪，可是難得看見飄落的雪，而且這些雪立刻被

煤煙、塵土弄髒了。在這樣的環境中長大的孩子，怎能想像封凍的冰天雪地呢？可是安徒生卻在故事裡，清晰的揭開了冰雪神祕，也給孩子們繪出了冰山如同海怪般漂浮的冰海圖。（註49）

這只是其中的一個例子而已。無論是山光水色、鄉野逸趣、海洋世界、深邃的森林、廣袤的雪景、城市的風光等等，安徒生無不描繪得淋漓盡致、歷歷在目，使兒童間接獲得一些難得的異國經驗。

安徒生的《樹精》（註50），以一株栗樹的眼光和情懷，描述一八六七年巴黎世界博覽會的盛況。博覽會規模輝煌壯觀，其中的各項展示新奇古怪，集人類發明創造之大成，令人驚訝不已。安徒生把他在博覽會場上所見所聞的事物，寫進這篇童話裡，讓世界各地沒有看過博覽會的兒童，因爲讀了這篇童話而宛如親臨其境，看到了人類偉大的發明，增加了許多有關人類文明進步的知識和見聞。

《銅豬》（註51）描述的是安徒生遊歷義大利藝術名城佛羅倫斯時，在街上看到了雕塑藝術品「銅豬」，並且在銅豬的引導下又參觀了另一座有名的繪畫陳列館。整篇童話細述他參觀了這些名畫以後的深刻印象和感觸；他同時也對藝術家艱苦、貧困、不順利的生平，發出不平之鳴，透露他對藝術的熱愛和對藝術家的同情。看過這篇童話的兒童，也許會對藝術產生一些關懷和嚮往吧？

經驗能拓展視野，開發智慧，影響志趣，對兒童來說，更可能改變他們的一生。難怪安徒生會說他是用「一切的感情和思想來寫童話」，他是如何地重視對兒童的思想啓發。

參 陶冶性情，培養兒童的美感情操

由於擁有一份疼愛孩子的心意，童話作家都具有歌頌天眞、善良、純美的審美觀，及揭露虛僞、邪惡、醜陋的正義感。因此，童話根本上就富有「陶冶性情，淬礪情操」的美質。

《貓王的故事》（註52）描寫一隻無依無靠的野貓，因爲小時候常受大貓的欺負竟而養成了和其他野貓爭鬥、搶食、打架的凶暴習性。後來牠雖然成了一隻名副其實的「貓王」，可是常常打架的結果，牠的耳朵被咬破了，尾巴被咬斷了，臉也被抓傷了；牠的毛皮破爛不全，腳也一瘸一拐的，很像一位受傷的軍人。有一天，牠因爲追逐一隻被牠打敗的敵貓，竟意外地闖進一戶人家的地下室；這家人待牠很好，牠也安心地住下來。

在這家人的飼養調教下，最後牠成了一隻漂亮、健康、斯文的家貓。野貓與家貓，前後不同的形象對比，使兒童產生兩種截然不同的價值感，美與醜、健康與殘缺、斯文與野蠻、安定與流浪的價值對比，判然分明。這篇童話的情節雖然很簡單，可是主題性卻很強，聰明敏感的兒童，立即能感受到孰好孰壞，追求善良美好的情操自然浮現。

《芳子的雛祭》（註53）描寫與母親相依爲命的小女孩芳子，渴望在三月三日「雛祭」（日本的女童節）前能像一般的女孩子一樣，得到心愛的雛祭人形。芳子的母親一來因爲收入有限，買不起華麗昂貴的雛祭人形，二來，一直念念不忘小時候曾經擁有過的那一組造形生動傳神而優雅的雛祭人形。雛祭的日子愈來愈近了，芳子心裡雖然又急又沮喪，對母親卻沒有抱怨，因爲她瞭解母親的心願。最後媽媽終於憑著自己的舊印象，親手做了一組最可愛的雛祭人形，在雛祭日那天送給芳子；芳子感動得流下喜悅而感激的眼淚。那一夜，母女兩人就一起在雛祭人形旁度過一個甜蜜溫馨的雛祭夜。這篇童話，寫出母親的慈愛和細心，讓單純偉大的母愛閃耀著無限的光輝；而芳子純潔善體人意的個性，也流露無遺。母女連心、互愛互諒，充滿和樂溫馨的氣氛，令人寬慰和羨慕。這個日本味十足的童話，讓兒童在享受異國風味的同時，也能有所深思：父母親對子女的愛，不能只從是否有名貴的物質供養去做衡量；而眞摯的親情，是發自內心深處的關愛與體諒。一切的感情，都是從親情開始的，作者詩意細膩的筆觸，頗能感人心肺。

王爾德的《快樂王子》（註54），胸懷慈悲、外表燦爛輝煌的王子塑像高高地聳立在城市廣場上，「他」原本是很快樂的。由於站在高處的關係，使他看得到城市裡的一切醜惡和窮苦，這使得他那顆鉛做的心也感慨得掉下了眼淚。有一天，飛來一隻過路的燕子，想暫停在他的腳下過一夜。於是王子苦苦哀求牠，幫他啣著身上的所有寶石和金片，飛送去救濟城裡每一個可憐而需要幫助的窮人，直到王子身上已一無所有。天氣愈來愈冷，燕子終於凍死了，王子的鉛心也爆裂了。最後，天使竟然選中王子爆裂的鉛心和燕子的屍體，做為這個城裡最珍貴的禮物奉獻給上帝。王子和燕子代表兩個盡心盡力幫助人的典型，他們的愛心得到了上帝的肯定和讚美，這是至高無上的榮譽。他們純潔慈悲的心靈，和這個城市裡那些有錢有勢、卻自私無情的人，形成強烈的對比；善良純潔的美德，在虛偽醜惡的烘托下，顯得格外的高貴。兒童心性天眞浪漫，富於正義感，這個童話很容易感動他們，激發他們幫助貧困弱小的同情心和對權勢虛偽的厭惡感。

《小房子》（註55）描述原本座落在美麗寧靜鄉下的小房子，天天看著日出日落，四季變換，過著逍遙自在的日子。有一天，突然來了一部挖路機，在它的門前開了一條大馬路；不久四周就蓋滿了房子。沒有幾年的工夫，連摩天大樓、高架電車、地下鐵路也都建造起來了；原本空曠優雅的小鄉村，變成一個車水馬龍、人聲喧亂的繁榮都市。小房子愈來愈無法忍受這種吵吵鬧鬧的環境，覺得日子實在很難挨下去。後來，小主人終於想到它，請來了搬運公司，把小房子挖起來，慢慢地運到郊外的一座小山上，小房子因此得以重享平靜安寧的鄉村生活了。生活在高度工業化、土地密集開發的現代兒童，絕大多數已經無法享受寧靜安適的家居生活了。狹隘的生活空間，使他們的童年也無法免於受到種種污染和局限，他們不知不覺地變得無奈和無情，失去了原有的純潔和天眞。這個很能反映時代心聲的童話，給人清新的氣息和美麗的遐思，很能喚起兒童天生嚮往自然、不受拘束的本性。

兒童的思慮單純，最容易被感化。題材清新、感情豐富、情節動人的童話，正可以激揚他們的志氣，引導他們從美好善良的一面去看待人生世態，培養他們高尚的情操。

此外，童話的文字簡潔優美，可以增進兒童的語文能力；情節多奇妙的幻想，可以發展兒童的想像力；內容包羅廣闊，可以充實兒童的智識等等，一般的兒童文學概論著作談論已多，這裡不再贅述。

總之，優秀的童話不管在智育、德育、美育方面，都可能對兒童產生深遠的影響。

兒童都喜歡讀童話，這種喜歡，絕對不只是一時「有趣」的單純反應而已，而是因為童話蘊藏著許多讓他們喜歡的內涵。童話作家應該有更大的企圖心，不只是讓兒童的喜歡發生在短暫的閱讀時刻裡，然後隨著一陣歡笑聲而結束；還要使他們的喜歡更深入、更長遠，進而產生終生受用不盡的影響。如此，才能實現既可以使兒童娛悅心情，又能啓發思想、美化心靈的創作理想。

註釋

1 見趙景深編《童話論集》，五七頁。周作人更在民國二十三年撰寫〈兒童故事序〉，文章一開頭就說：「中國講童話大約還不到三十年的歷史，上海一兩家書店在清末出些童話小冊，差不多都是抄譯日本岩谷小波的世界童話百種，我還記得有玻璃鞋無貓國等諸篇。」（見《周作人全集⑤》，三〇七頁）周氏早年留學日本，回國後任教於北京大學，曾經寫過不少討論童話的文章，引述不少日本學者的說法，可見他在日本留學期間，已經相當留意日本的童話研究及出版，並且頗有心得。

2 見王泉根評選《中國現代兒童文學文論選》，一七—一八頁。

3見前書一九頁評選者的〈硯邊小記〉，及七四二頁趙景深撰〈孫毓修童話的來源〉。
4見林良撰〈談童話〉，《東師語文學刊》第三期，一九九頁。
5趙景深在〈孫毓修童話的來源〉一文裡說：「孫毓修先生早已逝世，但他留給我們的禮物卻很大，他那七十七冊《童話》差不多有好幾萬小孩讀過。張若谷在《文學生活》上說：「我在孩童時代唯一的恩物與好伴侶，最使我感到深刻印象的，是孫毓修編的《大拇指》，《三問答》，《無貓國》，《玻璃鞋》，《小人國》……等。我也有同感，我在兒時也是一個孫毓修派呢。」（見《中國現代兒童文學文論選》，七四二頁。）
6見《中國現代兒童文學文論選》，一九頁。
7見鄭振鐸撰〈中國兒童讀物的分析〉，《中國現代兒童文學文論選》，三六二頁。
8見趙景深撰〈關於童話的討論〉，《中國現代兒童文學文論選》，二二七頁。
9見葉君健撰〈格林兄弟的童話〉，《葉君健近期作品選》，一九九頁。
10參閱〔美〕尼爾・波茲曼（*Neil Postman*）著、蕭昭君譯《童年的消逝》，一七頁。
11見新興書局版《筆記小說大觀》，二十二編，第二冊，九〇〇頁。
12參閱韋葦著《外國童話史》，二九頁。
13見前書，三六—三七頁。

14 見前書，八二頁。

15 見保羅・亞哲爾著、傅林統譯《書・兒童・成人》，三八頁。

16 參閱林懷卿譯《格林童話全集Ⅰ》，三六九頁，〈本書完成的概略〉。

17 見《書・兒童・成人》，二六八頁。

18 見《格林童話全集Ⅰ》，三七一頁。

19 見韋葦著《世界童話史》，八八頁。

20 見《葉君健近期作品選》，二○四頁。

21 參閱馬力著《世界童話史》，一五二頁。

22 見安徒生著、李庸道等譯《我的一生》，二三八頁。

23 安徒生在自傳《我的一生》中回憶說：「一八三五年《即興詩人》（按：他的小說成名作）發表後僅僅幾個月，就出版了我的第一冊《童話集》。這在當時是很出人意外的。有一個評論性的月刊甚至說，已經在《即興詩人》取得相當成功的作家，應當為作品裡出現如此幼稚的故事而引退。恰恰是在人們應該承認我的頭腦有了新的創見時，我得到的卻是責難！我的幾位朋友的批評對我有好處，他們勸我不要再寫故事了，因為我沒有寫那東西的才能，另一些朋友則認為我最好首先研究法國童話。」（見該書，二三七—二三八頁）。

24 見前書，二三九頁。

25 這是根據大陸世界級的安徒生童話專家葉君健先生的整理與挖掘所得的最後結果。葉先生一生從事安徒生童話的研究和翻譯長達五十年，他的努力，不只使他的譯本成為世界上最權威的中文譯本，並且還於一九八八年榮獲丹麥女王瑪格麗特二世頒授「丹麥國旗勳章」。

26 見葉君健譯《新注全本安徒生童話1》〈序〉，一九頁。

27 見《書・兒童・成人》，一七五頁。

28 見前書，一八〇頁。

29 見葉君健著《不醜的醜小鴨》，一二〇頁。

30 見〔瑞〕瑪麗亞・尼古拉葉娃撰〈西方藝術童話及其研究〉，韋葦著《世界童話史》，九頁。

31 參閱《我的一生》，二三八頁。

32 見韋葦著《世界童話史》，一二頁。

33 參閱前書九——十一頁。

34 見前書二二頁。

35 見洪文瓊撰〈童話的特質與功能〉，《兒童文學見思集》，二〇頁。

36見前書二〇—二一頁。

37見前書二一頁。

38見孫建江著《童話藝術空間論》，一三〇頁。

39見林文寶等著《兒童文學》，二一頁。

40〔法〕湯米・安階勒（*Tomi Ungerer*）作、林天明譯，國語日報附設出版部，六十六年七月第四版。

41〔美〕羅勃・麥羅斯基（*Roberlt McCloskey*）作、畢璞譯，國語日報附設出版部，七十三年十二月第八版。

42〔英〕約翰・伯靈罕（*John Burningham*）作、何容譯，國語日報附設出版部，六十六年七月第二版。

43見葉君健譯《新注全本安徒生童話3》，四二六頁。

44參閱顧均正撰〈托爾斯泰童話論〉，同註2，九五九頁。

45參閱朱光潛著《文藝心理學》，一八六頁。

46見丘陵譯〈童話的藝術（九）〉，七十九年五月六日國語日報〈兒童文學〉周刊。

47〔美〕修斯博士（*Dr.Seuss,1904 — 1991A.D.*）作、洪炎秋譯，國語日報附設出版部，六十六年七月第四版。

48〔美〕梅・馬克尼（*May McNeer*）作、何容譯，國語日報附設出版部，六十六年九月第四版。

49見《書・兒童・成人》，一七七頁。

50參閱《兒童文學見思集》，一九八—二二五頁。

51參閱前書，三二—四八頁。

52〔美〕湯姆・洛賓遜（*Tom Robinson*）作、祁致賢譯，國語日報附設出版部，六十六年七月第四版。

53〔日〕石井桃子作、朱傳譽譯，國語日報附設出版部，六十七年十月第四版。

54參閱巴金譯《童話與散文詩》，三—二〇頁。

55〔美〕維姬妮亞・波頓（*Virginia Burton*）作、林良譯，國語日報附設出版部，六十六年三月第四版。

第二章

題材的擷取與運用

「題材」是文學之母，一切的文學活動，都是因題材而發生的。任何一位優秀的作家，無一不是由於心中累積了豐盛飽滿的生活經驗，因而激起創作的衝動，才進而把心中儲存的素材有效而系統地加以擷取、改造、敘述，最後完成動人的文學作品。所以，任何一位作家，他所面臨的第一個問題，絕對不是「怎麼寫？」而是「寫什麼？」有了題材，「寫什麼？」的問題迎刃而解，接著才考慮到「怎麼寫？」沒有題材，根本就不知「寫什麼？」再有才氣的作家，再知道「怎麼寫？」的作家，也會有「無米之炊」的失措感。

太史公司馬遷在動筆寫《史記》以前，除了「悉論先人所次舊聞」，「紬史記、石室、金匱之書」（註1），仔細閱讀前代文書檔案資料外，更有數次歷盡艱辛的遠遊。從〈太史公自序〉中，我們不難體悟到，他「行天下，周覽四海名山大川，與燕、趙間豪俊交遊」（註2），對他晚年寫《史記》有相當大的幫助。

> 二十而南遊江、淮，上會稽，探禹穴，闚九疑，浮於沅、湘；北涉汶、泗，講業齊、魯之都，觀孔子之遺風，鄉射鄒、嶧；戹困鄱、薛、彭城，過梁、楚以歸。……仕爲郎中，奉使西征巴、蜀以南，南略邛、筰、昆明。……（註3）

他還扈從漢武帝登泰山封禪，並且「帥師巡邊」，歷經西北地區，遠至今天的內外蒙古。由於他的足跡遍及大江南北，所以對各地方的風土民情、名勝古蹟、人文景觀都有深刻的體驗，使他聽到了不少民間傳說及古聖先賢的風流遺韻。由於深入民間，瞭解各行各業的實際生活，使他對於風土民情，有了切身般的印象；由於入仕做官，使他更熟悉了各階層官僚們的嘴臉及作爲。這些閱歷，使他直接或間接地收集到各式各樣的「素材」，這些豐富的素材，不斷在他腦海裡翻騰，後來他把這些素材加以取捨、剪裁、加工，終於提煉成生動的傳記「題材」。兩千年後的今天，當我們每次閱讀《史記》裡的人物傳記時，不管是王公貴族、賢臣良將、循吏酷吏、遊俠刺客、匹夫匹婦，無不覺得淋漓盡致、栩栩如生，令我們不得不佩服司馬遷的善於擷取題材，掌握人性，類推情境，因而寫活了人物事件。

第一節　童話題材來自現實生活

童話是文學的一支，當然也具有表現人生、反映現實的基本功能；只是限於兒童的生活經驗和認知發展，也許沒有對現實人生做直接、赤裸的描寫，卻始終沒有游離現實。一般人只注意到童話重視想像或幻想，卻忽略了它的本質並沒有脫離現實。事實上，童話借用想像或幻想的方式，反而更技巧地反映現實的人生百態；在「半眞半假」之間，雖不明言寫的是現實眞象，卻把事實的精神本質曲折地折射出來，留給兒童去探索和辨認。現代童話兼顧寫實性和浪漫性，童話作家尤其重視從現實生活中去擷取題材，做爲故事的基礎，再進而運用題材給予美化、提昇，因而創作出既能取信於兒童，卻又荒誕連篇的作品。童話作家對於題材的擷取，應有如下的體認：

壹　掌握生活

由於安徒生的啓示，現代的童話作家，更體認到從現實生活中去擷取題材的意義。他們因此獲得了更大的創作空間和更多的創作題材，也使他們的創作靈感更活躍，想像力更豐富。

文學創作原本就是一種獨特的掌握生活、展現生活的心智活動，是作家與生活雙向交流的過程。文學作品呈現著作家對生活的掌握和選擇；文學創作不但離不開生活，而且，作家對生活的掌握愈多、愈深入，題材的選擇就愈獨特、愈精緻，作品就愈有獨創性和可讀性。童話作家的獨創性，是從厚實的生活積累和對生活的獨特見解中來；脫離生活以編造故事爲能的作家，只會陷入情節和手法雷同重覆的境地，不時露出漏洞和破綻（註4）。

大陸童話作家賀宜先生就明白地說過：

不管它是哪一種形式的童話，都不能離開生活。離開了生活，就沒有了童話的生命，失去了童話的魅力。有的人以爲童話的魅力是靠豐富的想像獲得的。其實，豐富的想像如果不是植根於生活，倒就眞的變成信口開河、荒誕不經了。（註5）

這些自覺性的論說，我們不難從歷來的童話得到印證：

《蟒蛇克瑞特》中，男孩子爬滑梯、女孩子跳繩、小學生打童軍結、風箏掛在電線上、警察捉強盜等事件，無一不是現實生活中常常發生的事，誰都做過、見過、聽過、碰過，作者湯米·安階勒只是動了聯想力，把這些活生生的事件串連起來，依附到身體修長、個性善良溫馴的蟒蛇身上，故事於焉產生。《砲彈小黑》，約翰·伯靈罕的想像，發軔於街坊間四處遊走的流浪狗，當牠們被收養調教後，也會恢復淘氣可愛、忠誠知恩的本性，於是他把這種「狗性」跟馬戲團裡動物的滑稽表演傅會在一起，就創作出這篇有趣生動的童話。《快樂王子》裡王子的施捨財物救濟孤弱貧苦，也是現實社會中耳熟能詳的事件，王爾德以此爲基礎，想到飛行敏捷優雅的燕子、身分富裕高貴的王子，讓他們來扮演人間服務犧牲、救苦紓困的典型人物，融浪漫的情懷和人道的光輝於一體，因而風靡了全世界的小朋友，獲得他們長久的喝彩和讚賞。《小房子》展現的生活環境，不正是當今開發國家的共同景象嗎？人類正無奈地忍受著過度的繁榮和吵雜所帶來的居住上的困擾和折磨。維姬妮亞・波頓頗具諷刺性的想像，把主角從麻木的人類轉移到沈默無語的小房子，讓它來說出人類的切身感受，透露出人類心靈深處的眞實期望，因而成就了一篇謔而不虐、令人深思的童話。《讓路給小鴨子》的作者羅勃・麥羅斯基，因爲早已熟稔那對野鴨子夫婦，幾年後，看到野鴨夫婦已「兒孫滿堂」，一大家子行路交通成了大問題，他才興起了寫這篇童話的念頭。因爲跟「行路交通」有關，所以作者又想起了「和善、負責任，和有人情味兒」的警察先生來，讓他們來執行保護鴨群行路交通安全的責任。在一個法治的社會裡，警察是人民信任的保母，這個人禽共同演出的童話，情節熱鬧而有趣，讓鴨趣和人情共同展示一個「友愛弱者，和諧尊重」的溫馨場面。修斯博士所以創作《烏龜大王亞特爾》，是因爲看不慣希特勒的獨裁暴政以及狂妄的侵略野心，於是聯想起烏龜疊羅漢的荒謬情節，來諷刺希魔「獨裁必敗，暴政必亡」的瘋狂行爲，最後烏龜塔垮了，烏龜們得到了應有的自由，正反映了世界性「反獨裁、反暴政」的思潮。

作家的生活經驗愈豐富，對事情的體察愈深入，就愈能掌握生活裡富有深意的片段。將這些形形色色的素材加以組織整合，就足以成爲多彩多姿的題材了。善於掌握生活的童話作家，他的創作題材必能源源不竭，既不怕「雷同」，也不致於有「漏洞和破綻」了。

貳　激發靈感

現實生活中，某些特殊的、意味深長的人物或事件，常常能激發童話作家的創作靈感。

靈感是一種超常態的思維現象，它的主要特徵是：偶然性、短暫性、突破性（註6）。靈感的乍現是「偶然性」的，常常不期而至，無法事先預測，是「恍惚而來，不思而至，怪怪奇奇，莫可名狀」（註7）的。但是，這偶然不是單向的「天外飛來」，而是雙向的「偶然際會」，絕對不是什麼僥倖的機會巧遇。人在現實生活中，每天都會接受到大量外界事物的信息。這些信息，有些立即被取用、實踐；卻有一大部分潛隱不發，成爲人的潛意識。而潛意識仍在活躍著，它們不斷地在尋求新的方向、新的發現，並且進行新的排列組合，直到遭逢到相關的時空，在某一特定新事物的觸發下，便全面而系統地忽然呈現出來，一時間，給人一種思路豁然開朗、無限驚異的喜悅，所謂「方天機之駿利，夫何紛而不理」（註8），於是文思泉湧，得心應手，下筆如有神助。

因此，靈感的乍現，必須在「對客觀事物有廣泛深刻的心得和體認」的前提下，才會被珍惜，才有意義，一味地空思冥想，是無法獲得的。先賢有言：「非鬼神之力也，其精氣之極也。」（註9）「用志不分，乃凝於神。」（註10）只有長期地積累心得經驗，並不斷地思慮發酵，才會有不期而偶遇的可能。

靈感的乍現也是「短暫性」的，猶如閃電出沒，稍縱即逝。當靈感出現時，若不及時捕捉住，便煙消雲散了。一般人既不會珍惜靈感，更不善於捕捉靈感，唯有用心專一、手腳勤快的作家，才能把握住這個寶貴的乍現，將靈感所引發的豐富多姿的思維內涵，以及一時湧現的生動的構思和優美的情意，用筆即時記錄下來。突然對某個景觀現象有了特殊的發現，從報章雜誌看到一則感人心脾的記事，目睹一幅耐人尋味的畫片，偶然在街頭巷尾瞥見了一個令人佇足的事件，閱讀時引發的一個聯想，聽到一個令人深思的故事，觀察到小孩子活潑動人的舉動或談吐，一個偶發的奇想，回想起自己童年時代的一件難以忘懷的往事，聽到別人異想天開的想像或計畫，都可能是一個靈感的乍現。

安徒生在一八六七年出版的《童話和故事集》中，對創作《樹精》的靈感，有一段交代：

在一八六七年的春天我旅行到巴黎去，參觀規模宏大的「世界博覽會」。我過去和以後的各次旅行，都沒有這次事件能給我如此深刻的印象和愉快。博覽會確實是一次使人驚奇不已的盛會。法國和其他國家的報紙都在描述它的輝煌場面。一位丹麥的記者公開宣稱，除了狄更斯以外，沒有任何人能夠寫出這種稀世的景象。不過我覺得這項工作倒特別適合我的才能。如果我能完成這項任務，使我的同胞和外國人都感到滿意，我將會感到非常愉快。有一天，當我正在想這個問題的時候，在我住的那個旅館外面的方場上我發現有一棵栗樹，它已經萎枯了。在附近一輛車子上有一株新鮮的年輕的樹。它是這天早晨從鄉下運來的，以代替這棵將要被拋棄的老樹。通過這棵年輕的樹，我關於世界博覽會的思想就油然而生了。這時樹精就向我招手。我在巴黎原留的每一天以及後來我返回丹麥以後的日子，樹精的生活以及它與世界博覽會的關係一直盤踞在我的心中，而且逐漸具體化。我覺得我有必要再去參觀博覽會一次。我頭一次的參觀，還不夠全面得足以使我的故事可以寫得眞實和豐滿。因此我在九月間又去了一次。從那次回到哥本哈根後我才完成了這篇作品。（註11）

安徒生雖然自覺有記述這一次世界博覽會的意願和才能，可是「怎麼下筆？」的問題讓他很猶豫。直到他看到了旅館外的那棵年輕的栗樹，樹正在向他招手；他們的靈犀相通了，於是「靈感」猶如閃光般照亮、豁通他的思路，「怎麼下筆？」的問題迎刃而解，他就決定了「通過這棵年輕的樹」，用童話的體裁來寫他的世界博覽會參觀印象。如果不是這棵年輕的樹及時出現，向安徒生招手，使他剎那間幻想出「樹精」的形象，並且通過這「樹精」的眼睛和感受來描述博覽會的奇異和壯觀。如果是其他人，這篇童話可能就被他寫成報導式的〈巴黎世界博覽會參觀記〉，或者是其他形式的〈巴黎世界博覽會遊賞記〉了！

安徒生常常在他的童話中表明故事是眞實的，或者是他親身經歷過的；而他的每一篇童話，又都是在各種不同的機遇或情境下寫出來的，這是因爲他有善於捕捉靈感的敏銳心思。可見，靈感是作家豐富的生活體驗及敏銳覺悟的結晶，生活體驗越豐富、心思越細密，靈感光臨的機會就越大。對於生活經驗貧乏、懶於思考的人，即使靈感光顧了，也是沒有意義的。

當作家捕捉住靈感後，想像力會有「突破性」的發展，創造力就驚人而神速地展開了。法國寫實主義作家巴爾札克，根據自己的創作經驗，對於靈感的「突破性」效果，有過這樣的一段經驗談：

某一天晚上，走在街心，或者清晨起身，或在狂歡作樂之際，巧逢一團熱火觸及這個腦門，這雙手，這條舌頭，頓時，一字喚起了一整套意念；從這些意念的滋長、發育和醞釀中，誕生了顯露匕首的悲劇，富於色彩的畫幅，線條分明的塑像，風趣橫溢的喜劇。這是轉眼即逝、短促如生死的一種幻想，……這是藝術家在活動，在靜寂和孤獨中展示出無窮的寶藏，你想要什麼就有什麼。（註12）

靈感對作家的創作來說，無疑地是一個「突破性」因素，它賜予作家一種特別的洞察力和想像力。靈感一來，立即喚起作家的潛在意識，使他處於一個高度敏銳的狀態，於是「罄澄心以凝思，眇衆慮而爲言」（註13），沿著一定的主題意識，網羅搜索，將胸臆中相關的聞見或印象加以排列組合，並且創造出一個豐富而周延的形象體系。原來滯澀不通的思路，變得活絡而奔放，信息如百川入海，洶湧而至，創作活動大步往前邁進。經驗豐富的作家，都會欣喜於這種「突破性」的快感。

一個優秀的童話作家，一定比平常人更具慧「眼」；他就像一個哲學家一樣，有敏銳的洞察力，有高超的理解力，能將從現實百態中所捕捉的眞實感人事件，依據自己的智慧、素養和體驗，給予生發和改造——親耳所聞的一句話、一個精彩的傳說、一個動人的故事，親眼所見的一個表情、一個動作、一片瓦、一堵牆、一個印象深刻的人，親身經歷的一件難忘的記憶、一件感人的事——遵循現實發展的內在規律，引發聯想，進行虛構，加以補充引申，豐富內容，或刪顯增隱，或加葉添枝，把原本可能非常簡陋、呆板、散亂的事件，變成鮮明、生動、感人的題材。

參　注意兒童的生活與經驗

日本兒童文學家中川正文曾經提出選擇兒童文學題材的三個考慮方向：

一、對兒童的生活空間的擴大是否有效？

二、對兒童的生活課題的解決是否有力？

三、對兒童的精神衛生的作用是否能達到？（註14）

「生活空間的擴大」，是指能增進兒童的智能，豐富其見聞，充實生活經驗。「生活課題的解決」，是指幫助兒童能更有效地解決生活上所遭遇到的種種困難。「精神衛生的作用」，則指能娛悅兒童，幫助他們穩定情緒，漸漸消除幼稚的心理，同時，更懂得處理感情和表達感情，更社會化。他所提出的三個方向，足以使我們瞭解當代先進國家兒童文學發展與創作的走向，相當值得重視。國內則有洪文瓊教授，從兒童發展的觀點，提出童話應具備「滿足兒童的基本需求」、「擴展兒童的認知能力」、「促進兒童社會化」三種功能（註15）。

現代童話的積極任務，是重視兒童身心的發展，反映進步開放的資訊，幫助兒童認識他們置身的時代和世界，啓發他們的思想，逐步把他們引進這個世界，讓他們感受到他們也是這個世界不可或缺的、富有創造力的組成部分，從而引導他們漸漸意識到他們將是未來社會的參與者和創造者，使他們在潛移默化中省覺到對於未來社會參與和改造的意願與責任。

兒童一方面非常愛好他們所熟知的題材，另一方面，由於好奇心的驅使和探索的欲望，更期望讀到新鮮而誘人的題材。因此童話作家既要充分利用兒童已知的經驗，寫他們熟悉的「親密性」題材，又要寫他們新奇未知的「反親密性」題材。對童話作家來說，這實在是頗費斟酌的事，因爲若稍一不慎，寫出的童話可能反而對兒童有害。

以往的童話作家，都偏向寫那些正面、善良、純潔、美好的題材。可是，生活中有光明的一面，也有陰暗的一面。傳統的那些表現光明面的題材，具有正面的教育意義，穩當可靠，卻不見得能引起兒童的興趣；現代童話作家，敢於寫陰暗面的題材，反而可以讓兒童提早品嚐到人生的酸、甜、苦、辣，有助於他們更多面地認識眞實的生活，思考實際的問題，對於培養他們健全的思考認識及辨別是非的能力，也是很有助益的。

隨著時代的開放與進步，我們應該體認到，童話固然應當以正面的題材爲主，卻用不著刻意迴避或忌諱去寫陰暗面的題材。兒童終究在不久的將來要成爲大人的，現在就應該爲他們預留學習、適應、發展的空間，使他們到時候不致惶恐失措。讓他們提早「社會化」，反而有正面的意義。問題的關鍵在於：對什麼層次的兒童才能寫負面的題材？要怎麼去寫？

對於幼小的兒童，因爲他們缺乏主動辨別是非的經驗和能力，當然不能寫陰暗面的題材；可是，對大一點的兒童應該是無所謂的。寫給大孩子的童話，固然可以以寫光明面爲主、陰暗面爲輔；只是對陰暗面的題材，不能正面的、赤裸裸地描寫，而是要做

「相對性」的運用。要寫得讓兒童知道那是不好的，並因而對照發現光明面的意義及可貴，如果一味赤裸裸地去描寫負面的題材，那絕對是對兒童有害的。所以，不是題材本身好壞的問題，而是如何好好運用題材的問題。王泉根教授就認爲：

我們倒是應當謹慎地在作品中把握生活的各個方面，力求使少年讀者（按：在中國大陸，十一、二歲起的兒童就視為少年）通過作品折光地看到這個眞實的世界：既看到這個世界光明燦爛、振奮人心的一面，也不應當迴避客觀存在的落後消極的因素，讓他們通過作品間接地接觸到社會的深層，瞭解現實，洞悉人生。這樣，當他們一旦走向社會，就不會對複雜的社會生活感到茫然無措。事實證明，這樣做對少年讀者的精神發展是有好處的。（註*16*）

這是一種比較理性和進步的觀念，一種不論對作家或對兒童都是有好處的說法。

總結地說，童話作家在擷取題材時，應注意以下三個原則：

一、趣味

兒童對童話的第一要求是「有趣」，童話作家在取材時，也應以「是否有趣？」爲

第一考量。童話作家應該盡力去尋找有趣味的題材，不管是關於一個有趣味的人，或一個有趣味的事件。「主題掛帥」，依主題去「編」童話，讓題材去「圖解」主題的時代已經過去了。

不管是緊張的題材、刺激的題材、驚奇的題材、滑稽的題材、親切的題材、悲傷的題材、詭變的題材、夢幻的題材，只要能引起兒童的關切和興味，都是兒童感覺有趣味的題材。

二、感人

兒童喜歡的是能夠感動他們的題材，表面誇張、實則矯情的題材，一廂情願、心存討好、誤以爲兒童會喜歡的題材，道貌岸然、唱高調、說理的題材，過度注重知識灌輸的刻板題材，陳腔爛調、老生常談、缺乏新鮮感的題材，都不足以感動兒童。

「要感動兒童，必先感動自己」，我們的小讀者，需要從童話中去得到感情的宣洩和交流，去獲取娛樂；童話作家就應該選取自己瞭解得很透徹、感受很強烈、有血有肉的題材來寫童話，以便把自己的感情深深地滲透到作品裡。

三、典型

現代童話的題材，要特別重視「典型性」，以擺脫古典童話時代傳統保守的「類型」泥淖。人物性格要有典型性，事象要有代表性，背景要有特殊性，主題要有象徵性，以打破以往人物性格類型化、事件固定化、背景籠統化、主題教訓化的窠臼。只有具有典型性的題材，才能滿足現代兒童的審美需求、知識程度和鑑賞水準，才能使童話更清新感人，更得兒童的青睞。現代童話所以比古典童話進步，典型化即是重點之一。

第二節　想像美化題材的形象

童話作家從現實生活中所捕捉到的題材，在他們還沒動筆創作前，都還是呈現著原始、樸質、蕪雜、紊亂的樣貌。直到作家想動手寫作了，才會花心思將它們給予一番篩選、剪裁、排列、組合，並注入自己主觀的思想感情和美感意識，擬定主題方向，使它們成爲有用的題材。然而，這些作家決定選用的題材，在他們下筆前的構思及動筆的創作過程中，隨時都有變動、改造的可能。對作家來說，變動和改造題材的目的，是爲了「美化」和「提昇」，使題材在作品的整體有機結構中，展露出精要晶瑩的丰采，並且蘊涵著深刻的思想意識。

壹 想像美化了題材

從小就生活在海邊的安徒生，由於對海的景況有相當的瞭解和體驗，所以當他在描寫《海的女兒》的海底景觀時，能窮極「美化」的想像潛能，才成功地把人魚家族的生活情境描繪得那麼漫妙優雅，把她們生活的深海世界彩繪得如此絢麗而壯觀。安徒生可不必親身下海潛水去觀賞海底奇景，他一來想像地面上一般王族裡的王子、公主們是如何的灑脫俊俏，他們居住的宮殿是如何的富麗堂皇；又任由自己的想像隨著海面上搖擺蕩漾的壯麗波濤，就構築起他童話裡的「海市蜃樓」了。於是，兒童就讀到了一個如眞似幻、美不勝收的海底圖象：

不過人們千萬不要以爲那兒只是一片鋪滿了白砂的海底。不是的，那兒生長著最奇異的樹木和植物。它們的枝幹和葉子是那麼柔軟，只要水輕微地流動一下，它們就搖動起來，好像是活著的東西。所有的大小魚兒在這些枝子中間游來游去，像是天空中的飛鳥。海裡最深的地方是海王宮殿所在的處所。它的牆是用珊瑚砌成的，它那些尖頂的高窗子是用最亮的琥珀做成的；不過屋頂上卻鋪著黑色的蚌殼，它們隨著水的流動可以自動地開合。這是怪好看的，因爲每一顆蚌殼裡面都含有亮晶的珍珠。隨便哪一顆珍珠都可以成爲王后帽子上最主要的裝飾品。（註17）

宮殿外面有一個很大的花園，裡邊生長著許多火紅和深藍色的樹木；樹上的果子亮得像黃金，花朵開得像焚燒著的火，花枝和葉子在不停地搖動。地上全是最細的砂子，但是藍得像硫磺發出的光焰。在那兒，處處都閃著一種奇異的、藍色的光彩。你很容易以爲你是高高地在空中而不是在海底，你的頭上和腳下全是一片藍天。當海是非常沈靜的時候，你可以瞥見太陽：它像一朵紫色的花，從它的花萼裡射出各種顏色的光。（註18）

隨著現代攝影科技的進步，我們可以看到很多介紹海底世界的影片；但是，任何拍攝得再好的海底世界影片，也沒有安徒生憑想像描繪出來的那麼燦爛美麗。宮殿是那麼金碧輝煌，御花園是那麼亮麗幽靜，彷彿是一個仙境。而這個海底仙境的景物，大多數是以海洋生物來鋪設的，只有花果樹木等少數幾樣是從陸地上移植來搭配的，卻又是那樣鮮豔閃耀，光怪陸離，令人覺得炫惑不已，實在美極了。

他想像的這個海底王族，一如地上王府那麼富盛祥和，太后是那麼雍容華貴，公主們是那麼美麗嫻雅、光豔亮麗：

住在那底下的海王已經做了好多年的鰥夫，但是他有老母親爲他管理家務。她是一個聰明的女人，可是對於自己高貴的出身總是感到不可一世，因此她的尾巴上老是戴著一打的牡蠣——其餘的顯貴只能每人戴上半打。除此以外，她是値得大大稱讚的，特別是因爲她非常愛那些小小的海公主——她的一些孫女。她們是六個美麗的孩子，而她們之中，那個頂小的要算最美麗的了。她的皮膚又光又嫩，像玫瑰的花瓣；她的眼睛是蔚藍色的，像最深的湖水。不過，跟其他的公主一樣，她沒有腿；她身體的下部是一條魚尾。

她們可以把整個漫長的日子花費在王宮裡，在牆上長著鮮花的大廳裡。那些琥珀鑲的大窗子是開著的，魚兒向著她們游來，正如我們打開窗子的時候，燕子會飛進來一樣。不過魚兒一直游向這些小小公主，在她們的手裡找東西吃，讓她們撫摸自己。（註19）

難怪保羅・亞哲爾會感歎地說：

那幻想是非常奇妙的，在現實世界裡，是不可能看見的東西，令人驚異的是這些奇異的幻想，都有非常完全的理論在支持，也就是幻想和現實是密切連結在一起的，給人的感覺是完美的眞實感。（註20）

文學形象由於具有集中性、典型性及恆久性，是平凡、裎露的現實事象所無法比擬的，因此，它不但是對現實事象的提高和昇華，更能超越時空，百世常新。現實生活中的題材，經過作家有如魔幻般的藝術手法處理後所產生的美，往往令人覺得比現實世界更純淨，更逼眞，情不自禁地墜入幻覺迷漫的唯美情境中。這是因爲：

在社會生活中，本來就存在著各種各樣的現象，人們生活於其中，由於習以爲常，往往看得很平淡，不易覺察其意義。但是，當它一經作家集中、概括，把其中的矛盾和衝突典型化，寫成文學作品以後，就能給人強烈的印象，使人感到更突出、更眞實。

（註21）

童話雖然自現實生活中取材，卻並不是只把「層出不窮的混雜的事實拘泥地照寫下來」而已。如果只是把事件的實況一五一十的照寫下來，那只是「報導」。「報導」只有實用性，沒有文學性；「報導」只能傳知，不能傳情，更不足以呈現眞實事象的內在美。

絕大多數的童話，都有一個曾經發生過的「事實」做基礎，讀者也會相信這些事件的實在性。童話因爲將這些事件的實況加以藝術加工，以致比原本的事實更「幻」、更「眞」，它已超越了原始的實況，進入到使人感動、震撼的幻想美境界了。超越表象的實況，追求事象內在的「眞實美」，才是文學更高的藝術表現。莫泊桑也說：

> 一個現實主義者，如果他是個藝術家的話，就不會把生活的平凡照相表現給我們，而會把比現實本身更完全、更動人，更確切的圖景表現給我們。（註22）

事件原本的實況，只是客觀存在的表象，它不需要揭示任何哲理，只是「生活的平凡照相」而已。而文學的眞實，透過作家的心眼，洞穿其中的精微處，所以，能表現得比事實本身更深刻，更動人，更精微。

作家爲了要使題材更精彩，所以必須加以美化。美化的結果，雖然使原本的事實在量或質上有所減損，但這樣的減損並不致於扭曲或改變原本的事實，而且，積極有效的改造和增強，使原本平凡的事實，更精彩，更迷人，更能使心性浪漫的兒童有彷如身歷其境、耳聞目見的眞切感。

「童話以審美功能爲具體的表現形式」（註23），經過童話作家美化過了的題材，尤其在「形象美」與「情趣美」兩方面，給予兒童莫大的享受。

貳　形象美的展現

文學的基本特徵，是用形象來反映生活、傳達思想、表現情意，以實現薰陶感化的目的。因此，創造形象是文學創作的中心任務。一個成功的作家，必能使形象在作品中具體鮮明、栩栩如生地展現出來。

文學作品中的「形象」，是指作家筆下所描繪出來的「一切圖景」，是：「作家從現實生活出發，經過典型化手法而創造出來的充滿感情、具體鮮明而又具有審美意義的生活圖畫。」（註24）

文學的目的，是要以文字描述、記敘題材。題材再好，作家若只做平鋪刻板的記錄，雖然可以達到實錄的目的，卻終究無法積極有效地創塑出鮮活的形象，以具體逼眞地展現題材。所以，成功的作家，一定能著力於題材的形象化，強化題材的「形象美」，以展現題材的具體可感性和生動逼眞性。形象的具體可感性和生動逼眞性愈強，表示形象化愈成功，愈能夠鮮明地展現題材的形象美。我們常讀到一些軟弱無趣的作品，雖然也描寫人物，但人物呆板僵化，了無生趣，毫無美感可言，那無疑是對題材的一種糟蹋。

總之，題材展現效果的強弱，端看形象創塑的優劣與否。作品中所鋪述的一切生活情狀，所描繪的一切景致，所描寫的一切人物，都可以構成優美的文學形象。作品中，所有的人物、景致、生活情狀等等形象，如果能緊密地相互關連在一起，成爲完整統一的有機體，就能具體可感地、生動逼眞地展現題材的美感。

被兒童文學史家認爲是「以超乎尋常的美而著稱於世」，並以「對美的追求和探索爲主題」（註25）的王爾德童話，對於形象美的營造，堪稱豐美富膽、精妙絕倫。王爾德總是透過細緻精美的外在形象描繪，來探索和展現人性內在的眞情和美意。

《少年國王》中，十六歲的新王在加冕那天，他力排衆議，堅持著「我進宮來的時候是怎麼打扮，現在也就怎樣打扮著出宮去」；於是他穿著牧羊時穿的粗皮衣和粗羊皮外套，手裡拿著牧人杖，並且隨手折下了一枝爬在露台上面的荊棘，圈成一頂粗糙的王冠戴上。他粗糙、樸素的打扮，終於感動了上帝。上帝的榮光「在他四週織成一件金袍」，隆重地爲他加冕：

太陽穿過彩色玻璃窗照在他身上，日光在他四週織成一件金袍，比那件照他意思製成的王袍還要好看。那根枯死的杖開花了，開著比珍珠還要白的百合花。乾枯的荊棘也開花了，開著比紅寶石還要紅的玫瑰花。百合花比最好的珍珠更白，梗子是亮銀的。玫瑰花比上等紅寶石更紅，葉子是金葉做的。

他穿著國王的衣服站在那兒，珠寶裝飾的神龕打開了，從光輝燦爛的「聖餅台」的水晶上射出一種非凡的神奇的光。他穿著國王的服裝站在那兒，這地方充滿了上帝的榮光，連那些雕刻的壁龕中的聖徒們也好像在動了。他穿著華貴的王袍立在他們前面，風琴奏起樂調來，喇叭手吹起他們的喇叭，唱歌的孩子們唱著歌。（註26）

少年國王在進宮前，是一個「光著腳，手裡拿著笛子」（註27）的窮牧童，行加冕禮那天，「他在清潔的水裡洗了澡，打開一口大的漆上顏色的箱子，拿出他在山腰給牧人看羊時候穿的皮衣和粗羊皮外套。他把它們穿在身上，他手裡拿著他那根牧人杖。」並且「隨手折下一枝爬在露台上面的荊棘。把它折彎，做成一個圓圈，放在他自己的頭上。『這就是我的王冠，』」（註28）對於少年國王實際的裝扮，王爾德只是做了這樣約略、樸素的描述。相對地，王爾德對在加冕典禮中的國王，卻極盡集中、誇張的描繪，造成強烈的對比效果。少年國王前後判若兩人，但前面的樸素，卻更襯映出後面的尊貴和莊嚴。這一切都是上帝的旨意，前後都是美的、善的，毫無衝突的感覺。上帝的榮光不但幻化了他的外在美，也照耀了他的心靈美，更光輝了他仁民愛物的善良本性。王爾德筆下的少年國王，集眞、善、美於一身，締造了樸素而閃亮姝人的形象美。

《西班牙公主的生日》裡，公主被打扮得優雅動人，宛如一個天眞無邪的小天使：

公主卻是他們中間最優雅的，而且她打扮得最雅緻，還是依照當時流行的一種相當繁重的式樣。她的衣服是灰色緞子做的，衣裾和脹得很大的袖子上繡滿了銀花，硬的胸衣上裝飾了幾排上等珍珠。她走動的時候衣服下面露出一雙配著淺紅色大薔薇花的小拖鞋。她那把大紗扇是淡紅色和珍珠色的，她的頭髮像一圈褪色黃金的光環圍繞著她那張蒼白的小臉，頭髮上她戴了一朵美麗的白薔薇。（註29）

王爾德細緻而鮮明地描繪小公主的穿著和妝扮，她的衣服和配件上綴著華麗的珍珠及各種不同顏色的花朵，使她顯得更爲玲瓏可愛。尤其公主頭上戴著一朵美麗的白薔薇，更是象徵著她的純潔和可愛。他爲兒童創塑了楚楚動人、優雅純潔的公主形象。

《了不起的火箭》開頭，王爾德對於王子所迎接的新娘——俄國公主的描寫，既華麗又氣派，很合乎童話中公主的形象：

她是一個俄國公主，坐著六匹馴鹿拉的雪車從芬蘭一路趕來的。雪車的形狀很像一隻金色大天鵝，小公主就坐在天鵝的兩隻翅膀中間。她那件銀鼠皮的長外套一直蓋到她的腳，她頭上戴了一頂銀線小帽，她的臉色蒼白得就像她平時住的雪宮的顏色。她是那麼蒼白，所以她的雪車經過街上的時候，百姓們都感到驚奇。「她像一朵白薔薇！」他們嚷道，他們從露臺上朝著她丟下花來。

王子在宮城門口等著迎接她。他有一對愛夢想的青紫色眼睛，和純金一般的頭髮。他看見她來，便跪下一隻腿，吻她的手。

「你的照相很美，」他喃喃地說，「可是你本人比照相還要美；」小公主臉紅起來。

「她先前像一朵白薔薇，可是現在她卻像一朵紅薔薇了，」一個年輕的侍從對他的朋友說，整個宮裡的人聽見了都很高興。

這以後的三天裡面人人都說著：「白薔薇，紅薔薇，紅薔薇，白薔薇；」……（註30）

除了正面描述外，還有百姓們驚奇的讚歎和歡呼、王子躊躇滿志的陶醉自語、年輕侍從的稱頌，不但使這一幕俊男美女結合的情景，浮現著浪漫優美的氣象，而萬民騷動的熱鬧氣氛，更側寫出公主華貴、美麗的形象。優雅美麗的事物，熱鬧動人的景況，都是兒童們最喜愛的。此景此情，對於好奇而富聯想力的純潔兒童，不啻充滿著美麗的幻想，也帶給他們無限的歡娛和憧憬。

優秀的童話作家，除了能抓住人物的特徵進行正面的形象描寫外，還會運用象徵、側寫、比擬等手法，將人物不易捕捉的部分，加以補充敘述，以營造更強、更深刻的藝術感染力，所以能成功地創造人物景致的「形象美」，因而「把比現實本身更完全、更動人、更確切的圖景表現給我們」。

參　情趣美的展現

童話講究趣味，但趣味絕不止於「引人發笑」而已。只爲「引人發笑」，不但標準太低，而且容易流於浮濫粗俗、玩世不恭。所以，童話不能只要求淺薄的趣味而已，要更深刻地展現「情趣美」。

所謂「情趣」，著者認爲，應該是指：飽含深度的感情，能產生深遠的意境，而且富有啓發性的「眞趣味」。能「飽含深度的感情」，才不致流於膚淺，才能緊緊扣住讀者的心弦；「能產生深遠的意境，而且富有啓發性」，才是一種永恒的、發人深省的、耐人尋味的、甚至於讓人笑出淚來的「眞趣味」。

一般所謂的趣味，往往止於蜻蜓點水，縱使能博君一粲，終究浮淺空洞而不耐咀嚼；而「情趣」，是經過篩選和營造後的深刻化了的趣味，散發著深情的慰藉或喜悅，不但引人遐思，更因而醞釀著無限感人的氣氛。童話作家，若想創造「情趣美」，就必須嚴格地將一般性趣味事件，給予提煉，使這個一般性趣味提昇爲「飽含深度的感情，能產生深遠的意境，而且富有啓發性」的特殊趣味。

《讓路給小鴨子》，把警察的「和善、負責任，和有人情味兒」，和「行路安全成問題」的一大家子野鴨家庭聯想在一起，寫成一個逸趣橫生的童話，眞是天機妙想。

當母鴨馬拉太太獨自帶領著牠的八隻寶貝小鴨，排成一路縱隊，游過了河，搖搖擺擺地要走回公園小島上的老家時，因爲公路上有很多汽車，汽車一面飛馳一面猛按喇叭，把馬拉太太和八個寶貝嚇得不停地「呷！呷！」大叫，牠們吵吵鬧鬧地擁擠在一起，情況相當危險。這時候，米其爾警察適時出現——一面擺手，一面吹哨子，以便解除牠們的危機：

米其爾站在馬路的中間，舉手命令所有的汽車都停下，然後像一般的警察那樣，用另一隻手招呼馬拉太太通過。

馬拉太太和牠的孩子們平平安安的到了街那邊，走向德農山街，米其爾立刻跑回他的崗亭去。

他打電話到警察局，對克蘭薩說：

「有一群鴨子正在這條街上走！」

「一群什麼？」克蘭薩問。

「我是說一群鴨子！」米其爾大聲的嚷。「趕快派一輛警車來！」

這時，馬拉太太已經走到了街角書店，轉向查理街，賈克、凱克、拉克、馬克、尼克、奧克、白克和桂克在她後面排成了一直行，跟著她。

……

當他們走到白肯街轉角的時候，克蘭薩已經從警察局派了一輛警車和四個警察趕來。他們命令所有的車都停下來，好讓馬拉太太和小鴨子走過馬路，一直走進公園。

他們走進了公園的大門以後，都回過頭來向警察們說謝謝，警察們也都微笑著向他們招手說再見。（註31）

「和善、負責任，和有人情味兒」的警察先生，居然「管」到鴨子們的行路安全問題，實在有趣——這不是「管閒事」，而是出於米其爾警察的一片誠心。警察先生把鴨子當人看，視鴨命如人命，完全以愛為出發點，所以有無微不至的照顧與關懷。「米其爾站在馬路中間，舉手命令所有的汽車都停下，然後像一般的警察那樣，用另一隻手招呼馬拉太太通過。」這在尋常人眼裡，已經夠有趣了。而眼看著鴨子們平安通過了，米其爾還不放心，立即又跑回自己的崗亭，急忙打電話請他的同事來支援，非得親眼看到鴨群全部安全地走回到家不可。米其爾警察的「和善、負責任」，可見一斑了。也許這是他的職責所在，但是特別感人的是他的「人情味兒」。因爲舊識，因而心生憐憫，這是人之常情；但是，放下「管人」的正經事，卻菩薩心腸地一路關懷「鴨事」到底，一陣「人事鴨事天下事」，煞是有趣。自己已分身乏術，還要呼朋引友來「一起管」，則更是妙人妙事了。而這其中，單純坦率的心態，一路好朋友做到底的義氣，只爲了發自內心的眞情眞意。鴨媽媽馬拉太太，「覺得很得意」，「翹起扁嘴」，「踱得更神氣」，一副「你看，我這個警察朋友很夠意思吧！」的神態，十足表現出牠的感激。看「他們走進了公園的大門以後，都回過頭來向警察們說謝謝」，而「警察們也都微笑著向他們招手說再見」，這個場面，這個鏡頭，簡直「美」得像一首詩，令人不禁發出會心的微笑。天底下，「關懷」與「感激」之間不知發生了多少感情深厚、意境深遠的故事（註32）。米其爾警察與鴨子們的情誼，給了小朋友一個十足的大啓示——永恆的友誼，就是要「彼此關懷、心存感激」。這是多麼耐人尋味的情趣。

《老房子三號》（註33）描寫一幢座落在「黃色街三號」的老房子，早已沒有人居住了，正好市政府要實施新的都市改造工作，決定要把它拆掉。可是有一群活潑大膽的孩子，及時闖了進去。這群孩子分別從各自的家裡搬來一些廢棄不用的舊傢俱，把老房子重新布置得既整齊又漂亮；他們不但在院子裡種了蔬菜，還修了一個籬笆，使老房子變得煥然一新，好像又年輕了起來。他們就在老房子裡活動、交誼，使老房子又再度熱鬧了起來，最後更住進老房子裡一起生活。市政府雖然前後三次派了工人要拆掉這幢老房子，卻被這群小孩子的熱情所感動。於是工人們出面向市長要求保留這幢老房子，最後總算解除了老房子被拆除的厄運。

這個童話情節很簡單，讀來卻滑稽有趣，對於孩子們的創意給予最大的肯定，對兒童真誠坦率的情操，有積極的正面鼓舞作用。

這個童話的情節，分成兩條主線，交錯發展。第一條主線是工人們三次前來拆房子的經過。

第一次：

工人們坐著卡車出發了。他們穿過了五個十字路口，然後他們就向左拐。黃色街上來往的汽車不多。鑽進那幢老房子的孩子們都跑到窗口邊來。卡車在三號門口停下了。工人們抬起頭來向這房子瞧了瞧，不知道怎麼辦才好。他們喊：

「這不是要拆除的那幢房子！它裡面住滿了孩子呀！」

他們於是便離開了。他們在城裡各處去找另一條黃色街和另一座三號房子。但他們

什麼也沒有找到。（註34）

只因爲「孩子們都跑到窗口邊來」，局部改變了老房子的景觀，就迷糊了拆除工人的思辨，以致無功而退，暫時延遲使老房子免於被拆除的命運。第二次：

市政廳又把工人們喊去，向他們傳達了關於這個城市的計畫，說：「就在今天，黃色街上的那座三號房得拆除掉！」

工人們在那個三號房面前經過了好幾次。每次他們都停下來，對自己說：「但這並不是一個老房子呀。它裡面住著人。每個窗台上還放著花！」他們又離去了。這整天他們尋找那另一條黃色街和那一座三號房子，但是毫無結果。（註35）

第二次的拆屋行動，市政府的態度更堅決，可是拆除工人們卻更迷糊了，拆房子的行動又受阻了。這是因爲小孩子們把老房子布置得更充實，更美麗：

他們從自己父母家的地窖和儲藏室裡帶來了一些舊木匣子，然後把這些木匣子又改裝成爲桌子、椅子和小櫃。每人都有一個小櫃櫃，裡面擺設著他們自己心愛的一些東西：金紙和銀紙啦，玻璃球啦，從雜誌上剪下來的一些彩色畫啦，一些有趣的書啦，小鏡子啦，顏料管啦，一把錘子啦，彈弓啦，等等。

孩子們用彩色紙剪出一些指嘴用的餐巾。他們還用罐頭瓶子做出一些漂亮的花瓶。他們還從家裡搬來一些花缽子，現在也擺在窗台上。這座房子現在又變得年輕了。（註36）

孩子們用來布置老房子的東西，全是他們平常喜歡收集的廢物，他們的創意使腐朽化爲神奇，把老房子布置得琳琅滿目，儼然是個溫馨的家庭了。難怪拆除工人們會比第一次來時更迷糊！

第三次的拆屋行動，更有了戲劇性的發展：

載著工人們的卡車又在這座房子面前停下了。孩子們跑到窗口那兒，喊：「叔叔們好！叔叔們好！」

工人們也回答說：「你們好！」接著波布也走下樓來了。他和他們交涉，他們是否可以運點白沙子來，把院子裡的那些小徑鋪上沙子。

「當然可以，我們將運一些來，」工人們表示同意。他們接著就離開了，說：「這是第三次我們被派來拆除黃色街三號的房子！不過這並不是一座老房子呀。每次它總顯得更年輕。它的煙囪甚至還在冒煙。這裡住滿了孩子，院子也料理得很好，而且門檻上還坐著一隻漂亮的白貓。」（註37）

一群小孩子的努力，不但能抵抗政府的決策，更能改變政府的決策，在現實世界裡，簡直是荒唐透頂；然而，在童話世界裡，這是可以的，是合情合理的。想像使題材構成一個愉快、和諧的童話世界，使這個童話充滿情趣：

一、滿足兒童的遊戲需求：闖進一座沒有人住的老房子，把自己心愛的收集物聚在一起，發揮自己的創造力，盡情地任意布置，模仿大人構築自己滿意的祕密窩，對小孩子來說，這是平日幻想的實現。情節採用「三次反覆法」，層遞地展現孩子們跟成人周旋時冷靜、機靈、耐心的鬥智手法，更滿足兒童的勝利感。

二、兒童自我意志的實現：童話中拆除工人們並沒有訴諸權威，反而能欣賞小孩子們的創意，耐心地對待兒童，漸漸地理解他們、欣賞他們、支持他們，不但解除了可能發生的對立衝突，更營造了一個彼此和諧、溝通、尊重的融洽場面，使小孩子們能實現自我的意志，人格尊嚴受到了重視和鼓舞，夢想也完成了。

三、充滿滑稽趣味感：拆除工人們兩次誤以爲找錯了地方，第三次還答應爲孩子們鋪白沙小徑，最後甚至說服了市長，解除了拆房子的命令。這種似眞非眞、似假非假的藝術處理，不但合乎「作家自建世界運作的邏輯」，也產生了高度滑稽趣味的效果。荒唐中卻帶有幾分人情味，不但避免了僵局的發生，而且還峰迴路轉，造成了令兒童稱心如意的圓滿結局，合乎小讀者的心理期盼，達到怡情悅性的作用。

文藝心理學家認爲，想像是一種「美化了的遊戲」，能讓兒童「見出自我的權能」（註38），使他們的心靈能自由放任地馳騁，趣味因而融進感情世界中，層次驀然提昇，「情趣」因而不請自來。兒童所以喜歡或相信想像世界所發生的故事，樂於徜徉在想像世界中，都是爲著享受想像所產生的情趣，並從中獲得解脫般的快慰。

童話作家創作童話的目的，不只是想說個故事讓兒童排遣無聊而已，它的更崇高的理想，在於使兒童藉由對「情趣美」的體悟，獲得「啓發情意，美化性靈」的好處。

第三節　虛構提昇題材的內涵

「虛構」是想像的具體表現。一般研究童話的學者及童話作家，都注意到了「虛構」可以增進童話的趣味，滿足兒童的閱讀興趣。虛構固然能增進題材的趣味性，但更重要的是：它把原本的眞實變得更瑰麗動人，因而提昇了題材的思想內涵，使兒童對於向來習以爲常而看得很平淡的題材，引起高度的關注與興趣，心中有所頓悟，甚至起了某種震撼。

作家的虛構，是將寫作時的原始構想，一再經驗人間現況的洗禮而「再生」的，因此，經過虛構後的作品，不但寓集人間幾許眞實的「寶鏡」，既不失鑑照的意義，更使題材的內涵深刻化，使寓意「已然由一而化千萬」(註39)，遂使整個作品變得更多采多姿，更生動感人，成爲臻於藝術極致境界的精品。

虛構更是「一種最奔放的、且指向未來的特殊想像」(註40)，所以作家虛構的態度是嚴謹的，絕對不是作假、詭騙或胡扯的。虛構不是玩世不恭的「矯揉作假」，而是爲了強化效果而進行的「有限制的擬撰」(註41)。所以，作家的虛構，仍然以事實爲基礎，是對原始眞實的投入、鑑照和再生，必須是合乎情理、合乎邏輯；如有作假、訛騙或胡扯旋即會被揭穿，是不可能被接受的。

看修斯博士虛構的烏龜大王亞特爾那副窮凶惡極、不可一世的臉孔：

當烏龜王亞特爾坐在烏龜堆最上層的時候，他能夠從他那天空中的寶座上，看到四十英里遠！「了不起！」亞特爾叫起來。「我是樹木的國王！鳥兒的國王！蜜蜂的國王！蝴蝶的國王！空氣的國王！啊，我這寶座！我這奇妙的椅子！我是烏龜王亞特爾！我簡直太妙了！我是我能看到的一切的統治者！」（註42）

「少廢話！」握有大權的亞特爾國王大吼一聲。「你沒有權利向世界上最高的烏龜王說這種話。烏龜大王是從雲彩上統治下去的。我統治著土地，也統治著海洋。這裡沒有比我更高的了！」（註43）

當他看見月亮從他的頭頂上升上去，更囂張地叫喊著：

「那是甚麼東西？」亞特爾發出了藐視的聲音。「不像話，那是什麼東西，居然敢升得比亞特爾大王更高？這個我受不了！我要再往上升！我要召集更多的烏龜，讓他們一直堆到天上去！我差不多需要五千六百零七隻烏龜！」（註44）

亞特爾的狂妄，令人血脈賁張，難以忍受；可是，舉世的獨裁魔王個個都是如此。修斯博士的虛構，可眞是「投入人間，接受人間的洗禮而再生」（註45）的。引文中亞特爾一再自我膨脹的放言吆喝，聲浪一波高過一波，藉赤裸裸地表露猖狂囂張的形象，使兒童從那漸次升高的氣燄中，對亞特爾大王的性格有了一番深切的瞭解和體悟，因而對周遭相類似的人事，產生反思和警惕。這個虛構深刻了題材的內涵，也因此發生了強烈的教育作用。

《木偶奇遇記》的木偶匹諾曹，只要一說謊話，鼻子就變長：

「這四塊金洋——現在你放在哪裡？」仙子問

「我已經丟了！」匹諾曹說；但是他說了一個謊，因爲他放在衣袋裡。

他稍微說一個謊，他的本來已經很長的鼻子，立刻又長了兩個指頭這麼長短。

「你在什麼地方丟了的呀？」

「丢在這裡附近的樹林裡。」

他說了這第二個謊，他的鼻子便更長了。

「如果你在這裡附近的樹林裡丢了的，」仙子說，「那麼我們去找罷，我們一定可以找著，因爲凡是丢在這林子裡的東西，總是找得到的。」

「啊！現在我記起一切來了，」木偶回答，他似乎十分難爲情的樣子；「這四塊金洋我沒有丢掉，不過在喝你藥水的時候，一古腦兒吞下肚裡去了。」

一說這第三個謊，他的鼻子眞長得不得了，可憐的匹諾曹一動也不能動了。如果他要向這邊轉過來，他的鼻子會觸在床上，或玻璃窗上，如果他要向那邊轉過去，那麼鼻子會觸在牆壁上，或門上，如果他要略爲仰起些頭來，那麼仙子的眼睛險些兒給他戳破。（註46）

說謊話眞會使鼻子變長嗎？大一點的孩子一定不相信。可是，每次說謊話時，心跳一定加快的經驗總是忘不了的，雖然有時候可以騙過去，但總有幾次會被識破，會得到應得的懲罰；一而再地說謊被發現，便會令人討厭。匹諾曹的鼻子一再地變長，就是他得到懲罰的標記；一有了標記，就很難消除了。說了謊，就像鼻子變長以後的匹諾曹，想做什麼行動都不方便。不說謊時，是多麼心安理得，自由自在的；一說謊，心理就開始緊張，很不自在，很不安全。對了，每次說謊時，別人總是笑著，正像「仙子看著他只是好笑」一樣。兒童看了這個虛構的情節，會有這樣尷尬的反省，雖然他知道鼻子不可能變長，但是，他會情不自禁地摸摸自己的鼻子。科羅狄當初這麼虛構，是不是有意嚇唬小孩子，我們不得而知？可是，卻能引發兒童的一陣深思。他的苦心孤詣，可是產生了某種程度的效果。

流浪狗小黑，為了感恩圖報，竟然權充炮彈，躲進炮筒裡，配合馬戲班的小丑，做了一場最完美的演出：

> 夜場開始了，小丑的節目也快到了。小黑趁大家不注意，爬進炮筒裡。點炮的人也探頭向炮筒裡看過，看到小黑縮成一團的樣子，以為她就是炮彈。小黑的心跳得好厲害，靜等著興奮時刻來到。
>
> 有幾個馬戲團的經紀人，臉色都很難看，瞪著小丑，嘴裡念叨著：「這小丑，眞該叫他走路了。」
>
> 轟！小黑直向那紙箍飛過去，不偏不歪，從當中穿過。

觀眾發現那「炮彈」是一隻小黑狗，都高聲叫好兒。小丑一看原來就是小黑，也驚訝得差點兒把紙箍掉在地上。

小黑落在一面鼓上，很神氣的站著，聽觀眾一陣陣的叫好兒。大家把小丑和小黑扶到馬背上去，繞場一周。觀眾掌聲更響，喊聲更高。（註47）

伯靈罕的這個虛構情節，滑稽的氣氛掩蓋了「小黑會摔得鼻青臉腫」的顧慮，以全然無瑕的完美表演收場。大人們逞「患難與共、生死不渝」的血氣之勇，小孩是不懂的，作者以喜氣、圓滿收場，昇華了友情必須「互相珍惜，互相幫助」的高貴意義。內涵豐盛的童話，只有用人類高貴的心靈去構思，才能產生出來，而且深深感動讀者的心，使他們的心窗爲之敞開，興起一種深得我心的舒暢感，因而得到清爽快樂的體悟。

王爾德爲《快樂王子》虛構了小燕子吻別王子的情節：

最後他知道自己快要死了。他就只有一點氣力，夠他再飛上王子的肩上去一趟。

「親愛的王子，再見罷！」他喃喃地說，「你肯讓我親你的手嗎？」

「小燕子，我很高興你到底要到埃及去了，」王子說，「你在這兒住得太久了；不過你應該親我的嘴唇，因爲我愛你。」

「我現在不是要到埃及去，」燕子說。「我是到死之家去的。聽說死是睡的兄弟，不是嗎？」

他吻了快樂王子的嘴唇，然後跌落在王子的腳下，死了。

那個時候在這座像的內部忽然起了一個奇怪的爆裂聲，好像有什麼東西破碎了似的。事實是王子的那顆鉛心已經裂成兩半了。這的確是一個極可怕的嚴寒天氣。（註48）

緊接著是童話結尾的一個寫實情節：第二天大清早，市參議員們陪著市長在下面廣場上散步。他們走過圓柱時，市長仰起頭看快樂王子的像，說：「呀，快樂王子多麼難看！」「的確很難看！」市議員們齊聲附和市長的意見。大家便走上去細看。市長看到王子劍柄上的紅寶石掉了，眼睛也沒有了，再也不是黃金的了，就說：「他比一個討飯的好不了多少！」市參議員也跟著說：「比一個討飯的好不了多少！」後來，大學的美術教授更說：「他既然不再是美麗的，那麼不再是有用的了。」最後市長決定重鑄一個自己的塑像。「不，還是鑄我的像」，每個市參議員都爲鑄造自己的塑像而爭吵了起來。這時，碰巧上帝要他的天使把這座城裡最珍貴的兩件東西拿給他，天使便把鉛心和死鳥帶到上帝面前。「你選得不錯，」上帝說，「因爲我可以讓這隻小鳥永遠在我天堂的園子裡歌唱，讓快樂王子住在我的金城裡讚美我。」（註49）

小燕子心甘情願地餓死、凍死了，牠了無遺恨，因爲「死是睡的兄弟」，牠的心境是如此坦然而快樂。莊嚴華貴的王子，鉛心裂成兩半，變得破碎難看，比一個討飯的乞丐好不了多少。可是他們悲天憫人的心靈，比起那些貪名圖利的市長、市參議員及大學美術教授，可要高貴多了。上帝讓王子和小燕子住在永恆的金城及天堂園子裡，讓他們獲得永生。世俗的眼光，只是注視表層的美醜，永遠看不到聖潔美麗的心靈；人們因而只計較物質的實用價值，卻忽視了它的精神意義。

這個虛構，透過與世俗功利形象的對比，不只造成一股悽美的氣氛，更讓讀者悟出美麗和醜陋的眞諦。王爾德以虛構的眞善美形象，呈現他對眞美的歌頌，也相對地對功利現實做了嚴厲的批判，題材的思想內涵，因而獲得了高度的提昇。

童話作家甚至也爲沒有生命的東西虛構了迷人的情愛世界。安徒生的《堅定的錫兵》，那個錫鑄的小兵士，一直愛戀著紙剪的小舞女：

他看到從前的那些小孩，看到桌上從前的那些玩具；還看到那座美麗的宮殿和那位可愛的、嬌小的舞蹈家。她仍然用一條腿站著，她的另一條腿仍然是高高地翹在空中。她也是同樣地堅定啦！這種精神使錫兵受到感動：他簡直要流出錫眼淚來，但是他不能這樣做。他望著她，她也望著他，但是他們沒有說一句話。

正在這時候，有一個小孩子把錫兵拿起來，把他一股勁兒扔進火爐裡去了。他沒有說明任何理由：這當然又是鼻煙壺裡的那個小妖精在搗鬼。

錫兵站在那兒，全身亮起來了，同時他感到一股可怕的熱氣。不過這熱氣是從實在的火裡發出來的呢，還是從他的愛情中發出來的呢，他完全不知道。他的一切光彩現在都沒有了。這是因為他在旅途中失去了呢，還是悲愁的結果，誰也說不出來。他望著那位嬌小的姑娘，而她也望著他。他覺得他的身體在慢慢地熔化，但是他仍然扛著槍。堅定地立著不動。這時門忽然開了，一陣風闖進來，吹起這位小姐。她就像西爾妃德（按：空氣的女仙）一樣，飛向火爐，飛到錫兵的身邊去，化為火焰，立刻就不見了。這時錫兵已經化成為一個錫塊。（註50）

沒有生命的玩偶，怎麼會有感情？安徒生以擬人法來完成他的虛構情節。錫兵是個嚴守紀律的「軍人」，他一直保持著「軍人」的品性，因此，他對愛情也一樣忠誠堅定，並不因際遇的不同而有所改變。安徒生寫這個題材，其實是想從平凡的男女私愛去提醒讀者：忠於自己的理想，堅定信念，不可輕言放棄。人世間有萬般情愛，只要是眞心不假的，都值得堅持，值得期待。成人世界裡的情愛，也許如天氣的陰晴不定，可是，我們的童話大師卻堅執著這種思想，並且想藉此來薰陶純情的小讀者。

保羅．亞哲爾說：

談起「生命」，我們所留心的都是明顯的具有「生命現象」的生物，如果我們把視線轉移到「生命內斂」的事物所具有的，個別的靈魂去探索它的祕密，可能是很有意義的一件事啊！縱使這只算是一種消遣或娛樂，但很明白可以看出，這種作爲充分表示了人們對「事物」寄託了濃厚的感情。（註51）

亞哲爾所言不差，童話作家就是能裕如地出入於有生命與無生命之間，因此能發揮美妙的想像，進行藝術虛構，完美地美化題材，提昇題材的精神內涵。

第四節　題材運用的技巧

題材擷取務求「精要」，要精挑細選題材中最重要、最精彩、最特殊、最有意義的部分，而將那些無關緊要的冗枝蕪葉，一律給予淘汰去除。因爲，把一切都敘述出來是不可能的；而創作的意義，也不是只「把層出不窮的混雜的事實拘泥地照寫下來」（註52）而已。

在這一節，我們就以安徒生最膾炙人口的自傳童話《醜小鴨》，來分析探討作家運用題材的手法。

由於是自傳童話，所以《醜小鴨》的寫實性很強。而安徒生又善於靈活運用題材，擷取精要、剪裁得宜，使《醜小鴨》成爲一篇現實與想像密切契合，既精緻又完美的經典童話。

安徒生在他的自傳《我的一生》裡，詳細敘述他的生平事跡——早年被排斥及漂泊流浪的坎坷生涯，中年成名以前所經歷的折磨與奮鬥，成名後的中晚年所遭遇到的嘲諷與屈辱以及所獲得的肯定和殊榮。他終生堅持於文學創作，在艱苦的逆境中掙扎，力爭上游、奮鬥不懈，終於得到了光榮而永恆的成就。《醜小鴨》的內容，也明顯地含蓋著他一生的三個階段，象徵他一生的坎坷、奮鬥和成功。我們不僅可以從《醜小鴨》的內容去比對安徒生一生的際遇，更可以從中探知他如何運用題材，階段地鋪寫人生歷程。

壹　以「醜小鴨」自嘲，簡扼概括早年歲月

命運的作弄，安徒生從小就頻遭同伴的排斥與欺侮，他以「貌醜」比況自嘲，以「善良」暗喻反諷，寫實與想像相濟，概括而生動地描述早年的坎坷歲月。

一、「醜」小鴨的初生——失歡的童年

最後這隻大蛋裂開了。「僻！僻！」新生的這個小傢伙叫著向外面爬。他是又大又醜。鴨媽媽把他瞧了一眼。「這個小鴨子大得怕人，」她說，「別的沒有一個像他；但是他一點也不像小吐綬雞！好吧，我們馬上就來試試看吧。他得到水裡去，我踢也要把他踢下水去。」

第二天的天氣是又晴和，又美麗。太陽照在綠牛蒡上。鴨媽媽帶著她所有的孩子走到溪邊來。噗通！她跳進水裡去了。「呱！呱！」她叫著，於是小鴨子就一個接著一個

跳下去。水淹到他們頭上，但是他們馬上又冒出來了，游得非常漂亮。他們的小腿很靈活地划著。他們全都在水裡，連那個醜的灰色小傢伙也跟他們在一起游。

「唔，他不是一個吐綬雞，」她說，「你看他的腿划得多靈活，他浮得多麼穩！他是我親生的孩子！如果你把他仔細看一看，他還算長得蠻漂亮呢。嘎！嘎！跟我一塊兒來吧，……」（註53）

安徒生在自傳裡說到他的童年：「我是學校裡最小的孩子，在別的孩子做遊戲的時候，我的老師卡爾斯登先生總是攙著我，免得我被別人踩傷。」（註54）但「我很快長大了，而且是個高個兒小伙子。」（註55）稍大一點後的安徒生，既瘦又高的身材，就像一隻長在鴨群裡「又大又醜」、「大得怕人」的「醜小鴨」。安徒生這樣的比喻自己，是有來歷的。而母親從小就像童話中的鴨媽媽一樣地疼愛他——「我是獨生子，因此受到溺愛。因爲我常聽母親說我比起她小時候不知要幸運多少，她還說，我給撫養得像個貴族孩子。」（註56）以至於在學校裡，「女老師不敢打我，因爲母親曾以不能碰我做爲我入學的條件。」（註57）

安徒生雖然以「醜小鴨」的形象忠實地描述自己不討好的樣貌，但母親細心的呵護和憐愛，正如他在童話裡一再提及「游得非常漂亮」、「腿划得多靈活」、「浮得多麼穩」，無非想以「自嘲」預留伏筆，暗諷世人以貌取人的愚昧無情。

除了長相怪異外，天生喜好幻想的安徒生總是有說不完的古怪故事、演不完的戲碼、不切實際的夢想，因此常常遭到同學的挖苦、譏笑和排斥：「我向男同學們講一些稀奇古怪的故事，在這些故事裡我總是領袖人物，但有時也爲這個受到挖苦。」（註58）「有一天，我被一群粗野的孩子跟上了，他們在我背後譏笑地叫喊：『瞧，劇作家跑了！』我便藏在家中的一個角落裡哭泣著向上帝祈禱。」（註59）有一天，他告訴一位要好的女同學說：「當我成爲貴族時，你就可以在我的城堡裡當擠牛奶的女工嘍！」女同學嘲笑他，說他只不過是一個窮孩子罷了。後來他畫了一幅「我的城堡」的圖給她看，並且告訴她：「我是個破落家庭出身的高貴的孩子，這是上帝的天使下凡時對我說的。」這個女同學不但不相信，還奇怪地盯住他，並向站在附近的另一位同學說：「他是跟他祖父一樣的傻子。」（註60）總之，童年時候的安徒生是一個怪異而不受歡迎的人物，正如他在童話裡寫的：

「……呸！瞧那隻小鴨的一副醜相！我們眞看不慣！」於是馬上有一隻鴨子飛過

去，在他的脖頸上啄了一下。

「請你們不要管他吧，」媽媽說，「他並不傷害誰呀！」

「對，不過他長得太大、太特別了，」啄過他的那隻鴨子說，「因此他必須挨打！」（註61）

「他不好看，但是他的脾氣非常好。他游起水來也不比別人差——我還可以說，游得比別人好呢。我想他會慢慢長得漂亮的，或者到適當的時候，他也可能縮小一點。他在蛋裡躺得太久了，因此他的模樣有點不太自然。」她說著，同時在他的脖頸上啄了一下，把他的羽毛理了一理。「此外，他還是一隻公鴨呢，」她說，「所以關係也不太大。我想他的身體很結實，將來總會自己找出路的。」（註62）

這是頭一天的情形。後來一天比一天糟。大家都要趕走這隻可憐的小鴨；連他自己的兄弟姊妹也對他生起氣來。他們老是說：「這個小醜妖怪，希望貓兒把他抓走才好！」於是媽媽也說起來：「我希望你走遠些！」鴨兒們啄他。小雞打他，餵雞鴨的那個女傭人用腳來踢他。（註63）

只因長得醜，就要被啄、被打、被踢，但眾怒難息，連鴨媽媽也莫可如何。可是，醜小鴨很善良，「他的脾氣非常好」，總是逆來順受，從不回手；而且他「身體很結實」，「游起水來也不比別人差」，「還可以說，游得比別人好」；深藏的美質終究不是粗俗的常人所能發覺的。安徒生誇張而集中地描述醜小鴨被排斥、欺侮的慘狀，正是他的「失歡童年」的寫照，讀來令人深感同情，可以說描述得既逼眞又傳神。但是，他深信自己畢竟是個有才華的人，他會說故事，會編劇、演戲，會朗頌詩歌，他是美麗的，一點也不醜。這篇童話標題做「醜小鴨」，不但是安徒生的「自嘲」，同時也是對無情現實的「反諷」。

二、醜小鴨的離家——視野的開拓

不能被認同和接受的醜小鴨，只得遠離他最初生活的小世界。正如安徒生十四歲時毅然決然地離開窮鄉僻壤的故鄉奧登塞一樣：「當我的母親以最堅決的口氣命令我跟一個裁縫當學徒時，我執意懇求她答應我去哥本哈根做一次旅行，以便觀光一下世界上最大的城市。」（註64）這時候，他積蓄了三十元丹麥幣，他天眞地想著：「人們一開頭必須經受大量的苦難，而後就會出名。」（註65）美夢竟然實現，「我的母親把我的衣服收拾成一個小包袱，她以三塊錢的價格同一輛運送郵件的四輪馬車車夫達成交易：把我帶到哥本哈根。」（註66）可是，到了新奇寬闊的新世界，雖然置身新的環境，也認識了許多新的朋友，他仍然要忍受歧視與孤獨：

於是他飛過籬笆逃走了；灌木林裡的小鳥一見到他，就驚慌地向空中飛去。「這是因爲我太醜了！」小鴨想。於是他閉起眼睛，繼續往前跑。他一口氣跑到一塊住著野鴨的沼澤地裡。他在這兒躺了一整夜，因爲他太累了，太喪氣了。

天亮的時候，野鴨飛起來了。他們瞧了瞧這位新來的朋友。

「你是誰呀？」他們問。小鴨一下轉向這邊，一下轉向那邊，儘量對大家恭恭敬敬地行禮。

「你眞是醜得厲害，」野鴨們說，「不過只要你不跟我們族裡任何鴨子結婚，對我們倒也沒有什麼大的關係。」可憐的小東西！他根本沒有想到什麼結婚；他只希望人家准許他躺在蘆葦裡，喝點沼澤的水就夠了。

他在那兒躺了兩個整天。後來有兩隻雁——嚴格地講，應該是兩隻公雁，因爲他們是兩個男的——飛來了。他們從娘的蛋殼裡爬出來還沒有多久，因此非常頑皮。

「聽著，朋友，」他們說，「你醜的可愛，連我都禁不住要喜歡你了。你做一個候鳥，跟我們一塊兒飛走好嗎？另外有一塊沼澤地離這兒很近，那裡有好幾隻活潑可愛的

雁兒。她們都是小姐，都會說：『嘎！』你是那麼醜，可以在她們那兒碰碰你的運氣。」（註67）

外面的世界顯然比故鄉奧登塞繁華多了，但是以安徒生樸素單純的個性、貧乏的知識基礎、低賤的出身，想要在人文薈萃的哥本哈根出人頭地，獲得出名的機會，簡直難如登天，這是年幼天眞的安徒生始料未及的。來到哥本哈根以後的安徒生，朋友們不只在乎他長相醜，更計較他的出身與文化水準。他在自傳裡一再表明：在家鄉時，「我還幾乎不能用字母正確地拼一個詞兒，我從不在家裡做功課，」（註68）「詩人古爾堡因為當他看出我的信寫得那麼錯誤百出時，便答應教我丹麥語。」（註69）他十七歲（一八二二年）時寫的劇本《維森堡的強盜》，「由於沒有人幫助我，劇中幾乎沒有一句話寫對。」（註70）因而收到一封無情的退稿信：「人們不會希望保存這樣嚴重缺乏基本知識的作品。」（註71）同一年，劇院的經理拉貝克在退還安徒生的另一個劇本《阿爾芙索爾》時告訴他：「他希望我通過進學校認眞學習以及認眞研究前人的一切必要的知識。」（註72）這一年秋天，他經同鄉的國會議員柯林的介紹，進入斯拉格爾斯的中學讀書，才發現「我在學校最低的班級與一些小男孩為伍，我眞是一無所知。」（註73）而且，據說他一生中的幾次戀愛，也都因爲身世寒微、長相醜怪而沒有成功，使他非常沮喪。童話中對於這些傷心事，總是若有似無的一語帶過，當做一個小小的插曲，以避免多生枝節而淆亂了主題。

在這個情節裡，安徒生以簡扼、概括的方式，集中敘述他初到哥本哈哥那幾年的情況。外在環境雖然換了，可是內在心情和感觸卻沒有什麼不同；他那「醜」的外貌，仍然不能爲朋友所接納，以貌取人的世俗標準仍然對他產生沉重的壓力。他始終鬱鬱寡歡，不知如何是好；以致必須謹言慎行、誠惶誠恐地保護自己，以免無端被傷害。這與他所以產生「自嘲」與「反諷」的意識情結，是息息相關的。

貳　以「內在美」自持，集中呈現奮鬥歷程

由於天性樸拙，更因爲歷經無數的挫折和打擊，因此青年時代的安徒生，早已養成鎮靜、機警、誠懇、虛心、勤奮、執著等美德；他日後能在文壇上出類拔萃，也是得力這些內在美。成名以前，安徒生在文藝活動上的一切奮鬥事跡，可以說是他的這些內在美的具體實踐。在《醜小鴨》中，他賦予小鴨這些內在特質，並讓這隻他所創塑的小鴨子象徵性地重演他的奮鬥歷程。

一、醜小鴨的鎮靜、機警與虛心

流浪的醜小鴨棲息在沼澤中，不料碰到了獵人大規模的獵雁行動。在危急恐怖的狀況下，醜小鴨因能保持冷靜鎮定，機警靈巧地應變，終於平安地逃過一次大浩劫。他的鎮靜和機警，跟謙虛的美德是相輔相成的：

「僻！啪！」天空中發出了一陣響聲。這兩隻公雁落到蘆葦裡，死了，把水染得鮮紅。「僻！啪！」又是一陣響聲。整群的雁兒都從蘆葦裡飛起來，於是又是一陣槍聲響起來了。原來有人在大規模地打獵。獵人都埋在這沼澤地的周圍，有幾個人甚至坐在伸到蘆葦上空的樹枝上。……這時，獵狗都撲通撲通地在泥濘裡跑過來，燈心草和蘆葦向兩邊倒去。這對於可憐的小鴨說來眞是可怕的事情！他把頭掉過來，藏在翅膀裡。不過，正在這時候，一隻駭人的大獵狗緊緊地站在小鴨的身邊。它的舌頭從嘴裡伸出很長，眼睛發出醜惡和可怕的光。它把鼻子頂到這小鴨的身上，露出了尖牙齒，可是——撲通！撲通！——它跑開了，沒有把他抓走。

「啊，謝謝老天爺！」小鴨嘆了一口氣，「我醜得連獵狗也不要咬我了！」

他安靜地躺下來。槍聲還在蘆葦裡響著，槍彈一發接著一發地射出來。

天快要暗的時候，四周才靜下來。可是這隻可憐的小鴨還不敢站起來。他等了好幾個鐘頭，才敢向四周望一眼，於是他急忙跑出這塊沼澤地，拼命地跑，向田野上跑，向牧場上跑。這時吹起一陣狂風，他跑起來非常困難。（註74）

在舉目無親的哥本哈根，安徒生帶來的三十塊錢不久就耗光了。他曾經過著餐風宿露的小乞丐生活，情況非常淒慘。在走頭無路時，他大膽地拜訪當時的名舞蹈家沙爾夫人，盼望她能介紹他到劇院去當演員，可是卻給攆走了（註75）。他又去找音樂學校的校長義大利人西博尼。安徒生說，「西博尼答應培養我唱歌，從而使我成爲皇家劇院的一名成功的歌手」（註76），「西博尼招待我住進他家中，供給我膳食並教導我。」（註77）可是，「因爲我不得不穿著破鞋子度過整個冬天，加上沒有暖和的內衣，半年以後我的嗓音忽然變了，或者說受了傷。我再沒有成爲一名優秀歌手的任何希望了。西博尼坦率地對我講了這點，並且勸我去奧登塞學一門手藝。」（註78）不久，舞蹈家達倫帶安徒生去舞蹈學校，並且提拔他在劇院的舞蹈節目裡扮演小角色，這使他喜出望外；不料，那年（一八二二年）五月，「正當劇院停止營業的季節，我接到導演和音樂指揮們的一封信。這封信通知我被歌舞學校開除了。」（註79）他在哥本哈根對舞台藝術的追求，終於徹底失敗了，聲樂、舞蹈、演戲一切完全破滅；這一年，他一口氣寫了兩個劇本，也得不到好的回應。童話中，安徒生寫的「我醜得連獵狗也不要咬我了！」一語雙關，既是戲謔，又是自責。

安徒生在柯林議員介紹他到斯拉格爾斯上中學以前的那三年，他在哥本哈根雖然使盡全力，想要崢嶸頭角，竟全然落空。但是，他卻有機會認識、接觸許多藝術家、文學家、名人，他們影響了安徒生的性格，砥礪他的耐心，提昇他的知識和氣質。童話中那隻臨危不亂、沈穩冷靜、機警虛心的醜小鴨，正是當年安徒生的化身。因爲自己就是創作時最熟悉、最眞實的模特兒原型，任何一舉一動、一顰一笑、一屏一息都能把握得很貼切，並且給予最傳神的形象塑造。「醜小鴨」儼然就是安徒生自己的重生或再現，他把幾年來在哥本哈根顚沛流離後所陶鑄的沈穩性格及鎭靜作風，集中地灌注到醜小鴨的靈魂世界裡去，因而成功地創造了醜小鴨風格獨具、栩栩如生的擬人形象。

二、醜小鴨的憧憬與執著

飛入農家小屋的醜小鴨，生活安定下來了，但終日卻只能和見識膚淺的雄貓及母雞相處，這使他大不以爲然：

小鴨就在這裡受了三個星期的考驗，可是他什麼蛋也沒有生下來。那隻貓兒是這家的紳士，那隻母雞是這家的太太，所以他們一開口就說：「我們這個世界！」因爲他們以爲他們就是半個世界，而且還是最好的那一半呢。小鴨覺得自己可以有不同的看法，但是他的這種態度，母雞卻忍受不了。

「你能夠生蛋嗎？」她問。

「不能！」

「那麼就請你不要發表意見。」

於是雄貓說：「你能拱起背，發出咪咪的叫聲和迸出火花嗎？」

「不能！」

「那麼，當有理智的人在講話的時候，你就沒有發表意見的必要！」

小鴨坐在一個牆角裡，心情非常不好，這時他想起了新鮮空氣和太陽光。他覺得有一種奇怪的渴望：他想到水裡去游泳。最後他實在忍不住了，就不得不把心事對母雞說出來。

「你在起什麼念頭？」母雞問。「你沒有事情可幹，所以你才有這些怪想頭。你只要生幾個蛋，或者咪咪地叫幾聲，那麼你這些怪想頭也就會沒有了。」

「不過，在水裡游泳是多麼痛快呀！」小鴨說。「讓水淹在你的頭上，往水底一鑽，那是多麼痛快呀！」

「是的，那一定很痛快！」母雞說，「你簡直在發瘋。你去問問貓兒吧——在我所認識的一切朋友中，他是最聰明的——你去問問他喜歡不喜歡在水裡游泳，或鑽進水裡去。我先不講我自己。你去問問你的主人——那個老太婆——吧，世界上再也沒有比她更聰明的人了！你以為她想去游泳，讓水淹在她的頭頂上嗎？」

「你們不瞭解我，」小鴨說。

「我們不瞭解你？那麼請問誰瞭解你呢？你絕不會比貓兒和女主人更聰明吧——我先不提我自己。孩子，你不要自以爲了不起吧！你現在得到這些照顧，你應該感謝上帝。你現在到一個溫暖的屋子裡來，有了一些朋友，而且還可以向他們學習很多東西，不是嗎？不過你是一個廢物，跟你在一起眞不痛快。你可以相信我，我對你說這些不好聽的話，完全是爲了幫助你呀。只有這樣，你才知道誰是你眞正的朋友！請你注意學習生蛋，或者咪咪地叫，或者迸出火花吧！」

「我想我還是走到廣大的世界上去好，」小鴨說。

「好吧，你去吧！」母雞說。

於是小鴨就走了。（註80）

在長期的磨難中，安徒生悟出了一番道理：「我已經體會到在與某些人的交往中似乎使人上進，使痛苦消失，整個世界顯現出光明。」（註81）他提醒自己，「我受到許多人的稱讚；但我從多數人那裡得到的教訓是叫我謙虛謹慎，不應得意忘形」（註82）。自從一八二九年一月，他出版了第一部詩集《從霍爾姆運河到阿馬克的徒步旅行》，四月完成輕歌舞劇本《尼古拉斯塔上的愛情》，並且在皇家劇院演出以後，他得到了丹麥人普遍的喜愛。但是，惡意的詆毀也隨之而來，他受到許多匿名信的攻擊，「城裡的郵差帶給我一些不知名的作家的嘲笑和愚弄我的信件」（註83），「連在街上從我身邊經過的，穿著講究的人們也向我做鬼臉，說一些諷刺的話。」（註84）而「關於矯正我的文字拼寫錯誤的事又被舊話重提」，「我備受嘲笑，或者說任人責打」（註85）。「這惡毒的攻擊深深地刺傷了我的心」（註86），「我需要受教育，他們掌握了我，但太苛刻，太嚴酷了。他們沒有考慮，一句輕率寫成的話多麼傷我的心，當敵人狠狠地用鞭子抽打你時，朋友的鞭子便無異於蠍子。」（註87）甚至，有一次，當安徒生剛從國外旅遊回來才幾個小時，有兩位衣冠楚楚的紳士從他窗前經過，他們其中的一人還用手指著他，大聲

地說：「瞧，那兒站著我們在國外如此聞名的猩猩！」（註88）

太多太多的責罵、誹謗、失意和屈辱，並沒有使安徒生灰心氣餒，日後，他把這些不愉快的痛苦經驗，化約這一節醜小鴨和貓、雞的對話中簡要地寫出來。他的心雖然激越，下筆卻不失溫柔敦厚，雖然語帶諷刺，卻幽默得令人摒息深思。

三、醜小鴨實現理想

一八三一年春天，柯林先生建議失意的安徒生出國旅行。對安徒生來說，這正好可以暫時擺脫困擾，藉散心來恢復信心。但是，國外光怪陸離的花花世界，讓他目不暇給：他閱歷了高山大河，渡過了急流險灘，進一步汲取更多的生活養分和創作素材。他幾乎遊遍了整個歐洲大陸，不僅大大地開拓了視野，更結識了海涅、雨果、大仲馬、巴爾札克、狄更斯、雅各格林、李斯特等蜚聲當時的文藝大師，與他們互相切磋，受益匪淺；而瞻仰他們震懾人心的手采，更振奮了他高遠的理想。這些難得的經驗，他是這樣地轉移到醜小鴨的身上：

一天晚上，當太陽正在美麗地落下去的時候，有一群漂亮的大鳥從灌木林裡飛出來，小鴨從來沒有看到過這樣美麗的東西。他們白得發亮，頸項又長又柔軟。這就是天鵝。他們發出一種奇異的叫聲，展開美麗的長翅膀，從寒冷的地帶飛向溫暖的國度，飛向不結冰的湖上去。

他們飛得很高——那麼高，醜小鴨不禁感到一種說不出的興奮。他在水上像一個車輪似地不停地旋轉著，同時，把自己的頸項高高地向他們伸著，發出一種響亮的怪叫聲，連他自己也害怕起來。啊！他再也忘記不了這些美麗的鳥兒，這些幸福的鳥兒。當他看不見他們的時候，就沈入水底；但是當他再冒到水面上來的時候，卻感到非常空虛。他不知道這些鳥兒的名字，也不知道他們要向什麼地方飛去。不過他愛他們，好像他從來沒有愛過什麼東西似的。他並不嫉妒他們。他怎能夢想有他們那樣美麗呢？只要別的鴨兒准許他跟他們生活在一起，他就已經很滿意了——可憐的醜東西。（註89）

醜小鴨這些不自覺的神情和舉止，象徵著安徒生對於前輩大師們的仰慕和景從。他們的風度翩翩、舉止高雅、言談風趣，就像那群「白得發亮，頸項又長又柔軟」的天鵝一樣，他們「發出一種奇異的叫聲，展開美麗的長翅膀」，使他心中「不禁感到一種說不出的興奮」；他對他們企望，以致像「一個車輪似地不停地旋轉著，同時，把自己的頸項高高地向他們伸著」。安徒生的虛心與不斷地力爭上游，終於實現了自己的理想。

一八三五年，安徒生的長篇小說《即興詩人》在德國出版了，而且馬上成為暢銷書，從此奠定了他在歐洲文壇上的國際地位。他在自傳裡說：「人們讀了這本書，第一版賣了，又出了第二版。批評家們是沈默的，報紙沒有講話，但是我通過轉彎抹角的方式聽說人們對我的作品感興趣，而且許多人對它很滿意。」（註90）「這本書使我重新走運，再次把我的朋友聚集在我的周圍，甚至為我贏得了新的朋友。我第一次感到我已獲得了應有的承認。」（註91）多年的辛苦一旦獲得卓越的成就，就像醜小鴨發出了「一種響亮的怪叫聲」，眞是喜出望外，讓他「自己也害怕起來」。

參　以「感恩心」自慰，夾議夾敘晚年情懷

成名後的安徒生，成了各國王公貴族們爭相邀請的寵兒，他不厭其煩地周旋在紳仕名流之間，卻不改溫文、含蓄的本性；他始終懷著感恩的心，絕不恃貴而驕。對於過去所遭遇的種種奚落與屈辱，更能淡然處之。在《醜小鴨》的結尾部分，安徒生更以夾議夾敘的筆觸，描述他成名後的情懷，寫來頗多感觸和領悟，給人莫大的啓示和鼓舞。

一、麗質天生的醜小鴨

「我要飛向他們，飛向這些高貴的鳥兒！可是他們會把我弄死的，因爲我是這樣醜，居然敢接近他們。不過這沒有什麼關係！被他們殺死，要比被鴨子咬、被雞群啄，被看管養雞場的那個女傭人踢和冬天受苦好得多！」於是他飛到水裡，向這些美麗的天鵝游去：這些動物看到他，馬上就豎起羽毛向他游來。「請你們弄死我吧！」這隻可憐的動物說。他把頭低低地垂到水上，只等待著死。但是他在這清澈的水上看到了什麼呢？他看到了自己的倒影。但那不再是一隻粗笨的、深灰色的、又醜又令人討厭的鴨子，而卻是——一隻天鵝！（註92）

全篇童話，處處都看到「醜」字，可是前後的象徵意義卻是不一樣的。成名後的安徒生，早已脫胎換骨了，他的「醜」不是醜陋，只是體型上的特徵罷了；這時候，他的風度和氣質，已經成熟而高貴起來了。他獲得了世人的肯定和讚譽，他的「醜」成爲詼諧和幽默。但安徒生並不因他的成名而驕傲炫耀，他仍然那麼謙和虛心；他畢竟是一隻天鵝，而天鵝是不會醜的。這個「醜」字，如今反而讓人覺得滑稽和諷刺了。這是整篇童話的最高潮處，眞象已經大白，讀者憂忡的心因而紓解，他們像所有關心安徒生的人一樣，爲醜小鴨慶幸，歡呼！對於鴨群來說，醜小鴨當然是「醜」的，但是，對於天鵝群而言，歷盡滄桑的醜小鴨，正是一隻麗質天生、英挺高貴的美麗動物。

二、養雞場裡孵出的美麗天鵝

童話的結尾，安徒生運用夾議夾敘的筆法，寫來精彩萬分：

只要你曾經在一隻天鵝蛋裡待過，就算你是生在養雞場裡也沒有什麼關係。

對於他過去所受的不幸和苦惱，他現在感到非常高興。他現在清楚地認識到幸福和美正向他招手。——許多大天鵝在他周圍游泳，用嘴來親他。

花園裡來了幾個小孩子。他們向水上拋來許多麵包片和麥粒。最小的那個孩子喊道：

「你們看那隻新天鵝！」別的孩子也興高彩烈地叫起來：「是的，又來了一隻新的天鵝！」於是他們拍手，跳起舞來，向他們的爸爸和媽媽跑去。他們拋了更多的麵包和糕餅到水裡，同時大家都說：「這新來的一隻最美！那麼年輕，那麼好看！」那些老天鵝不禁在他面前低下頭來。

他感到非常難爲情。他把頭藏到翅膀裡面去，不知道怎麼辦才好。他感到太幸福了，但他一點也不驕傲，因爲一顆好的心是永遠不驕傲的。他想起他曾經怎樣被人迫害和譏笑過，而他現在卻聽到大家說他是美麗的鳥中最美麗的一隻鳥兒。紫丁香在他面前把枝條垂到水裡去。太陽照得很溫暖，很愉快。（註93）

成功以後的安徒生，始終抱著感恩的情懷，他回味過去的種種，油然興起一種幸福的感覺。

這一篇童話寫在一八四四年，安徒生揚名歐洲文壇已經十年了。十年間，社會對他的禮遇和仰慕，比諸早年對他的嘲諷和侮辱，有如天壤之別；天生麗質的尤物，是永難自棄的。最後的這兩段文字，可以說是安徒生的「成名十年感言」，是表白，也是泣訴；有喜悅，也有幸福，但都掩蓋不住滲透紙背的血淚辛酸。成功足得欣慰，但失敗與挫折則是最寶貴的鍛鍊。安徒生娓娓地告訴小讀者，成功不是偶然的，幸福得來不易，所以足得高興；但卻不可驕傲。一個成功者，緬懷過去所付出的鉅大代價，要更珍惜，更謙虛，要心存感恩。最重要的，人不要輕言放棄，不可輕易就受外力影響，被敵人擊倒；因爲人最大的敵人就是自己。這兩段文字，有感性的抒情，更有誠懇的勸勉，能給讀者帶來莫大的啓示和鼓舞，對於全篇童話更有畫龍點睛的作用，是全文的精華所在。

安徒生擷取了自己平生幾個重要的、精彩的遭遇做題材，簡潔扼要地加以描述出來，並且將這些精彩、重要的片斷緊密而巧妙地組合起來，終於成就了這篇令人感動不已的美麗童話。

註釋

1 見司馬遷著《史記》，卷一三〇，〈太史公自序〉。

2 見蘇轍撰〈上樞密韓太尉書〉。

3 同註1。

4 參閱金燕玉著《兒童文學初探》，四八頁。

5 見賀宜撰《童話選》〈序言〉，四頁。

6 參閱向錦江等編《文學概論新編》，一六三——一六五頁。

7 見湯顯祖撰〈合奇序〉。

8 見陸機〈文賦〉。

9 見《管子・心術下》。

10 見《莊子・達生》。

11見《新注全本安徒生童話3》，二二四—二二五頁。

12見《文學概論新編》，一六四—一六五頁。

13同註8。

14參閱中川正文撰〈兒童觀和兒童文學〉，《眼中有孩子，心中有未來》，三九七—三九八頁。

15參閱洪文瓊著《兒童文學見思集》，三一—三二頁。

16見《兒童文學的審美指令》，一八九頁。

17見《新注全本安徒生童話4》，一頁。

18見前書，三頁。

19見前書，一—二頁。

20見《書・兒童・成人》，一二七—一二八頁。

21見以群主編《文學的基本原理》，一九三頁。

22見洪達主編《世界名作家談寫作》，一二七頁。

23見張美妮主編《童話辭典》，四頁。

24見《文學概論新編》，一二六頁。

25 見馬力著《世界童話史》，二五八頁。
26 見《童話與散文詩》，一〇三頁。
27 見前書，八三頁。
28 見前書，九九頁。
29 見前書，一〇七頁。
30 見前書，六一—六二頁。
31 見《讓路給小鴨子》，四三—五七頁。
32 旅日文學教授張良澤，在八十年二月十四日的《自立副刊》上發表了〈鴨子的故事〉一文，描述這麼一個感人的真實事件：

大約十多年前，三井大廈的一位女職員無意中發現大廈庭園的池塘石縫間，有一隻水鴨生了一堆鴨蛋。她密告同事們之後，大家暗中餵食保護之。不久，孵出小鴨，喜訊傳遍大廈。這隻母鴨與七隻小鴨，卽刻成爲這棟大廈內數百員工的寵兒。三井公司怕小鴨在夜間被野貓偷襲，特派公司警衛日夜看守。

過旬日，母鴨估計小鴨能走長路，便於某日上午八時，一聲令下，小鴨們排成一隊，跟著母鴨走出三井池塘。原來這隻母鴨是從皇宮的護城河飛來生育的，現在牠要帶領子女們還鄉去了。這可急壞了警衛，慌忙電告總經理，總經理便動員了員工們，並急告首都交通警察大隊。因爲這排鴨隊必須橫越兩條大道才能抵達護城河。而這兩條大道又是東京心臟大動脈，合計十六線車道，鴨子的生命鐵定危險。

於是，警車、救護車爭鳴開到，交通警察擋住來往車輛，員工們幫忙疏導人群。市民以爲皇宮出事，記者也趕來採訪。一時圍觀人群上千上萬。打聽之下，原來是鴨子要回娘家！小鴨怕怕，一隻緊跟一隻，搖著圓圓小屁股，花了很長時間才走完兩條寬馬路。來到護城河邊，母鴨卜通一聲跳下水，可是小鴨看到水面那麼深，不敢跳，又急又慌。人們屏息靜待。

終於老大鼓起勇氣，一躍下水。人們一陣歡呼，老二也接著殘殘跳下，人們又一陣掌聲。最後只剩老么，探頭探了半天，來回徘徊之餘，才連滾帶爬進河裡。人群、車輛才如釋重擔地散開了。

翌日見報，翌年又見報，以後年年見報，因爲水鴨習性不變，每年夏天定日定時，又有一隻母鴨帶一排小鴨出現。攝影記者、畫家、好事家爲了佔地利，便於前夜就來打地鋪。爲此，交通警察大隊每年要多一項任務，而都政府要多撥出一筆預算，可是沒有一個市民反對，因爲這群小鴨，帶給人心底一股清涼劑，也成爲東京夏季的風物詩。

33〔南斯拉夫〕愛娜・貝洛奇作。見楊實誠著《世界童話名篇欣賞》，二二七—二三〇頁。

34見前書，二二八頁。

35見前書，二二九頁。

36同註34。

37見前書，二二九—二三〇頁。

38見《文藝心理學》，一八九頁。

39參閱李喬著《小說入門》，一二〇頁。

40見浦漫汀著《童話十六講》，四八頁。

41見《小說入門》，五一頁。李喬還進一步說明：「虛構」應受四種限制：一、「人間的事實」和「可能的真實事物」貫穿，二、主題的約束，三、貼切於人物，四、要在學理之內。

42見《烏龜大王亞特爾》，一七頁。

43同前書，二二頁。

44同前書，二四頁。

45同註39。

46見《木偶奇遇記》，九六—九七頁。
47見《炮彈小黑》，二四—二九頁。
48見《童話與散文詩》，一七頁—一八頁。
49見前書，一九頁。
50見《新注全本安徒生童話4》，八三—八四頁。
51見《書・兒童・成人》，一八四頁。
52見《世界名作家談寫作》，一二八頁。
53見《新注全本安徒生童話1》，三一—三二頁。
54見《我的一生》，一〇頁。
55見前書，二三頁。
56見前書，二頁。
57同前註。
58同前註。
59同前註。
60同前註。

61 見《新注全本安徒生童話*1*》，三二頁。
62 同前註。
63 見前書，三四頁。
64 見《我的一生》，二五頁。
65 同前註。
66 見前書，二七頁。
67 見《新注全本安徒生童話*1*》，二四—三五頁。
68 見《我的一生》，二三頁。
69 見前書，三六頁。
70 見前書，四六頁。
71 見前書，四七頁。
72 見前書，四九頁。
73 見前書，五二頁。
74 見《新注全本安徒生童話*1*》，三五頁。
75 見《我的一生》，三三頁。

76同前註。
77見前書，三四頁。
78見前書，三六頁。
79見前書，四七頁。
80見《新注全本安徒生童話1》，三七—三八頁。
81見《我的一生》，五九頁。
82見前書，六六頁。
83見前書，八八頁。
84見前書，八九頁。
85見前書，九〇頁。
86見前書，一〇五頁。
87見前書，一三三頁。
88見前書，三八三頁。
89見《新注全本安徒生童話1》，三八—三九頁。
90見《我的一生》，一五三—一五四頁。

91見前書，一五六頁。

92見《新注全本安徒生童話1》，四〇頁。

93見前書，四〇—四一頁。

第三章

主題的選定與傳達

「主題」，是作品所要傳達的中心思想，也是作家所要揭示的特定意旨。任何文學作品，不管作者的目的是在強調一個思想觀念，或敘述關於某一個事件的經驗心得，甚至只爲了一個遊戲娛樂的動機，都存在著一定的思想導向或價值意識。任何作家都想藉作品來「言志」，必然有他特定的動機和目的，所以作品中一定有他所要揭示的主題。

第一節　童話必須有主題

一般的文學理論研究者，都很強調「主題」的必要性，堅定地認爲，沒有主題的作品，就好像一艘「沒有舵，隨波飄盪在海上」的船一樣。小說理論家羅盤就有這麼堅定的表示：

> 主題是作品的生命，作品的靈魂，作者所欲表達的思想意識情感。作品如果沒有主題，就像一艘沒有舵的船；隨波飄盪在海上，豈能達到目的，駛到彼岸？作品如沒有主題，就像人類中的白癡；沒有思想，沒有智慧，只是一具行屍走肉，那能有甚麼作爲？

作品如沒有主題，也就等於作者沒有寫作的目的，一篇茫無目的的作品，還能談甚麼藝術的成就！（註*1*）

古人有謂「文章千古事」，是說一篇作品要能夠流傳久遠，並且對後代人產生深遠的影響，使後代人覺得有意義而想再讀它。一篇後代人還喜歡一讀再讀的作品，表示它經得起時間的考驗；而所以會讓後代人喜歡一讀再讀，會對後代人產生深遠的影響，一定是這篇作品有意義、有價值，因爲這篇作品寫出了什麼能影響後代人的東西來，例如思想、意識、情感等等。這些思想、意識、情感，能夠讓讀者喜歡、接受、珍惜，絕對不是什麼胡扯瞎編的歪理、歇斯底里的歌頌或呼天搶地的感歎牢騷，而且它們具有啓發、暗示、引導的作用，讓讀者有切身受用的感覺。一個作家想要達到這個目的，就必須有效地傳達出作品的主題，提出他的思想或意旨，而且也唯有這樣，才是負責任的創作態度。

如果一個作家，天馬行空地信手拈來，寫什麼都無所謂，只要能滿足自我一時的文字發洩慾望，就算他沒有什麼不負責任的壞主意，終究只能逞一時的快意，達到自我解脫的快感而已。這樣的「作品」，發火有餘，溫熱不足，稍縱即逝，留不住半抹輝彩，問題就出在作者只知「發乎情」，不知「止乎禮」，一洩而光，了無餘味。這是作品沒有主題的後果。

童話，有它一定的教育功能。童話作家爲了要達到既定的教育功能，作品就應該要有「主題」。因爲，沒有主題的童話，兒童把握不住重點，也體會不出任何啓示，不但了無情趣，甚至覺得無聊透頂。這樣的童話，還有什麼價值可言呢？

除了教育的功能以外，「主題」可以幫助兒童有效地瞭解童話，欣賞童話，感受童話，使兒童得到更多面、更深入的閱讀效果。就欣賞者而言，童話主題至少具有以下三個意義：

壹　提示一定的哲理

任何一篇優秀的童話，不管它的目的是在抒情、記敘或傳知，無不深含著一定的哲理。

由於每一個童話作家的生活背景、知識水準、閱歷體驗、價值觀、人生觀、兒童觀各有差異，不同國別、性別、年齡的作家對事情的看法也不一致，因此，童話作品所傳達的哲理就五花八門、美不勝收。而幾乎每一位童話作家都不會忽略或遺忘透過作品，提示兒童一些對他們的人格成長或處世待人有益的人生哲理。國際兒童文學研究會理事長，瑞典斯德哥爾摩大學教授瑪麗亞。尼古拉葉娃說：

在童話中，我們可以頻頻看到人類最美的品質和最可貴的思想，諸如忠信、友誼、勇敢和名譽，還有惡不可避免要被善戰勝。優秀童話也總是描寫著主人翁精神道德的成長過程，童話主人翁對善和人道主義的選擇，也等於是童話向少年兒童讀者提供了豐富的道德經驗和樹立了正確的選擇榜樣。（註2）

除此以外，世界越來越開放，思想越來越前衛，價值觀也越趨多元，爲了反映新時代的生活風尚和思想潮流，爲了新倫理、新秩序的建立和平衡，爲了對新科技的瞭解和應用，現代童話作家無不處心積慮、未雨綢繆地提醒未來的主人翁去認識新世界，及早獲得應有的新知識和新觀念，以便迎接和適應未來的新生活。於是，童話作家一面向小讀者描述新的生活經驗，提供新的適應策略，同時也向他們提示了某種深邃的思想哲理。

童話主題所蘊含的哲理，只要明朗易懂，當然會對兒童的思想意識產生相當的「啓迪」作用。

貳　統攝童話的內容

就全篇童話的布局和發展來說，主題具有統攝全文的功能，擔任中樞統制的任務。作家在創作童話時，只要主題一經確定，傳達這個主題的思想就好像一條線一樣，或明或暗地，從頭到尾貫串著作品中任何一個大大小小的地方。作家創作童話時，都是依據已經確定的主題，先做好統籌部署，再對題材進行擷取和加工，最後進行文字敘述和描寫，以完成一篇獨立完整的童話。

從創作方面來看，因爲主題思想滲透在童話的每一個部分，所以，組成一篇童話的每一部分，不管是大如題材、人物、場面、情節，甚至小至於每一個字的運用，每一句的敘述，都是在一定的主題的統攝下，爲傳達這一主題而協力合作，以求更完美有效地完成一篇精彩的童話。換句話說，是主題控制著作品整個形象體系的內在節奏和律動。

相對的，主題就提供並引導兒童欣賞童話的基礎線索——情節如何安排、如何發展，場面如何部署，人物如何刻劃，背景如何描寫，文字怎樣敘述——可以使兒童深入去探究作品中語言的敘述及抒情效果如何，人物的性格及作風如何，景致的描寫如何，情節的發展如何，修辭有何優點或特點，人物對話有何特殊的韻味或意義等等，使兒童可以全面地瞭解、欣賞一篇童話的各個相關的內容及表現，因而對這個童話的外在形式和內在技巧，有了深刻、廣泛的認識和體會。

參　蘊涵鮮明的美感

主題的第三個意義是，使童話中所蘊涵的潛在美質，鮮明而系統地呈現出來。

文學創作可以說是作家「美感歷程」的激發和再現。「美感歷程」是人對美的感受過程，作家的創作活動，其實就是以文字敘述的方式，經濟地、系統地形象化他的美感經驗和體悟。因為作家敏於感思，又別具慧眼，透過他們犀利或優美的文字敘述所重現的美感經驗，就比一般的文章更有可讀性和欣賞價值。

童話作家的創作，能將儲存在腦海中的一幅幅獨立片斷的圖象，依據他潛意識中的思想線索加以組合連貫起來。而童話作家潛意識中的這條線索，更有著他獨特的審美標準，這些獨立的圖象是經過作家獨特的審美標準逐一檢驗後，加以系統化的安排——構思情節，結構篇章，然後寫成童話。

由於童話的主題也是經過作家美感意識的浸潤，所以，它已然具有特定的美感特徵。一來，作家的思想已和感情高度融合，因而使童話的主題也具有美感色彩；二來，具有美感色彩的主題，實質上跟童話裡的一切事件、人物、情節、背景等等血肉般地聯繫在一起，因而顯得更有意義，更別具一番風味了。

也由於每個作家的美感意識及美感歷程不同，所以，每個童話所要傳達的主題，無不蘊含著獨特的美感。安徒生和王爾德的童話都是唯美寫實而又富於批判性的，修斯博士的童話則以娛樂和荒謬為主。卡洛爾的《愛麗絲夢遊奇境》，幽默機智而尚理性；科洛狄的《木偶奇遇記》，滑稽而溫馨感人；亞米契斯的《愛的教育》，煽情而富於愛國情操；馬克吐溫的《湯姆歷險記》，天眞大膽又富有冒險精神；柏吉爾的《烏拉波拉故事集》，生動有趣而重科學知識的探討；吉卜林的《叢林奇談》，歌頌以機智、敏捷、勇敢克服困難的可貴；拉格勒芙的《尼爾斯奇遇的旅行》，有著濃厚的熱愛鄉土、尊重生命的氣息；詹姆斯・巴利的《彼得潘》，讚美童年和青春的永恆；休・羅夫亭的《杜立德醫生》系列，發揚人類和動物友愛共處的人道主義；查爾登的《小鹿班比》，把人性和動物性緊密結合，透視動物的親子之愛。每一位優秀童話作家的每一篇作品，都有著正面或反面的審美意義，都蘊涵著一定的美感價值。

正因為童話中蘊涵著美感，使兒童在欣賞、領略、感受中，獲得了啓示和薰陶，不但充實了他們的生活情趣，鼓舞他們的精神生活，也提昇了他們的人生理想。

童話必須有主題，除了上述討論的幾點以外，特別要考慮的是：兒童心智尚未成熟，認知能力有限，必須有明確的主題，以幫助他們正確地瞭解童話的意義與內涵，導引他們欣賞童話的思考方向，並誘發他們建立健康的人生觀和價值意義。

第二節　主題的確定與傳達

主題，是作家從對題材的實際體悟中提煉出來的；絕不是毫無根據地迸發出來，更不是任意憑空設定出來的。

壹　主題的確定

有一位作家，在演講中感性地透露他選定主題的經驗：

有一次我到街上寄信，在十字路口遇到兩個騎機車的人，猛按喇叭打招呼，罵句粗話，然後相約到家裡坐。短短幾分鐘的接觸中，就令人看出了他們之間友情的深厚和性

格的爽朗與真摯。（註3）

作家在十字路口遇到的這兩個機車騎士，「猛按喇叭打招呼，罵句粗話，然後相約到家裡坐」，讓作家親自目睹耳聞到一次深刻的經驗。一般人看到這樣的事件，或者見怪不怪，根本不當一回事；有的人會對他們「猛按喇叭打招呼，罵句粗話」的行爲不以爲然，心裡面不屑地嘀咕一陣。但是，觀察力敏銳的作家，就不輕易放過了。作家當時可能也會對兩個騎士粗魯的行爲產生嫌惡；然而，他並沒有把這個粗魯的行爲當做整個事件的結論。在短短幾分鐘裡的觀察和思考中，作家從兩個機車騎士怎麼會「在十字路口猛按喇叭打招呼，然後相約到家裡坐」這個問題切入思考，最後「看」出了——「他們之間友情的深厚和性格的爽朗與眞摯」，「友情深厚」、「性格爽朗與眞摯」是作家觀察思考這個事件所悟到的重點。

通常，作家在千奇百怪的現實生活中，觀察或遭遇到各式各樣的人物和事件，或者由閱讀中領悟了某些道理，因而留下許多深刻的印象，甚至有了很多不尋常的經驗。這些深刻的印象和不尋常的經驗，使作家有了很多獨特的領悟和見解。雖然這些經驗、心得、領悟和見解，也許並沒有立即對他發生強烈的震撼作用，但是它們卻牢牢地盤聚儲存在他的腦海裡，一再地衝擊，一再地反映，使作家的印象愈來愈深刻，感受愈來愈強烈，理解愈來愈精微，體悟愈來愈濃烈。又經過一段時日的醞釀，通過一再地觀照比較與分析探討，最後決定思考方向，因而從某一件事或某一系列相關事件中，進一步總結出一個獨到的定見或看法，於是「主題」就確定了。

每一個題材，都可能包含幾個層面或若干個思考點，因此，可以解析出好幾種性質或意義。作家在確定主題前，由於切入的角度和層面不同，思考的方向也就不一樣，以致於最後所確定的主題也會大異其趣。像前面那兩個機車騎士相遇的事件，「猛按喇叭打招呼」、「罵句粗話」、「相約到家裡坐」三個細節，就可能表示喧吵囂張、粗魯敗俗或親切誠懇等三種不同的意義，作家到底要從那一個細節出發去看整個事件？如果偏重在「猛按喇叭打招呼，罵句粗話」，鐵定把這兩個人看成不良分子，那麼他們「相約到家裡坐」，絕對會做出什麼不良的勾當；作家往這個方向去思考，所確定出來的主題就會有諷刺、批評、教訓的傾向。如果作家注意的是他們一見面就「相約到家裡坐」，兩人彷如久別重逢，「猛按喇叭打招呼，罵句粗話」，反而平添了他們兩人親切熱絡、喜出望外的深厚情誼，那麼他們相約到家後，一定是促膝深談、盡賓主之歡；往這個方向去思考，所選定的主題必然是讚賞、溫馨、感人的。作家從哪一個角度或層面切入事件，確定出什麼樣的主題，那就要看他的學養、性格、眼光和思想了。學養好、個性開朗、眼光高、思想深邃的作家，所確定的主題當然就具有清新、高尚的意義；反之，就難免通俗、膚淺。

貳　主題的傳達

童話作家既然確定了主題，就要將主題落實地傳達出來。主題的傳達，一定要明晰、深刻才能感人；因此，主題一定要與形象的創塑血肉相聯，不可放任它抽象地、孤立地進行（註4）。

童話作家確定了主題以後，他的思想和情感，就會不自覺地向主題集中，並且和主題緊密地結合在一起。這時候，作家會將自己的思想和情感，依附在所擷取的題材中，極力地把自己的思想和情感形象化，好讓主觀抽象的思想情感，和客觀具體的題材形象，完美地融合在一起，彼此隨伴進行，直到能夠把主題具體妥切地傳達出來為止；主題的傳達，絕對不止是一種孤立的抽象思維活動。事實上，抽象的主題絕對無法脫離具體的形象而孤立存在；沒有客觀具體的形象體系，主觀抽象的主題就失去了依附，而沒有存在的意義了。因此，高明的童話作家，無不一面沿著主題所發展出的線索，極積地創造生動深刻的形象體系，同時又以具體明晰的形象體系，淋漓盡致地傳達主題。

安徒生的《賣火柴的小女孩》（註5），細膩地形象描繪了小女孩悲慘艱困的景況——在天雪冰冷的新年前夕，小女孩光頭（沒有戴帽子，也沒有包頭巾）光著腳走在馬路上賣火柴，她的一雙小腳都凍得發紅發青了，可是火柴卻一根也沒賣出去，她心裡愈發焦慮著會因此受到父親的一頓責打。後來她的手腳都快凍僵了，才不得已擦了幾根火柴，想靠微弱的小火燄來獲得短暫的溫暖。安徒生細心的描述，讓小讀者依稀感受到他對小女孩的遭遇是多麼心疼，多麼悲憫，他幾乎是在為這位可憐的小窮人，向上帝哀求乞憐，請上帝關注小女孩的凍餓及現實的殘酷無情。由於過度的凍餓，小女孩逐漸進入昏迷狀態，使得她潛意識裡的幻想與憧憬紛紛湧現——一隻香美的烤鵝，背上插著刀叉，突然從盤子裡跳了出來，步履蹣跚地向她走來。不久，她竟愉快地坐在一株裝飾得很美麗的聖誕樹下，享受著絢麗炫人的快樂時光。安徒生以和著血淚的筆觸，為小女孩虛構出如此美妙的幻境，正是他那憐憫情懷的昇華：以富人的盛宴與窮人的凍餓、幻想的美妙和現實的無情所形成的尖銳對比，來凸顯他對小女孩困阨命運的關懷與同情。可是他又是那麼無助和無奈，他只能徒寄同情和關懷，他是多麼盼望小女孩也能過著幸福富裕的日子。透過小女孩的血肉之軀所遭受的無情折磨和煎熬，安徒生發抒他的思想和情感，小讀者一定能夠感受到他那激越不平的心情，並且受到強烈的感染。由於對小女孩的苦難與現實的無情，印象越來越清晰，體會越來越深刻，因而對安徒生所要傳達的主題也就更能理解，更能把握。安徒生以誠摯的情感和深刻的思想，不斷地向主題深入，也強化了主題傳達的效果。

王爾德在《自私的巨人》（註6）裡，讓活潑朝氣的孩子們與孤獨自私的巨人彼此的交誼經過，傳達出童話的主題──一群活潑可愛的小朋友，老是喜歡在放學後闖進自私巨人美麗的大花園裡去玩，他們是多麼地高興，可是卻被巨人粗暴地轟走了。日復一日，沒有孩子嬉笑聲的花園蕭條了，終年只有霜雪和冷風，冷嗦嗦地一點生氣也沒有，巨人既失望又懊惱。後來，孩子們忍不住誘惑，又從牆上的一個小洞爬進花園，他們的歡笑聲，喚醒了沈睡的樹，招來了飛舞歌唱的鳥兒，花園復甦了，又是一片盎然新氣象。巨人看見這個景象，非常高興，心情也開朗了起來，於是他用斧頭砍倒了圍牆，歡迎小孩子們隨時來花園玩，並且跟他們一起歡樂。巨人最喜歡的那個最小的孩子，不幸死了，不再到花園來玩了；巨人非常想念他，常常講起他，渴望他能再度出現在他面前。許多年過去了，巨人很老了，他沒有力氣再跟孩子們玩耍，卻感歎孩子們是最美麗的花，而他有許多美麗的花；巨人還是一直在惦念著那個最小的孩子。當年邁的巨人快死的時候，那個最小的孩子竟忽然出現在巨人眼前，他帶著無限感激的心情，微笑地向巨人說：「你有一回讓我在你的園子裡玩過，今天我要帶你到我的園子裡去，那就是天堂啊！」王爾德透過巨人的眼光和感受，把他對於孩子們的期許和祝福，形象地描繪出來——他們充滿活力和歡笑，像晴朗的春天，像翠綠的樹，像美麗的花朵，像會歌唱的鳥兒，他們是人類的希望。王爾德將他對兒童所抱持的樂觀思想以及熱烈奔放的感情，融入一群活生生既蹦又跳的年輕生命裡，藉以豐盛主題的血肉，使主題不致形同被濫情吶喊著的抽象口號，讓小讀者感受到生命的眞實和可貴。

童話的主題一定要明確，才不會流於空洞、虛泛，才能夠實現作家的創作理想，因而提昇作品的藝術價値。

參　主題要跳出公式化、概念化的窠臼

童話創作最忌諱落入「公式化」、「概念化」的窠臼。用這種觀念去寫童話的人，以爲可以圖一時的方便，其實是嚴重的偷懶和不負責任；用這種手法去寫童話，簡直就是揑造、作僞，那裡是創作？用這種方法寫出來的作品，是童話「贋品」，不是眞童話！用這種策略寫出來的作品，立意不清新，境界不高尚；老生常談的觀念，人云亦云

的爛調，庸俗無奇的情節，早已陳舊腐化、熟爛不堪了，了無新意，何「創」之有？隨意撿拾的道聽塗說，拼湊而成的故事，呆板扁平的人物，一廂情願的教訓，毫無眞實感，令人失望難耐，還有什麼境界可說？

下面這篇作品，是最具體的「示範贗品」：

小威上了三年級，但是他在親友的眼裡，永遠是一個長不大的孩子。他愛哭、愛鬧、調皮、搗蛋、惡作劇、不守規矩、不聽話，反正他就是一個令人頭疼的孩子。

今天下午，小威的老師到小威的家來訪問，老師說了很多小威在學校裡的趣事。小威在媽媽一旁站著，他眞擔心老師在媽媽的面前，告他幾狀，他就完了。幸好老師只輕描淡寫的談談就走了。

小威鬆了一口氣，媽卻一點兒也不輕鬆，她從老師的話意中察覺出小威的種種不是。

晚上，爸爸和媽媽談了一個晚上，決定從明天起要好好地管教小威。

第二天早上，媽把小威叫到面前，指著牆上掛著的一個小木板說：「小威，你有很多不好的習慣，現在非改不可。從現在開始，只要你做錯一件事，我就在這個小木板上釘一根釘子。釘子釘得越多，表示你越來越不聽話。我希望從現在起，你都沒有不良的記錄。」

小威看了看木板，心裡想：「我可要小心一點兒了，不然這塊板子全釘上釘子，那還得了，穩會被爸爸揍個半死。」

儘管小威時時刻刻提醒自己，但是他已經養成的壞習慣，並不是一兩天就能改過來的。小威不是忘了刷牙，就是回家後學用品胡亂丟了一地；不然又是早上起來忘了疊被，反正那塊板子上的釘子，一根一根的多起來。

小威對自己也感到失望，自己罵自己：「我眞差勁，我大概是個無可救藥的孩子吧，爲什麼我老是不能把事情做好呢？反正我是個壞孩子，管他的，壞就壞吧！釘子，釘子，我再也不去看那些鬼木板了。」

小威又照舊我行我素了，只有兩個星期的時間，牆上那塊小木板已經釘滿了釘子。

爸爸看了那塊木板，滿臉不高興；媽媽更是嘀嘀咕咕地罵個不停。

爸爸愁眉苦臉地在屋子裡走來走去，還不停地搖頭嘆息。

媽媽說：「打他一頓，是最好的辦法。」

爸爸不贊成，他走著走著，又看到了那塊釘滿釘子的小木板，靈機一動，把小威叫到木板前來。

「小威，這塊木板釘上這麼多釘子，眞難看。我們努力來拔掉這些釘子好嗎？」

小威楞楞的，他不懂爸爸的意思。

「小威，從現在開始，只要你做好一件事，爸爸替你拔掉一根釘子。只要你努力，聽話學乖，很快地你就能拔掉每個釘子。」

小威很興奮，他一定要努力做好一切事情，他希望很快的能拔完這些釘子。拔去一根釘子，就好像是拔去一個不良的記錄。小威很興奮，也很努力，拔釘子對他的確是最好的鼓勵。他謹愼小心的去做每一件事情。很奇妙，一個星期不到，那塊木板上的釘子全部拔完了。

爸爸笑了，媽媽也笑了，他們高興小威的改變。（註7）

作者大概一時作興，就設定了一個「改過向善」的概念，於是根據這個概念想出一些可能發生在兒童生活中的事件充做現成的題材，再略施一下前後對比的「小技」，就輕而易舉地「編」出了這麼一個兒童都很熟爛的故事，以爲這樣兒童就會喜歡，就會滿意。現代兒童，有那個會像故事裡的「小威」那麼呆板溫順的？這樣的主題太公式化、概念化了，人物也太類型化、樣板化了，一點孩子氣也沒有，好像是個沒血沒肉、任人控制的機械人，毫無眞實感。故事又好像是公民課程的「教案」，一切都在示範表演的操控下進行，結果早已瞭然於心。小威怎麼一下子就突然地「放下屠刀，立地成佛」，以後再也不會犯錯了？既沒有仙人點化，也沒有服下仙丹，怎麼一下子就全然地從一個「愛哭、愛鬧、調皮、搗蛋、惡作劇、不守規矩、不聽話、令人頭疼」的「問題」小孩，變成一個中規中矩的模範生，變化如此迅速突兀，實在令小讀者措手不及，唐突得叫他們難以置信。這麼簡單就把一個複雜的兒童問題解決了，好似兒童心理輔導人員的一大夢魘。兒童看了這個故事，心裡一定又要嘀咕著：「又是老套！騙人！」作者實在太不瞭解兒童心理了。而且，這樣的一個故事，幾乎看不出有什麼文學藝術性，如果把它當成一篇生活故事來看，眞不知它能產生什麼影響力？這樣的故事，如果拿給成人看，也許還被誤認爲是一篇諷刺他們管教兒女失當的參考資料呢！

這是公式化、概念化寫作方法的一個活生生的教訓。

公式化、概念化的寫作法，作者只要在寫作以前，預先設定一個主題，然後就完全根據這個主題的標準去製訂框框，再杜撰合乎這個框框的事件，揑造合乎這個框框的人物，略爲編排一下事件發生的順序，於是就自以爲是地完成一篇所謂的「童話」了，這實在太草率，太小看童話了。這種寫法，由於「發展出來的人物和故事，必是牽強和附會的」，「必將充滿匠氣，沒有一點靈性」，而且「必然染上說教的色彩，淪爲說教的工具」（註8），因爲「圖解思想，是不可能創作出有藝術生命力的作品來的」（註9），所以最被一般童話作家及理論家所詬病。童話學者們早已經疾聲呼籲：

應該儘量避免由主題出發，然後著手編造一切的那種方式。（註10）要防止寫得單調、狹窄、老一套，要寫得有新意，通過豐富多彩的和新鮮的生活來表現，千萬不能採用一個問題加一個例子的模式來寫作。（註11）

他們的話，實在非常值得童話作家們加以省思。

童話作者如果一味地把題材、人物、情節等要素拿來當成「圖解主題」的道具，總是違背了文學創作的藝術規律。何不讓故事隨作者的「意識之流」，自然地展開；讓人物的際遇與經歷，隨情節的發展而變化，讓情節順著人物的行爲及個性的發展而推進，童話的主題必能水到渠成地傳達出來。

第三節　主題傳達的技巧

童話主題的傳達，要選在必要的時機和適當的地方，令讀者頓時豁然開悟而欣喜不已；不要讓讀者有被強迫宣示的厭惡感，更不可讓讀者有突兀難懂的挫敗感。

童話主題的傳達，通常運用「暴露式」和「隱藏式」兩種方法。

壹　暴露式主題傳達法

「暴露式」的主題傳達法，最常見的有三種：

一、作者以敘述人的口吻，在結局或尾聲部分，直接發抒與主題有關的議論、說明或批評，或者來一段補充敘述，說出實情、揭露謎底，但絕不赤裸裸地交代童話的主題意旨。

二、作者故意設計，在結局部分，安排以某一特定人物鮮明感人的行爲舉止或結論性的話語，明確地揭露童話的主題。

三、作者在人物對白中，通過人物的彼此爭執、討論，或某一人物單方片面的結論、提示、強調、訓誡或請求的話語，強烈而明顯地表露童話的主題。

一、由作者直接宣示主題

安徒生在《豌豆上的公主》的結尾，有一段揭露謎底的說明文字：

> 現在大家就看出來了，她是一位眞正的公主，因爲壓在這二十床墊子和二十床鴨絨被下面的一粒豌豆，她居然還能感覺得出來。除了眞正的公主以外，任何人都不會有這麼嫩的皮膚。（註12）

皇后爲了要找一位門當戶對的公主做王子的媳婦，想出了用豌豆來驗明公主「正身」的方法。作者雖然語中含帶諷刺，卻令讀者豁然開悟出「眞實不容欺騙」的童話主題。

《烏龜大王亞特爾》的結尾，修斯博士做了簡要的補充敘述：

> 現在這位亞特爾大王，這位了不起的國王，才從夢中醒來，發現一切都落了空。不用說，所有的烏龜自然都獲得了自由，獲得了一切的動物所應該有的自由。（註

13）
這個滑稽的結局，讓小讀者悟出「人生而自由平等」的童話主題。

二、透過人物行爲揭露主題

王爾德的《少年國王》，以少年國王在登基大典時拒絕華貴的裝扮，表現他來自平民的純樸作風，及體恤貧苦辛勞的百姓的高貴情懷：

御前大臣和文武官員進來對他行禮，內侍們給他捧來金線的王袍，又把王冠和節杖放在他面前。

少年國王望著那些東西，它們非常美。它們比他以前見過的任何東西都更美。可是他記起了自己的夢，便對他的大臣們說：「把這些東西拿開，我不要穿它們。」

朝臣們大吃一驚，有的人笑了，他們以爲他是在開玩笑。

可是他又嚴肅地對他們說：「把這些東西拿開，把它們藏起來，不要給我看見。雖然是我加冕的日子，我也不穿戴它們。因爲我這件袍子是在憂愁的織機上用痛苦的白手織成的。紅寶石的心上有的是血，珍珠的心上有的是死。」他把他的三個夢都對他們講

了。（註14）

爲政者應「仁民愛物」的主題就明朗地傳達出來了。

安徒生的《夜鶯》，當那個中國皇帝眞的聽懂夜鶯美妙悅耳的歌聲，而希望牠能留在宮裡時，夜鶯卻決意要飛走了：

「請你永遠跟我住在一起吧，」皇帝說。「你喜歡怎樣唱就怎樣唱。我將把那隻人造鳥兒撕成一千塊碎片。」

「請不要這樣做吧，」夜鶯說。「它已經盡了它最大的努力。讓它仍然留在你的身邊吧。我不能在宮裡築一個窠住下來；不過，當我想到要來的時候，就請您讓我來吧。我將在黃昏的時候棲在窗外的樹枝上，爲你唱支什麼歌，叫您快樂，也叫您深思。我將歌唱那些幸福的人們和那些受難的人們。我將歌唱隱藏在您周圍的善和惡。您的小小的歌鳥現在要遠行了：它要飛到那個窮苦的漁夫身旁去，飛到農民的屋頂上去，飛到住得離您和您的宮廷很遠的每個人身邊去。比起您的王冠來，我更愛您的心；然而王冠卻也有它神聖的一面。我將會再來，爲您唱歌——不過我要求您答應我一件事。」

「什麼事都成！」皇帝說。他親自穿上他的朝服站著，同時把他那把沈重的金劍按在心上。

「我要求您一件事：請您不要告訴任何人，說您有一隻會把什麼事情都講給您聽的小鳥。只有這樣，一切都會美好。」

於是夜鶯就飛走了。（註15）

「夜鶯」是一隻有智慧的小鳥，愛自由，不喜歡被拘束——牠不願意在門禁森嚴的宮裡築一個窠住下來；牠要自由的飛翔，飛到離宮廷很遠的每個人身邊去，去爲每一個喜歡牠的歌聲、需要牠的歌聲的人唱歌。牠很謙虛，不恃才驕縱，牠要積極地發揮服務的精神，爲一切需要牠服務的人奉獻心力；牠不專屬於任何人，牠要做任何喜歡牠、需要牠的人的朋友。牠也很忠實，牠向皇帝說的話，都是牠心裡最眞摯的情感和願望，也是牠即將去實踐的。「秉持自由意志，服務奉獻」的童話主題，也就有效地傳達出來了。

三、通過人物對白傳達主題

安徒生的《皇帝的新裝》，當皇帝得意地「穿著新衣」出來遊行時，一群老百姓誠實地揭穿了皇帝根本並沒有穿什麼衣服的騙局，使皇帝終於「知道自己被愚弄了」：

「可是他什麼衣服也沒有穿呀！」一個小孩子最後叫出聲來。

「上帝喲，你聽這個天眞的聲音！」爸爸說。於是大家把這孩子講的話私自低聲地傳播開來。

「他並沒有穿什麼衣服！有一個小孩說他並沒有穿什麼衣服呀！」

「他實在沒有穿什麼衣服呀！」最後所有的老百姓都說。皇帝有點兒發抖。因爲他似乎覺得老百姓所講的話是對的。不過他自己心裡卻這樣想：「我必須把這遊行大典舉行完畢。」因此他擺出一副更驕傲的神氣，他的內臣們跟在他後面走，手中托著一個並不存在的後裾。（註16）

安徒生藉百姓們誠實的談論，揭發了事情的眞象，影射世人「愛虛榮，不惜鋪張、浪費，卻又心虛矯情」的心態，傳達了深刻的童話主題。

《小獅子的幻想》（註17）中，那隻一直討厭做獅子的「小里奧」，跟牠媽媽從水面上第一次看到自己的盧山眞面目，並且學了「獅子吼」：

小里奧又看了看他自己的影子，他抽動了一下他的小鬍子，水裡的影子也抽動了一下。小里奧說：「你看我，媽媽，多麼有趣！」

「好極了！」獅媽媽說。

「我從來沒有吼過，不知道我會不會。」小里奧說。

「你試試看！」獅媽媽說。

小獅子眞的ㄨ—ㄛ—ㄛㄛㄛ地叫起來。

「眞好聽啊！你長大了一定是一隻好獅子！」獅媽媽說。

小獅子看著水潭，練習吼叫。很久很久才轉過臉來問媽媽：

「媽我會變成一隻大獅子，是不是？」

「是的，孩子，你一定會的！」獅媽媽說。（註18）

套一句獅媽媽的話說：「獅子就是獅子，說了半天，還是一隻獅子，沒人能改變。」獅子永遠就是獅子，是這個童話的主題。人往往沒有自知之明，不能認識自己的優點和缺點，以致於容易妄自菲薄，對自己失去了信心。作者透過獅媽媽的循循善誘，讓小里奧認清自己就是獅子，是一隻會「獅子吼」的眞獅子，使牠瞭解自己的長相和特徵。小讀者看了這個童話，很快就能悟出它的主題。

用暴露式的主題傳達法，好處是主題容易顯露出來，使兒童容易把握，容易理解。但要避免流於浮淺，以致明顯地露出教訓的味道，那就不堪咀嚼了。

貳　隱藏式主題傳達法

「隱藏式」主題傳達法，是作家將童話的主題，隱藏著分布在情節當中。行文時不發表任何主觀的意見或評述，讓它完全隨著情節的發展，依附在人物的行爲或談話中，必須一直到故事整個結束，主題才會浮現出來。

王爾德的童話《了不起的火箭》，是一篇批判性、諷刺性很強烈的作品。描述一隻「傲慢、自私、好爭論、任性，又自以爲了不起」的火箭煙火炮。

王子新婚大典那天午夜，宮廷裡有一場盛大的煙火晚會，各類型的煙火都準備一顯身手，大放異彩；其中最傲慢無禮的是火箭煙火炮。

當大爆竹、羅馬花筒、輪轉炮正在談笑時，火箭煙火炮卻無禮地搔擾著：

突然聽見一聲尖的乾咳，他們都掉頭四面張望。

咳嗽的是一個高高的、樣子傲慢的火箭，他給綁在一根長棍子的頭上。他每次要說

話，總得先咳一兩聲嗽，來引起人們注意。（註19）

火箭煙火炮一出場，更搶著吹噓自己一番：

「國王的兒子運氣多好，」他說；「他的婚期就定在我燃放的那天。眞的，即或這是預先安排好了的，對他也不能夠再有更好的結果了；不過王子們總是很幸運的。」

「啊，奇怪！」小爆竹說，「我的想法完全相反，我以爲我們是燃放來恭賀王子的。」

「對你們可能是這樣，」他答道，「的確，我相信是這樣，可是對我情形就兩樣了，我是一個很了不起的火箭，我出身在一個了不起的人家。我母親是她那時代最著名的輪轉炮，她以舞姿優美出名。每當她公開登場的時候，她總要旋轉十九次才出去。她每轉一次就要抛出七顆粉紅色的星到空中去。她的直徑有三英尺半，她是用最好的火藥做成的。我的父親跟我一樣是火箭，他生在法國。他飛得那麼高，人都以爲他不會再下來了。然而他還是下來了，因爲他心地很好，並且他變做一陣金雨非常光輝堂皇地落下來。報紙上用了非常恭維的字句記載他的表演。的確，《宮報》上稱他爲花炮術的一大

成功。」（註20）

他充其量只是煙火晚會裡的一個小角色而已，卻傲慢地自吹自擂：「國王的兒子運氣多好，他的婚期就定在我燃放的那天。」他的傲慢，立即引起了同伴的訕笑：

「請問你笑什麼？」火箭問道；「我並不在笑。」

「我笑，因爲我高興。」炮仗答道。

「這個理由太自私了，」火箭生氣地說。「你有什麼權利高興？你得想到別人。事實上你得想到我。我常常想到我自己，我希望每個別的人都想到我。這就是所謂同情。這是一個美麗的德性，我倒有很多很多。譬如，假設今晚上我出了什麼事，那麼對每個人都會是多大的不幸！王子和公主永遠不會再高興了，他們整個的結婚生活都給毀了，至於國王呢，我知道他一定受不了這個。眞的，我一想起我自己地位的重要來，我差不多感動得流眼淚了。」（註21）

在他看來，「自私」是一個美麗的德性呢！自私，使他處處想到自己，高估了自己的地位，覺得自己很不尋常，很了不起，以致於當羅馬花炮提到，「不要讓眼淚弄濕了身子是極普通的常識」時，他卻要強詞奪理，炫耀自己的想像力：

「不錯，常識！」火箭憤怒地說；「你忘了我是很不尋常，很了不起的。唔，不論誰，只要是沒有想像力的人，就可以有常識。可是我有想像力，因為我從不照著事物的眞相去想它們；我老是把它們當做完全不同的東西來想。至於說不要流眼淚，很明顯，這裡沒有一個人能夠欣賞多情善感的天性的。幸而我自己並不介意。只有想著任何人都比我差得很多，只有靠著這個念頭，一個人才能夠活下去，我平日培養的就是這樣一種感覺。……」（註22）

他竟然哭成一隻潮濕的壞火箭，當同伴們都已飛上天空表演了精彩的節目，花炮手只得把他丟在一旁：

「我想，他們一定把我留到舉行大典的時候用，」火箭說；「一定就是這個意思，」他做出比以前更傲慢的樣子。

第二天工人們來收拾園子。「這明明是個代表團，」火箭說；「我要帶著相當的尊嚴來接見他們，」所以他擺出昂然得意的神氣，莊嚴地皺起眉頭來，好像在思索一個很重要的問題似的。可是他們一點也不注意他。他們正要走開，忽然其中一個人看見了他。「喂，」那個人大聲說，「一個多麼壞的火箭！」便把他丟到牆外，落進陰溝裡去了。

「壞火箭，壞火箭？」他在空中旋轉翻過牆頭的時候一面自言自語，「不可能！大火箭，那個人是這樣說的。『壞』和『大』，說起來聲音簡直是一樣，的確常常是一樣的；」他落進爛泥裡去了。

「這兒並不舒服，」他說，「不過這一定是個時髦的礦泉浴場，他們送我來休養，讓我恢復健康的。我的神經的確受了很大的損害，我需要休息。」（註23）

可憐他還不知道自己已是一隻不能用的「壞火箭」，竟還趾高氣揚地教訓小青蛙「没有教養」：

「你是個很討厭的人，」火箭說，「教養很差。我就恨你們這一類人：像我這樣，人家明明想講講自己，你卻喋喋不休地拚命講你的事。這就是我所謂的自私，自私是最叫人討厭的，尤其是對於像我這樣的人，因爲我是以富有同情心出名的。事實上你應當學學我，你的確不能再找一個更好的榜樣了。你既然有這個機會，就得好好地利用它，因爲我差一點兒馬上就要回到宮裡去了。我是宮裡很得寵的人；事實上昨天王子和公主就爲了祝賀我而舉行婚禮。自然你對這些事一點兒也不會知道，因爲你是一個鄉下人。」（註24）

他還嘲笑大白鵝是沒有見識的鄉下人：

「很顯然你是一直住在鄉下，」火箭答道，「不然你一定知道我是誰。不過我原諒你的無知。要想別人跟我自己一樣了不起，未免不公平。要是我告訴你我能夠飛到天空中去，再落著一大股金雨下來，你一定會吃驚的。」（註25）

他更喜歡與人爭辯，喜歡強詞奪理。他一說到自己，就歇斯底里了起來：

「我是生來做大事的，」火箭說，「我所有的親戚全是這樣，連那些最卑賤的也是一樣的。不管什麼時候，只要我們一出場，我們就引起廣泛的注意。實在說我自己還沒有出場，不過等我出場，那一定是一個壯觀。至於家事，它會使人老得更快，使人分心，忘掉更高尚的事。」

「呀！人生更高尚的事，它們多麼好啊！」鴨子說；「這使我想起來我多麼餓，」她向下游泅水走了，一路上還說著：「嘎，嘎，嘎。」

「回來！回來！」火箭用力叫道，「我有許多話跟你說；」可是鴨子並不理他。

「我倒高興她走了，」他對自己說，「她的心思實在太平凡了；」他在爛泥裡又陷得更深一點，他想起天才的寂寞來，忽然有兩個穿白色粗外衣的小男孩提著水壺抱著柴塊跑到岸邊來。

「這一定是代表團了，」火箭說，他極力做出莊嚴的樣子。（註26）

最後，有一個小男孩把他當做沒人要的舊棍子，撿去燒開水了。

整個童話，從頭到尾都是在「暗示」小讀者，火箭炮一點也沒有什麼「了不起」；他的盛氣凌人、自以爲是，他的自私、好爭辯、自吹自擂，全都是無可救藥的缺點。

「了不起」，竟是對火箭炮的莫大諷刺。「謙虛是美德，驕者必敗」的主題，隱藏在童話的每一個地方，並且全程聯貫。

用隱藏法來傳達主題，使主題含蓄溫婉，讀來饒富韻味，情趣無窮，文學藝術價值高，這是它的優點；然而，有時卻會讓讀者不容易把握主題。所以採用這種方法時，千萬要事先考慮及評估兒童的欣賞領悟能力，力求深入淺出，避免隱晦艱澀，以免徒增小讀者的困擾。

註釋

1 見羅盤著《小說創作論》，三二頁。
2 見韋葦著《世界童話史》，一八頁。
3 見吳當講詞〈寫作與我〉，《兒童圖書與教育》雜誌，第一卷第四期，四二頁。
4 參閱曲本陸等編著《文學概論教程》，一三二頁。
5 參閱《新注全本安徒生童話3》，四二四—四二八頁。
6 參閱《童話與散文詩》，三三—四〇頁。

7 白寶貴作〈拔釘子〉，六十九年十二月十八日，《國語日報》〈兒童版〉。
8 見《小說創作論》，三一—三二頁。
9 見《文學的基本原理》，一七八頁。
10 見林良著《淺語的藝術》，一二三頁。
11 見《兒童文學初探》，六三頁。
12 見《新注全本安徒生童話3》，二四頁。
13 見《烏龜大王亞特爾》，二九—三〇頁。
14 見《童話與散文詩》，九七頁。
15 見《新注全本安徒生童話4》，三二六—三二七頁。
16 見《新注全本安徒生童話1》，一八頁。
17 *I'm Tired of Lions.*〔美〕桑亞・蓋（*Zhenya Gay*）著、謝冰瑩譯，國語日報附設出版部，六十七年十月，第七版。
18 見前書，二八—三〇頁。
19 見《童話與散文詩》，六五頁。
20 見前書，六六—六七頁。

21 見前書，六八頁。

22 見前書，六八—六九頁。

23 見前書，七二—七三頁。

23 見前書，七五頁。

25 見前書，七六—七七頁。

26 見前書，七八—七九頁。

第四章

創塑典型人物形象

每個童話都少不了人物；人物貫串著整個故事的情節，開展他的歷史，表現他的性格風貌，而且深深影響著童話的成敗。

所以，人的一生中可能看過很多童話，但到最後，能眞正留駐在腦海裡的，大概就只剩下那些一顰一笑都是那麼栩栩如生、眞切淋漓的人物形象而已。醜小鴨、人魚公主、拇指姑娘、自私的巨人、快樂王子、堅定的錫兵、木偶匹諾曹、愛麗絲、頑童湯姆、阿里巴巴、魯賓遜、飛俠彼得潘等，長期以來，他們所以能令讀者們記憶猶新、終生難忘，都是因爲作家們爲他們創塑了活潑鮮明的「典型人物」形象。

古典童話時代的「類型人物」，平淡刻板，既不能滿足兒童的閱讀需求，更無法滿足多才多藝的現代童話作家旺盛的創作慾望。

第一節　童話人物形象的類型

童話的人物形象，主要的有常人形象、擬人形象、超人形象、寶物形象四種。

壹　常人形象

童話裡所描述的現實生活中的正常人形象，就是「常人形象」，他們是童話裡的常態人物形象。但是，童話作家有時爲了藝術創塑，也常常把現實生活中的正常人加以變形處理，或誇大，或縮小，或扭曲，甚至隱去形體，因而又有「變形常人形象」。變形的常人，仍然具有一般常人的性格品質，終究還是常人，我們仍然把它們歸入「常人形象」裡來討論。

一、一般型常人形象

美國唐・佛利曼（Con Freeman）自寫自畫的《不愛理髮的孩子》（註1）裡的小拖把，作者雖然把他的缺點誇張到極荒唐的地步，並且發生了不可思議的荒謬事件，因而達到高度詼諧的效果。但是，不喜歡理髮，怕坐上理髮椅，正是平常小孩子常有的習性，小拖把就是一個眞眞實實的小孩，他跟《愛的教育》裡的小護士塞斯洛、愛國的少年一樣，都屬於「一般型」常人形象。

美國女作家瑪麗・培琳（Mary Perrine）的《阿福救羊》（註2），主人翁阿福是個印第安小孩，他在大風雨中，千辛萬苦地用繩子把掉到水裡的小羊救起來，阿福是一個

「愛護動物」的善良常人形象。

美國女作家維多利亞・林肯（Victoria Lincoln）的《了不起的孩子》（註3）的主人翁大衛，在家裡排行老二，沒有人重視他，一點也不出色；因此喜歡幻想。他的幻想世界裡有「勇敢天使」及「壞精靈」兩個好朋友——「勇敢天使」常常有許多好主意，一直鼓勵他成爲一個能成就大事的「了不起的英雄」；「壞精靈」卻常常有許多「了不起」的壞主意，總是慫恿大衛做壞事，而且要壞就壞得出名。這兩個好朋友，一直在大衛心中拉鋸著。最後大衛終於表現出他的勇敢、機智與聰明，成爲一個眞正的好孩子，大家都知道他是一個了不起的好孩子。大衛是一個具有「美善本質」的常人形象。

童話裡的人物形象，以一般型常人形象爲最多，而且也是童話一切人物形象創塑的基礎。

二、夢幻型常人形象

德國童話作家威夫瑞・勃勒卻（Wilfried Blecher）的《文德林在那兒》（註4），主人翁文德林是個愛夢幻神遊的孩子。有一天，他幻想自己來到火車站，買了票，坐上了車。火車突然在山洞中停住，文德林只好下車步行，走進了山洞，他看到了蝙蝠、兇狗、獅子；兇狗很兇，文德林就變成了一隻獅子，把狗嚇跑了。他終於到了城裡，擠在人潮裡，看既雄壯又好聽的軍樂隊演奏。後來他肚子餓了，就變成了一隻蒼蠅，飛進了一間有好吃的餅和甜果醬的屋子；吃飽後，他又走進一個漂亮的花園裡，花園裡有一個稻草人、兩隻鳥、三座山、四朵雲、五棵樹、三百九十朵花，還有一朵其大無比的怪花；他想幫花匠種花，種花很辛苦，需要一部起重機，可是起重機不會動，於是他就扔下起重機，走進了樹林去了。他在樹林裡迷路了，幸好月亮已升起，於是他就走到海邊，想渡到對岸去；想著就變成一條魚，游到對岸去了。文德林游到對岸，一上了陸地，就回到自己的家裡了。就這樣，文德林完成了一次既愉快又刺激的幻想之旅。文德林正像一般的小孩子，喜歡幻想，幻想使他進入夢幻狀態，使他「實現」了難以實現的願望，享受了一次奇異的神遊。這個文德林，就是「夢幻型」的常人形象。

美國童話作家伊娃琳・奈斯（Evaline Ness）寫的《愛幻想的珊珊》（註5），描寫愛幻想的小女孩珊珊，天天耽溺在幻想中。她幻想死去的媽媽是人魚，幻想家裡有一隻猛獅和一隻娃娃袋鼠，幻想家裡的破墊子是一輛龍車。她幻想這個，幻想那個，連家裡的老貓都不以為然，認為她在胡說八道；可是，珊珊住在山上的好朋友湯瑪斯，卻很相信她的話，一直想看看她的娃娃袋鼠。每天，當湯瑪斯準時來求珊珊給他看娃娃袋鼠時，珊珊一定又幻想出一個新地方，要湯瑪斯到這個新地方去找；湯瑪斯當然每一次都找不到。而每當湯瑪斯離開去找娃娃袋鼠時，珊珊卻又幻想著坐在自己所幻想出來的那輛龍車裡，讓龍車拉到很遠很遠的地方去玩。有一天，湯瑪斯又聽信珊珊的話，到遠遠海邊一塊大青石背後的山洞裡去找娃娃袋鼠；沒想到突然一陣狂風急雨，幾乎害死了湯瑪斯。後來，珊珊的爸爸從港口的非洲船上找到了一隻非洲鼠送給她；她覺得對湯瑪斯很過意不去，就捧著非洲鼠去探望差點就死去的湯瑪斯，並且把非洲鼠送給他。珊珊替非洲鼠取了一個叫「幻想」的名字，就爽朗地笑起來了。

跟文德林一樣，珊珊也是一個有趣的「夢幻型」常人形象。

三、得助型常人形象

民間故事或古典童話裡，多的是「得助型」常人形象；《格林童話》裡的白雪公主、灰姑娘；中國民間故事《田螺娘》（註6）、《畫上的媳婦》（註7）、《蛇郎》（註8）中的男女主角，都是因爲得到神仙、魔法或寶物的幫助，才經歷了奇蹟。現代童話《木偶奇遇記》裡的匹諾曹，正是「得助型」常人形象。

洪汛濤先生寫的《神筆馬良》（註9），描述主人翁馬良是一個從小就失去父母、無依無靠的窮小孩。他很喜歡繪畫，卻苦於沒錢買筆，沒有老師教他，只得用樹枝在地上學畫畫。他的勤學苦練，終於感動了白鬍子神仙，送給他一隻神筆。有了這一隻神筆，馬良畫出的鳥可以飛上天，魚可以水中游；於是馬良就畫了耕牛、水車、石磨，幫助窮人做了好多事。後來，貪心的財主和皇帝抓走了馬良，奪去了神筆，可是他們畫出的金山卻變成石頭，金磚也變成大蟒蛇。最後，皇帝逼迫馬良爲他畫搖錢樹，機智的馬良，竟然用神筆畫了大海，又畫了狂風巨浪，淹死了搭船去搶搖錢樹的皇帝和家眷。馬良因爲得到神助，才能用神筆去助貧滅惡，他也是個「得助型」常人形象。

四、變形型常人形象

《愛麗絲夢遊奇境》中的女主人翁愛麗絲，經歷了許多次變形，忽小忽大，變幻莫測，撲朔迷離，令人目不暇接；另一姊妹作《物鏡中奇遇記》中的人物，紅后變成小洋娃娃，白后也變成一隻羊腿，幻化多端，逸趣橫生。兩個童話中的人物，都是「變形型」常人形象。

安徒生的《拇指姑娘》（註10），女主人翁拇指姑娘是一個從花朵中生長出來的小女孩，她的個子還不到拇指的一半長，嬌小而美麗。安徒生採用縮身法，縮小常人的形體，創塑了拇指姑娘這一變形的常人形象，並把她描繪成純潔的天使、光明的追求者、美的化身，使拇指姑娘的形象，蘊涵了豐美而生動的氣韻。

貳　擬人形象

童話中，利用擬人化手法，賦予人以外的各種事物人的生命和特徵而創塑出來的綜合形象叫「擬人形象」。擬人形象一方面保有事物本來的「物性」，一方面又具有所要比擬的人物的思想、情感、言談、舉止和性格，使人的性格特徵和物的形象特徵巧妙的結合在一起，達到「人性」與「物性」高度的融合。擬人化手法，使擬人形象變得更幽默風趣、神彩飛揚。

但是，由於童話作家創作的著眼點不同，有時候因爲偏重在物性的表現，對於人物性格的描繪，總是輕輕地一筆帶過，這種擬人化的目的，只是爲了使事物的形象更加生動凸出，借生動的形象來幫助兒童認識事物而已；有時候則重於表現人性，事物只不過是寄託而已，作者主要是想借事物去表演、展現或發揮人的思想情感、生活體悟，因此，才通過擬人形象去表現各種人物的生活行爲及思想情感。

作家進行擬人化時，是以每一種動植物或無生物的「物性」爲基礎，進一步結合所要比擬的人物的性格特質、行爲特徵，並且賦予它們人的思想、情感、言笑、動作，讓它們以物的「軀體」去表現人的「思想行爲」。因此，在童話中，這些經過作家以擬人化手法創塑的物件，就具有雙重的生命，他們的生命空間變大了，活動性也變強了，既超乎原物的本能，也是常人所不能企及的。童話中很多多采多姿、活潑有趣的形象，都是這樣創塑出來的。

《拖船小嘟嘟》（註11）的小拖船嘟嘟，在風狂浪大的黑夜裡，一面發出緊急求救的信號，一面主動勇敢地去拖救被夾在兩塊大石頭中間無法動彈的大輪船，終於成了港灣裡的小英雄。《堅定的錫兵》中的獨腳玩具錫兵，那麼死心塌地愛著跳芭蕾舞的剪紙女郎，至死不渝。小拖船和玩具錫兵，都是沒生命、沒靈性的東西，卻能像人一樣，懂得見義勇為，敢於追求男女情愛，宛如是有思想、有感情的人類，都是作家通過擬人化手法所創塑出來的形象。

《傻鵝皮杜妮》（註12）中那隻叫皮杜妮的傻鵝，在草場上閒逛時，撿到了一本從來沒有見過的書本，牠以為有了書以後就會擁有豐富的學問，於是就露出了驕傲神氣的態度，自以為是個飽學之士，處處表現自己是了不起的。牠到處幫人家出主意，以為可以輕易地替別人解決問題，結果公雞老金、老牛克勞維、母雞艾達、黃狗諾塞、老馬司徒、小貓棉花、驢子、豬、山羊等等，整個農場的伙伴們幾乎都上了牠的當，被牠弄得天翻地覆，牠不僅害了別人，最後連自己也難逃災禍。皮杜妮終於瞭解到，不看書是不會聰明的，恍然大悟自己原來一點都不聰明。一隻鵝，竟然知道書裡面有的是豐富的學問，知道有了學問就能幫人出點子解決問題，儼然與人沒有兩樣。可是牠只知道書本的可貴，卻不知讀書的重要，最後又還原成一隻「笨鵝」。作者的擬人化適可而止，並且發揮了諷刺及啓示的效果。

不管是無生命的小拖船、小錫兵，或者是無人性的傻鵝，作家們都能依據它們的「物性」，馳騁他們靈活的想像力，結合「人性」，加入生動有趣的虛構，匠心地創塑出精彩絕倫的「擬人形象」。

童話作家在進行擬人化時，除了以既有的「物性」做參考外，還可以發揮自己的想像力去構思創塑，只要合情入理，作家應該享有更大的自由，依據他的邏輯思考和創塑需要，爲這些被擬物創造必要的思想、性格、感情、言語等等。作家所創塑的擬人形象，要新奇有趣，甚至於荒唐離奇也無妨，因爲有時愈是荒唐離奇，愈能製造趣味的效果，愈能博得小讀者的喜歡。

參　超人形象

童話中擁有超人力的神魔法術，能施行超自然的奇蹟，可以無所不能、無所不知、無所不為的人物形象，就是「超人形象」。超人形象通常是在人的基礎上賦予神魔特徵，或是將自然力量人格化，或是將動植物神格化而創塑出來的。現代童話中的超人形象，已擺脫了古典童話時代擁有古老的魔法（如變化形體、變幻財物、驅使自然力、洞察人間奧祕、能長生不老、有隱身術等）或各式寶物，能呼風喚雨、怪力亂神、法力無邊等特徵，而是將傳統的神魔形象加以改造、加工、發展，成為在現實生活中能幫助兒童、指導兒童，做他們親密的伴侶或導師的眞實人物形象。

擬人形象的創塑，畢竟還有一個事物的原型做依據，而「超人」的魔術既虛幻又不著痕跡，無從捉摸，實在很難描繪。如果作家的筆力不夠，反而會寫得空空洞洞，令讀者丈二金剛摸不著頭緒。

「超人形象」的塑創，關鍵就在於「虛中有實，實中有虛」。

英國女畫家珍納·瓊斯東與安納·瓊斯東（Janet and Anne Grahame Johnstone）兩姊妹自寫自畫的《巫師莫林》（註13），描述英國傳說中的奇人「巫師莫林」，如何運用各種法術，把兩個愛打架的孩子，教導成彬彬有禮的武士。她們所創塑的超人形象，不尚怪力亂神，又能回歸現實，頗具親切感和眞實感。

有一天，莫林看見屋外草地上有兩個小孩在打架。他就舞動著魔杖，發出綠色和紫色的閃光，嘴裡喊著：「阿布拉，博布拉，巴士哥！」兩個小孩於是向相反的方向翻筋斗而分開了。莫林又把他們帶到廚房，他站在碗櫥的門前，舉起魔杖嘴裡喊著：「嗨，普來斯托，潘克浪！」魔杖突然飛舞起來，而且發出許多爆炸聲：「嘶！乓！克拉！」碗櫥的門突然開了。「嘩啦！叮噹！」裡面甚麼器物都飛了出來，並且立即湊成兩個武士。莫林就叫他們跟兩位武士比劃，學習武士們的風度。莫林又變出了兩匹馬，訓練兩個小孩騎馬執長矛打戰，學習騎士精神。兩個小孩玩得很有趣，又學到了謙虛、禮讓的風度，於是對莫林著了迷。莫林就約他們每天都來他的小屋裡學習，並且認眞地教導他們。兩個小孩子終於成了一對好孩子、好朋友了。

作者描述莫林訓練兩個小孩成爲武士的過程，可謂有「法」有「術」，絕不是虛晃一下地一筆帶過。引人注意的是莫林幾個念咒的動作：

他舞動魔杖，發出綠色和紫色的閃光，嘴裡喊著：「阿布拉，博布拉，巴士哥！」

他站在碗櫥的門前，舉起魔杖，嘴裡喊著：「嗨，普來斯托，潘克浪！」

他拿起幾個紙鏢，投向空中。嘴裡說：「達丹，弗落脫，斯奎克，比克！」（註14）

神態鄭重其事的莫林，有模有樣的。他能念咒施法，讓兩個打架的小孩分開；他只要舞動魔杖，就能神奇地變出有用的東西；他能探知小孩子的心理，趁機教育他們，薰陶他們，變化他們的氣質和風度。莫林其實是一個熟諳兒童心理和教育的「成人」的化身，只是作著賦予他超現實特異功夫，託名於著名的民間傳奇人物——「巫師莫林」而已。他富有人情味，專門助人為善，絕無邪氣。這樣的一位「巫師」，不但不會令小讀者覺得詭異恐懼，反而會讓他們覺得他是一個和調親切、眞眞實實的「超人」；再加上兩個孩子學習武術的動作招招不虛，好像驗證了莫林的超人能力似的。

瓊斯東姊妹所創塑的莫林「超人形象」，迥非古典童話時代虛來虛往、見首不見尾的神魔鬼魅所能比擬，他融合現實與幻想於一體，似幻而實眞，非常具有現代感。與詹姆斯·巴利所創塑的那位能戰勝詭計多端、生性殘暴的壞人的「永遠長不大的男孩」彼得潘（註15），有異曲同工之妙。

肆　寶物形象

童話中出現的兼具平凡物件外形和神奇魔力特質的器具，它們表面上可能只是一件平凡無奇的器物，因為被賦予了法術神力，所以能任意施為令人詫異的奇蹟，因而成為

「寶物」。「寶物」是人的思想感情的物質化體現，是知識和技能的神化；童話作家對寶物所創塑出的具體形象，叫「寶物形象」。

「寶物形象」也具有擬人化的特點：會開口講話，有感情、有性格。但寶物雖然可以獨立存在，卻不能獨立進行活動，它們的活動必須依附於人物，並且受人物的操縱和控制。是寶物的主人用咒語或魔術指揮寶物，使它們發揮作用，而作用的好壞也完全由主人的意識而決定，但結局通常都會遵循「好人得寶享福，壞人得寶遭禍」的童話正義原則。

傳統的神話故事、民間故事、神仙故事或古典童話中的寶物，都是神仙、鬼魅或超人遂行思想意志的工具。這些道具式的寶物，通常有萬能寶物，如神燈、寶瓶、寶葫蘆、神筆等等；或是神奇的自然物體，如治百病的泉水、起死回生的仙花仙草、使瞎子重見光明的夜明珠等等；或是具有特殊魔力的物品，如飛毯、隱身帽、魔笛、寶鏡、神鞭等等。它們的神奇威力，說來就來，說去就去，兒童只能見其然，卻不知其所以然。

現代童話（**尤其是科幻童話**）也有「寶物形象」。黃海先生的科幻童話《會說話的狗》，描述一對經過科學家改造，裝置了人工聲帶的狗寶貝，牠們會思考，會說話，會做人的動作，還有判斷是非的能力，並且有正義感。因爲這篇童話的「寶物形象」創塑得很奇特，可以做為現代童話的寶物形象榜樣。

科學家陳天河博士精心發明了「可以裝在動物的喉管裡，使動物發聲講話」的人工聲帶。他為兩隻裝上了人工聲帶的寶貝狗小白和小黑辦了一次盛大的發表會。兩隻狗，直立著走幾步路，用兩隻前爪向大家擺手致意，並且異口同聲的說：「謝謝各位光臨！我們是狗，你們是人，我們喜歡與人類做朋友！」小白挺胸凸肚，對衆人一鞠躬，得意地昂首對衆人說：「我是小白，因為我的毛是白的，所以就叫小白。我是陳博士養大的，喜歡與小朋友玩！」小黑也跟著一鞠躬說：「我的外表黑，心可不黑，我與小白是兩兄弟。在我們的世界裡，黑狗與白狗，或是黃狗什麼狗，都是一樣的，我們誰也不會看不起誰。現在，我們正要找個女朋友。」不料，兩隻狗當夜竟然被小偷抓走了。不久，小偷又趁著一個靜靜的黑夜裡，準備把牠們送回陳博士的實驗室，卻觸動了警鈴。小偷這才結結巴巴招供說：「我本來想帶走他們去馬戲團表演，沒想到他們天天嘰嘰咕咕，說我是狗養的，才要靠狗吃飯，太沒出息了！要是我知趣的話，就應該把他們送回來，否則，他們要天天罵我。你們想想看，我這個堂堂正正的人，天天被狗罵，不是比狗都不如嗎？所以我還是把小黑、小白送回來的好。」（註16）

這一對狗，會說話，會鞠躬作揖，還會義正辭嚴地罵小偷：「狗養的，才要靠狗吃飯，太沒出息了！要是知趣的話，就應該把我們送回去。」實在饒富幽默感。黃海先生可以說，把狗的「寶物形象」，創塑得既鮮活又傳神。

第二節　童話需要典型人物形象

「典型化」與「獨創性」是文學創作的兩個基本規律。童話裡的人物形象，當然也必須具有「通過個別的、特殊的形象、反映一般的、普通的人物」的藝術創塑。才能鮮明活潑，才會眞實感人。

壹　揚棄「類型人物」形象

古典童話因爲偏重於主題思想的傳達，人物只是被用來進行或完成故事發展的工具而已，他們永遠居於不重要的地位，既不被重視，也沒有加以創塑的必要。

一九二八年，俄國的文藝理論家普洛普發現，古典童話裡常常把同一行動分配給各種不同的人物，許多不同的童話人物，實際上是在重覆著同樣的行動。所以，雖然人物千頭萬面，他們在童話裡的活動和作用卻是很有限的（註17）。這些古典童話裡的人物，通常都是根據作者的意識或理念，爲了完成某一事件而臨時取用的；他們始終是被故事目的所差遣的「永遠的類型化」模特兒，不論做什麼事、說什麼話，甚至不管在任何時空背景下，他們的性格始終如一，絲毫不因時空而改變。這樣的人物形象，只有一般性而沒有特殊性，千面一人，所以我們稱它們爲「類型人物」。

從多數的古典童話裡，我們可以看出這些「類型人物」形象，有下面四個共同點：

一、人物從一出場，基本性格就被定型了，一直到結局，他們完全依據作者的理念或意識行事，不但看不出有什麼特別的性格，甚至沒有自己的生命。

二、人物都只有一般社會化的共同性格，沒有個人的自覺意識或獨立見解，讀者無從體認到人物的特殊個性，無法留給讀者深刻的印象。

三、環繞人物的行爲和言談，都趨於原則化、簡單化，作者通常輕描淡寫地一筆帶過，只有標示的作用，沒有展現或烘托人物性格的實質意義。

四、人物性格面貌類型化，看不見在特定情境中特殊行爲、表情、心理的具體反映，縱使有姓別、職業、地位、習慣動作、口頭語等的不同，也沒有區別的實質意義和價值。

因此，類型人物形象總是給人刻板、不眞實的感覺。好人總是絕對的完美化、道德化，集聰明睿智、溫良恭儉於一身；壞人則冥頑不靈、怙惡不悛，簡直一無是處。這樣過度地把人物形象做「異常化」的塑造，也許容易收到易於分類、便於記憶的提示效果，但是就藝術創造的觀點來說，卻是最不眞實、最不能被讀者辨認的。事實上，懂得思考和好奇的現代兒童是不會信服——眞有這樣的人嗎？

像格林童話的《幸運的漢斯》（註18）裡的主人翁——那個年輕而老實得近於癡呆的漢斯。他替主人工作了七年，主人給了他一塊像頭那樣大的金塊做酬勞；他告別了主人，扛著金塊一步步慢慢地要走回家。因爲金塊實在太重了，漢斯扛得很累，就跟一個看起來非常愉快自在、很神氣地騎著馬的人換了馬；可是他不會騎馬，被馬摔到水溝裡，於是就把馬和一個農夫換了一頭母牛。漢斯肚子餓了，想擠牛奶喝，卻被母牛踢中了頭，昏迷了半天；就把母牛和肉販換了一隻小豬。不久，他又上了一個年輕人的當，用小豬換了他的一隻鵝。後來，他又將鵝和一個樣子很快樂的磨刀匠換了兩塊石頭。最後，走累了的漢斯停在水泉旁想喝一口清涼的水；一不小心，僅有的兩塊石頭也掉進水裡去了。已經一無所有的漢斯，竟然覺得輕鬆了起來，兩眼含著淚，跪下來大聲感謝神說：「在太陽底下，再也沒有人比我更幸運了！」於是，他「輕輕鬆鬆，沒有帶任何笨重的東西，邊走邊跳」地走回家。

這個故事也許是在諷刺漢斯的愚笨，所以叫做「幸運的漢斯」；也許想傳達「輕鬆就是福氣」的主題。但是，像漢斯這樣的人，實在是人間所無，連小孩子也不會相信天底下有如此笨的人。

「類型人物」也就是小說家所謂的「扁平人物」，認爲他們「就是理念本身，他的生命即發射自此一理念的邊緣」，是「可以用一個句子描述殆盡」的，甚至被譏諷「只有在製造笑料上才能發揮最大的功效」（註19）。英國小說理論家佛斯特因此批評說：

如果一個作家想要將他的力量集中使用一擊中的，扁平人物即可派上用場。因爲對這類人物不必多費筆墨，不怕他們溢出筆端，難以控制。他們自成氣候，好似夜空眾星之間形態已先固定的光圈，或此或彼，無處不適。（註20）

佛斯特近於諷刺的批評，當然不是針對童話作家而言的，但是對於習以「類型人物」形象爲滿足的現代童話作家來說，卻殊堪引以爲戒。

因爲作者不必多費筆墨去描寫，以致「類型人物」的形象缺乏創意而模糊不堪，就無法令讀者產生新奇、關注的激情。

貳　創塑「典型人物」形象

小說化了的現代童話，有兩個明顯的表徵：一是精彩有趣的情節，二是鮮活生動的典型人物。情節是人物的歷史，人物有特性，活動才會新鮮不落俗套，情節才能精彩有趣。因此，現代童話作家如果能成功地創塑出「典型人物」形象，作品就等於成功了一半。

「典型人物」的性格一定是鮮明突出而活躍的，他們雖然也有著一般人的共同品性；可是，當他們處在特定的時空情境下，就會不自覺地流露出獨特的個性，有獨立自主的見解和言談舉止，絕不迎俗逐流，無端壓抑自己的個性；他們除了平常人的本質「共性」以外，更有異於常人的堅執和行動，表現出自己的「特性」。因此，在風格上，「典型人物」的形象，是唯一的、特殊的「這一個」，迥異於普通的、流俗的「那些個」或「那一群」，而且性格又是「消長互見，複雜多面，與眞人相去無幾，而不只是一個概念而已」（註21）。

歐洲自從文藝復興以來，個人尊嚴受到極力的尊重和提倡，文學發展的傾向也從記事移向寫人，因而重視對人物的描寫。十九世紀工業革命以後，社會更開放，個人主義抬頭，兒童學興起，兒童性格的發展受到空前的關注，「兒童有獨立的性格」的議題獲得普遍的認同和迴響，童話的風格也開始有了重大的改變。當時的童話作家，因爲受到整個文學風氣的影響，也注意到應該及早讓兒童知道「眞實人生並不單純」的事實，所以揚棄了過去專以「類型人物」形象向兒童灌輸成人理念的寫作習性，轉而以可以多方面陶冶兒童性格的各種人物形象爲描寫指向，並且得到豐碩的成果。一來，多元化的人物形象創塑，刺激了童話作家創作的企圖心，激發了他們的創作潛力；同時，兒童也因此從童話中欣賞到各種不同性格的人物形象，他們鮮明活潑的性格，既獨特又有眞實感，不但使兒童在美感享受上得到無窮的樂趣，也使他們間接地碰觸到更多可以觀摩、思考、學習的人物形象，獲得了更多的人生體驗，因而提昇了他們的思想層次，認識了各種不同的價值觀，養成了從多側面、多層次去瞭解和欣賞人性的興趣和胸襟，對於陶鑄獨立高尚的人格氣質，有很大的幫助。十九世紀四〇年代，丹麥籍的安徒生是第一個把富有個性的角色帶入童話的作家；到了二十世紀七〇年代中期，童話作家更大膽地向小說家看齊，開始嘗試「典型人物」形象的創塑。童話人物形象創塑，從此有了更突破性的表現（註22）。

「典型人物」的形象，展現了「既平凡又不平凡」的形象特質。少年小說家任大霖說：

說他們平凡，因爲他們都是活生生的普通孩子；說他們不平凡，因爲在他們的身上，都有著某種閃光的東西，某種鼓舞人向上的新品質。因爲他們既是眞實可信的孩子，又具有不平凡的色彩，所以能吸引廣大的小讀者，使小讀者感到親切，受到教育。（註23）

所謂「平凡」，就是具有人物性格的「共性」；而「不平凡」，就是人物性格的「特性」。在正常的情況下，人的思想性格都會受到族群習性的制約，所以一般的行爲都會墨守成規，没有什麼特別。可是，在特殊的情況下，由於價値觀、思考判斷的差異，或己身利益的衝突，各人的情感反應或行爲表現就會有所不同了。這時候，有的人容易妥協，可以放棄自己的見解；有的人卻很堅持，儘管暫時改變了處理事件的技巧，卻仍然要實現理想。

日本童話家石井桃子在《芳子的雛祭》裡對那一對母女的形象描寫，就是個很好的例子。芳子和媽媽相依爲命，生活非常清苦。媽媽嫻慧又慈愛，芳子溫順而乖巧，這是女子的「共性」。可是，芳子和媽媽又各有各的脾氣，各有各的看法和堅持，這是她們不同的「特性」。

「雛祭」是每個日本女孩子都很重視的節慶，芳子堅持今年非得到雛祭人形不可。媽媽也一直在克服經濟的拮据，想排除萬難，爲芳子張羅中意的雛祭人形。媽媽心中一直念念不忘小時候外曾祖母送給她的那一套美麗傳神的人形，於是帶著芳子到百貨公司去選購；但是卻始終都挑不到合意的。爲了不讓芳子失望，最後她依據自己的印象，用金紙摺出自己心目中的人形，在雛祭的前夕，非常虔誠地送給芳子。母親疼愛兒女，是天經地義的，可是媽媽寧可堅持送禮的意義，卻不肯因陋就簡、聊備一格，絕不像一般的媽媽，事事以滿足兒女的物質需求爲榮。作者對母親的人物描摹，創塑了媽媽體貼細心的人格特性，使她成爲一個眞實可信既嫻慧而慈愛的媽媽。

而芳子一心一意想買的雛祭人形和媽媽想的不同，她本來誤會媽媽忽視她的需求，只是編一些不切實際的理由來敷衍她。因此，她生媽媽的氣，失望得使勁地摔書包，任性地放聲大哭，簡直跟一般的小女孩沒有兩樣。可是當她瞭解了媽媽的心境以後，就耐心等待媽媽的禮物。她細心體會媽媽的一舉一動，直到知道人形禮物是她媽媽親手做的，心裡覺得既高興又感動。作者筆下的芳子，有任性的脾氣，也有善體人意的柔情，更有品味藝術的眼光，心思細密，好惡有分寸。她的形象是立體多變的、有深度的，跟她的家世背景相當和稱，勿寧是一個活生生的眞實女孩。

在現實生活裡，人的性格都是多重的，會隨不同的時空而變化的。通常表現勇敢的人，也會有膽怯猶豫的時候；舉止高尚的人，難免也會失態困窘；處處幸運的人，也會有突發的變故；認眞讀書的學生，可能比較自私；調皮貪玩的兒童，反而存心仁厚；功課不好的小孩，心胸卻比較開朗；傲慢的人，也許有慷慨熱情的一面；專橫固執的人，可能莊重無私，有著溫情敦厚的另一面。童話中的人物形象，也應該反映人性的眞實，一方面既要概括地描寫他們的「共性」，另一方面又要深刻、鮮明地寫摹他們的「特性」。「共性」與「特性」交互輝映，才能創塑出有血有肉的、眞眞實實的「典型人物」形象。

以前的兒童比較單純，生活經驗也很有限，所以還可以接受那種僵化呆板的「類型人物」形象。現代的兒童，社會化提早了，生活經驗也多了，他們的觀察敏銳、思辨靈活，當他們讀到那些描述性格絕對化或異常化的「類型人物」形象時，心裡又怎麼會受到感動呢？

第三節　創塑典型人物形象的技巧

要創塑「典型人物」形象，必須從下列幾方面著手：

壹　以真實人物為創塑的原型

作家在創塑鮮活人物形象以前，一定要從眞實人物中去選取創塑的原型，做爲描寫的基礎。

描寫人物，一定要先觀察人性，瞭解人情，並且深入研究人的行爲。金聖嘆說施耐庵寫《水滸傳》：「敘一百八人，人有其性情，人有其氣質，人有其聲口。」（註24）所以，「任憑提起一個，都似舊時熟識」（註25）。因爲每一個人物，在作家的心眼裡都是「舊時熟識」，早有深刻的認識和瞭解，才能栩栩如生地描述出他們的性情、氣質和聲口。詹姆斯・巴利（James Mattchew Barrie, 1860-1937 A.D.）創塑「永遠長不大的男孩」彼得潘，就是以自己早年死去的哥哥爲原型的。他的哥哥十三歲時因滑水失足死亡，在巴利母親的心中，他哥哥是一個永遠長不大的男孩；巴利因爲常常聽到母親對亡兄的回憶，耳熟能詳，才能在超自然的背景上，創塑了栩栩如生的彼得潘，爲美好的童年唱出一首溫馨的歌，讓彼得潘歡樂的童年和充滿活力的青春，刻劃出人人心中存有卻不可再現的往日影像。同時，巴利又根據母親講述如何在她母親死後獨力撫養小弟的艱辛情狀，創塑了如慈母般照顧幾個被遺棄小男孩的溫蒂，他以朝夕相處的母親，做爲創塑溫蒂的原型（註26）。

日本兒童文學家寺村輝夫，曾經以描寫「乖孩子」形象爲例，說明認識眞實兒童人物的重要：

有人以爲把偉人行爲編成故事就是兒童故事。也有人認爲，把乖孩子的動人行爲寫下來，就是兒童故事。那是不對的。

平常，大人都要求孩子做乖孩子。

「小孩子不應該戴手錶！」

大人這麼一說，孩子就回答：「是，我明白了。」

大人說：「長大了才買給你。」

孩子就回答：「我會忍耐到那時。」

這樣兒回答的孩子才是乖孩子。在兒童文學的世界裡，初寫者的作品中，有壓倒多數是描寫這種「乖孩子相」，這完全是出於對孩子缺乏瞭解的結果。

我這麼說，不是說沒有那麼乖的孩子。也許有些孩子經過父母嚴格的管教，變成了那麼乖的孩子。可是，說不定，這種乖孩子卻一心一意地默默等著機會說：「等著瞧吧，我一定會獲得我想要的東西的！」除此以外，他的這種心情有時候也會在別的場合裡發洩出來。兒童故事是從這個觀點出發的。（註27）

童話作家如果對人物原型沒有深入的瞭解，在創塑人物形象時，只能運用「瞎子摸象」的伎倆，結果一定是模糊不眞切的。作家必須發揮他敏銳而精密的觀察力，去瞭解兒童眞實的個性、感情和行爲，才能創塑出被兒童認同的人物形象。

請看下面這段對於一個小學畢業生的人物描述：

爸爸看著錄取通知單，樂得眉開顏笑。芬芬撲到爸爸懷裡，爸爸把她抱了起來，一次又一次地親著芬芬蘋果似的小臉，說：「好孩子，你眞行，爸爸馬上去買巧克力！」芬芬在爸爸的懷裡扭著腰，把小腦袋搖得撥浪鼓似的，嚷著說：「爸爸，我不要吃糖糖，我要到動物園去，看大象、看猴子，看熊貓，……嗯，嗯，還有天鵝……」

這樣「可笑」的描寫，讓人弄不清芬芬到底是個小學畢業生，還是幼稚園的幼童？寫她的撒嬌模樣，簡直天眞過了頭，肉麻當有趣。這個年紀的女孩子，已經懂得矜持害臊了，碰到這麼高興的喜事，居然向爸爸吵著上動物園看動物？這不是憑空妄想就是過度的矯揉造作，毫無眞實感，令人作嘔。

要把人物創塑得有眞實感，就必須熟悉人物，瞭解他的「性情和特徵」，以他做原型，才有可能創塑成功。

貳　匯集多數個體的特點於一身

單單從一個人物原型身上去找特點，畢竟太有限了，所以作家在進行「典型人物」形象的創塑時，必須放眼其他，從其他不同的人物個體身上去尋找更多的特點，集中到這個典型人物身上來。就像美國當代小說家凱斯衛 Curtis W. Casewet 說的：

老練的作家常利用混合人物（Composite Characters）。換言之，描寫湯姆的性

情，加入狄克的特性，使用咻利的外貌，……（註28）

爲了彌補原型人物性格特徵上的不足，作家除了匯集其他人物的特點外，還要運用自己的想像去補充創造。詹姆斯・巴利創塑「彼得潘」的人物形象，除了從母親那兒聽來的哥哥那「永遠長不大」的淘氣性格特徵外，他還匯集了正義、勇敢的其他特徵，並且加上自己的想像，因此「彼得潘」就成了一個「半人半神，會飛翔」的男孩。他只要在溫蒂和她的兩個弟弟的肩上抹了一些神灰，就能帶著他們飛過天堂，飛到了既危險而刺激的「夢幻島」去探險。在夢幻島上，彼得更發揮了機智和勇氣，戰勝了生性殘暴、詭計多端的海盜虎克，救了他帶來的好朋友，讓他們平安的回家。

羅勃・麥羅斯基因爲多年觀察野鴨子，熟稔牠們的生活習性，獲得了一些原型資料，於是透過赴外地下卵、孵鴨、回巢的情節，匯集了念舊、淘氣、守紀律等其他特性，寫活了這一群「通曉人情」的野鴨子。

安徒生抓住玩具錫兵沈默不語、獨立堅持的形象特徵，給予人格化，匯集了純情、愛慕、堅忍、忠貞等多項人格特徵，創塑了錫兵爲追求愛情而「至死不渝」的典型形象。

為了創塑不愛理髮的「小拖把」的典型人物形象，唐・佛利曼匯集了毛茸茸、看不見眼睛的哈巴狗，雜亂不堪的草皮，枝葉低垂、需要修剪的樹木，結實、蓬鬆的拖把等四個不同的形象特徵，來引伸象徵小拖把頭髮髒亂的特徵，不只生動有趣，更成功地創塑了「小拖把」的典型人物形象。

約翰・伯靈罕把握了「狗性忠實」的原型特徵，進一步匯集了感恩圖報、機靈、勇敢的其他特質，讓小黑狗權充炮彈道具，幫助馬戲班的小丑完成一場驚險而完美的表演，成功地創塑了小黑狗「士為知己者死」的典型形象。

湯姆・洛賓遜在《貓王的故事》中如此創塑「貓王」的形象：

可是常常打架的結果，他的耳朵被咬破了，尾巴被咬斷了，臉被抓傷了。他的毛皮破破爛爛，好像是蟲蛀了一樣。他的腿一瘸一拐，像是一位受了傷的軍人。

後來所有的貓都怕他了。他每天晚上都蹲在高樓上，大聲的叫罵，向他們挑戰。（註29）

作者以野貓「好鬥」的原型特性爲基礎，極盡渲染地描繪了貓王驍勇好戰的成果——「耳朵被咬破了，尾巴被咬斷了，臉被抓傷了」，「皮毛破破爛爛，好像是蟲蛀了一樣」，「腿一瘸一拐，像是一位受了傷的軍人」。已經打到這副德性了，牠還不罷休，每天晚上更蹲在高樓上，大聲的叫罵，向其他的野貓挑戰。如此高度密集地匯集衆野貓的殘缺破相，深刻而傳神地創塑了「貓王」的典型形象。

參　人物性格要有發展性的變化

人是活的，人的思想、情感、性格、行爲和言談，會隨著時間的更移或空間的轉換而有發展性的變化。

《不愛理髮的孩子》的主人翁小拖把，他的人物性格呈現著發展性的變化，所以讓人覺得眞實可信。一開始，小拖把只顧貪玩，讓他的頭髮髒亂得像一把蓬鬆的拖把也不在乎，對別人爲他取了「小拖把」的諢號也無動於衷，他還是盡情地學老鷹飛，學獅子吼，悠著樹枝玩。後來媽媽強迫他去理髮，沿路他碰到了毛茸茸看不見眼睛的哈巴狗，受到剪雜草的勞森先生的揶揄以及修樹枝工人的諷刺，心裡漸漸有了「難爲情」的感覺。最後因爲被買拖把的太太的一個驚嚇，才驚慌失措地衝進理髮館。當他理完髮後，心情跟著輕鬆了起來，放眼所及，樹枝修短了，草皮整平了，連哈巴狗的毛也變整潔了，於是他感到樣樣東西看起來都是新鮮的，連天氣也好起來了。每一次時空的改變，都讓他有不同的感受，思想、情緒也跟著改變。他的改變都是具有發展性的，有一定的內在邏輯，既合情又合理，小讀者會相信他是個眞實的人物。

《芳子的雛祭》裡的芳子，因爲急於想要得到雛祭人形，卻又不知媽媽另有打算，誤以爲媽媽故意在敷衍她，所以，她哭鬧、甩書包、頂撞媽媽。後來媽媽誠心誠意地帶她到百貨公司去選人形，並且耐心地向她解說，她心裡逐漸有了似懂非懂的體會，心情平和了，性情也不再急躁了，就決意要慢慢地等媽媽爲她挑選最合意的人形。最後她終於接到媽媽的人形禮物，一看，原來是媽媽親手趕工做的，既美麗又精緻；她一下子感動得熱淚盈眶，心裡充滿了感激和溫馨。她不只是爲得到精美的人形而高興，更佩服媽媽的細心和關懷。芳子的性情，前後有了三種明顯不同的表現，始而毛躁憤怒，繼而冷靜體諒，終於釋懷感激，性格的變化有著進步性的正面發展，層遞推進，合理而眞實。

人物的性格通常會隨時空的轉換而變化，這是合理的發展，也是事實的必然。古典童話裡的類型人物，因爲只是爲完成主觀目的而擬設的，沒有眞實的生命，所以性格一成不變，始終如一。現代童話強調以現實爲基礎，現實世界的人物可是活生生的，性格永遠在變，呈現著發展的狀態。童話中的人物形象，不管處於現實世界或是超現實世界，都是眞人實事的投影，都是有生命的，所以性格也必然是變化發展的。如果童話的人物形象呆板乾癟，性格紋風不動，跟現實世界的眞人稍一比對就無法契合，那就沒有眞實感了。兒童是不會喜歡和相信這種沒有眞實感的人物形象的。

人物形象要有眞實感，性格要有變化、有發展，是童話人物形象創塑很關鍵的一個課題。

肆　人物心理的描寫要簡扼明快

童話的人物心理，絕不能像成人小說那樣，離開了情節敘述，用大段的文字做深入細膩的刻劃，那就會治絲益棼，破壞了小讀者的雅興。童話人物的心理描寫，應當順應情節的開展，寫得明快生動，著墨不多卻恰到好處，以達到畫龍點睛的效果。人物的心理是微妙的，能夠描寫得越傳神，人物形象就越鮮活。

安徒生在《醜小鴨》裡，兩度描寫小鴨的複雜心理。第一次是小鴨巧遇了天鵝：受盡折磨和凌辱，一向抱持著極端卑微的心理的醜小鴨，當牠看到那群「白得發亮，頸項又長又柔軟」，會「發出一種奇異的叫聲，展開美麗的長翅膀」的天鵝，竟然

「不禁感到一種說不出的興奮」來。於是情不自已地「在水上像一個車輪似地不停地旋轉著，同時，把自己的頸項高高地向他們伸著」，這時，他忽然發出一種「連他自己也害怕起來」的「響亮的怪叫聲」。安徒生傳神地側寫了醜小鴨因爲內心喜悅激動而流露出來的欣羨神色。他們是那麼美麗——他「從來沒有看到過這樣美麗的東西」，他這第一次偶然的驚愕，正是他內心憧憬的直接反射，對他來說，可是一次非常強烈的震撼。他太仰慕他們的美麗和幸福了。當他們飛走後，小鴨沮喪地把頭沈入水底；可是，「當他再冒到水面上來的時候，卻感到非常空虛」。喜悅過後的他，卻換來了一陣徬徨。他想到他的身世和處境，以後他將何去何從？但答案依舊是令他失望和迷惘的——「他怎能夢想有他們那樣美麗呢？只要別的鴨兒准許他跟他們生活在一起，他就已經很滿意了——可憐的小東西。」到最後，他還是揮不去內心的苦悶和恐懼（註30）。安徒生並不直接去敘述小鴨抽象的心理反映，而是簡扼地描寫小鴨外部的反射動作及表現，以達到動態化、形象化的效果，使兒童能容易把握並深刻體會小鴨的心理，手法明快，效果很好。

第二年的春天，當醜小鴨又看到了三隻「飄浮在水上，羽毛發出颼颼的聲響」的美麗天鵝時，他又被他們的美麗迷住了。在一陣矛盾掙扎後，他終於克服了自卑心理，做出了勇敢地「向這些美麗的天鵝游去」的決定：

「我要飛向他們，飛向這些高貴的鳥兒！可是他們會把我弄死的，因爲我這樣醜，居然敢接近他們。不過這沒什麼關係！被他們殺死，要比被鴨子咬、被雞群啄，被看管養雞場的那個女傭人踢和在冬天受苦好得多！」於是他飛到水裡，向這些美麗的天鵝游去：這些動物看到他，馬上就豎起羽毛向他游來。「請你們弄死我吧！」這隻可憐的動物說。他把頭低低地垂到水上，只等待著死。（註31）

在這個緊張的關鍵時刻，過去的陰霾和未來的期盼，急速地在小鴨的心裡交錯翻攪著，是他不凡的膽識和果毅的氣質，使他摒棄過去的陰影，當機立斷要「向這些美麗的天鵝游去」。就技巧上來說，安徒生以簡短的獨白，象徵性地交代了小鴨交錯複雜的心理掙扎過程，敘述扼要，條理明晰，兒童非常容易理解。而且，小鴨的自述，透露出他長期以來揮之不去的夢魘和壓抑，對他產生的莫大的困惑，已到了需要解放的時刻，這種亟待突破的反省和自覺，才是小鴨驟下決定的精神力量來源。對於小鴨這種「昨日種種譬如昨日死，今日種種譬如今日生」的心境和氣魄，安徒生做了最簡扼明快的描寫。

總之，不要一味空洞地告訴兒童：「他心理很難過」，「她非常地失望」，「他是如何的喜悅」，「她何等的憂傷」，難過、失望、喜悅、憂傷，是多麼抽象而不著邊際的語詞，兒童看了是無法產生切身的感觸的，那樣的心理描寫，注定要失敗的。

伍　直接描摹人物的舉止及言談

要表現人物的特性，沒有比描摹人物的舉止和言語更直接有效的了。一般使用籠統的第三人稱間接敘述法，讀者和人物之間有一段距離，讀來總覺得不夠直接，親切感也不夠；如果由作者直接描摹人物的舉止和言談，效果就不一樣了。「舉止」是人物對刺激的直接反應，最能眞切地表露人物的情緒和個性；「言談」的內容，包括獨白或彼此的表白、傾訴、議論、批評，能表露人物的個性及思想，可以把人物深藏的動機、隱祕的情慾以及潛在的心理，一五一十地寫出來，使讀者有如親身耳聞目見童話人物一般，效果當然更好。

王爾德在《忠實的朋友》裡，對人物的言論舉止，就有生動精彩的描摹。當平日盡心對磨麵師效忠賣力的小漢斯正挨餓受凍、瀕臨死亡時，他「最忠實的朋友」，那個有錢的磨麵師竟不肯來關照、探望他一下。磨麵師心中不止有著精明透頂的盤算，嘴裡還有一大套精彩的歪理呢！

磨麵師常常對他妻子說：「雪還沒有化的時候，我去看小漢斯，是沒有好處的，因為人在困難時候，應該讓他安靜，不應當有客人去打擾他。這至少是我對於友誼的看法，我相信我是對的。所以我要等到春天來才去探望他，那時他便可以送我一大籃櫻草，這會使他非常高興的。」

他的妻子正坐在壁爐旁一把舒適的圈手椅上，對著一爐旺柴火，便答道：「你為著別人想得很周到，的確很周到。聽你談起友誼，眞叫人滿意。我相信連牧師本人也講不出這樣美麗的事，哪怕他住在一所三層的樓房，小手指上還戴了一個金戒指。」

這時磨麵師的最小的兒子在旁邊插嘴說：「可是我們不能請小漢斯到這兒來嗎？要是可憐的漢斯有困難的話，我願意把我的粥分一半給他，我還要給他看我的小白兔。」

磨麵師聽見這番話便嚷起來：「你這孩子多傻！我眞不明白送你上學唸書有什麼用。你好像什麼都沒有學到。你聽我說，要是小漢斯到了我們這兒，看見我們一爐旺火，看見我們好的飲食和大桶的紅酒，他說不定會妒忌的，妒忌是件最可怕的事，它會損害人的天性。我決不願意叫漢斯的天性給損害了。我是他最好的朋友，我要永遠照料他，並且留心他不要受到任何的誘惑。而且，要是漢斯到了這兒，他也許會要求我賒欠點麵粉給他，這是我辦不到的事。麵粉是一件事，友誼又是一件事，不能夠混在一塊兒。你看，這兩個詞兒唸起來聲音差得很遠，意思也完全不同。每個人都看得出來的。」

磨麵師的妻子給自己斟了一大杯溫熱的麥酒，一面稱讚道：「你說得多好！真的我在打瞌睡了。真正像在禮拜堂裡聽講一樣。」

磨麵師答道：「做得好的人多，可是說得好的人卻很少，可見兩者之中還是說話更難，而且也更漂亮的事；」他用嚴厲的眼光望著坐在桌子那面的他的小兒子，那個孩子十分不好意思，埋下頭，滿臉通紅，眼淚偷偷地掉到他的茶裡去了。（註32）

陰狠、僞善的磨麵師的嘴臉，被王爾德描摹得傳神無比。什麼冬天去看小漢斯「是沒有好處的，因爲人在困難的時候，應該讓他安靜，不應當有客人去打擾他。」何況，「要是小漢斯到了我們這兒，看見我們一爐旺火，看見我們好的飲食和大桶的紅酒，他說不定會妒忌的，妒忌是件最可怕的事，它會損害人的天性。我決不願意叫漢斯的天性給損害了。」從這些冠冕堂皇的話，令人不難揣摹磨麵師那副尖酸刻薄的嘴臉，王爾德直把磨麵師假仁假義的面具，給徹底的撕開了。他還似是而非地強調：「麵粉是一件事，友誼又是一件事，不能夠混在一塊兒。」並且得意的發表謬論：「做得好的人多，可是說得好的人卻很少，可見兩者之中還是說話更難，而且也更漂亮的事；」他把狡猾當做聰明，嘴裡滔滔不絕地說著歪理。王爾得淋漓盡致地揭露了磨麵師的眞實本性了。

磨麵師的妻子，算是個精明機智的人，她的話尤其更能進一步刻鏤丈夫的虛僞和詭辯。她的話，不是讚美，而是十足的揶揄、譏諷。她一針見血的言談，彷彿是王爾德的嚴厲批判：「聽你談起友誼，眞叫人滿意。我相信連牧師本人也講不出這樣美麗的事，」「你說得多好！眞的我在打瞌睡了。眞正像在禮拜堂裡聽講一樣。」她最瞭解磨麵師的心理與爲人，可是她沒有正面戳破他的虛假造作，她只是一味地揶揄、譏諷他，保持著冷靜機智的形象；她大概是王爾德的化身吧！

磨麵師的兒子最可愛，他是全家裡唯一眞正「忠實」的人。他的話，平實親切，而且最誠懇，卻是他的父母所沒有辦法做到的。

王爾德在一個情節裡，同時描寫性格不同的一家三口人，每一個人的性格和神情，都透過他們的行爲或言語，給予深刻地描摹出來。不但讓讀者從中去比較和體會：什麼才叫忠實？誰才是眞正忠實的人？而且還分別借諸磨麵師太太及小兒子的舉止言談，來烘托、顯明磨麵師的人物形象。

陸　反面烘托主要人物的形象

作家還可以利用對比的手法，透過對次要人物或細或粗的描寫，來達到烘托主要人物形象的效果。童話裡的人物，通常不止一個，除了主角以外，還有配角或其他的次要人物。配角或其他次要人物，有時雖然並不重要，讀者也不必在乎他姓何名誰，但在烘托主要角色的作用上，卻有著不容抹煞的意義和作用。

《少年國王》中，當那位即將登基的少年繼承人決定「進宮來的時候是怎樣打扮，現在也就怎樣打扮著出宮去」後，他毅然穿著皮衣和粗羊皮外套，手裡拿著牧人杖，頭上戴著荊棘圈成的王冠，前往加冕的大殿。他的打扮，立即引起劇烈的抗議，沒有人同意他的做法：

——貴族們拿他取笑，有的對他叫起來：「陛下，百姓們等著看他們的國王，您卻扮一個乞丐給他們看；」有的動了怒說，「他丟了我們的國家的臉，不配做我們的主子。」

——百姓們笑著，嚷著：「國王的弄臣騎馬走過了！」他們一路嘲笑他。

——人叢中走出一個男人來，他痛苦地對少年國王說：「皇上，您不知道窮人的生活是從富人的奢華中來的嗎？我們就是靠您的闊綽來活命的，您的惡習給我們麵包吃。給一個嚴厲的主子做工固然苦，可是找不到一個要我們做的主子卻更苦。您以爲烏鴉會養活我們嗎？您對這些事又有什麼補救辦法？您會對買東西的人說：『您得出這麼多錢買下，』又對賣的人說：『你得照這樣價錢賣出』嗎？我不相信。所以您還是回到您的宮裡去，穿上您的紫袍，細衣吧。您跟我們同我們的痛苦有什麼關係呢？」

「富人和窮人不是弟兄嗎？」少年國王問道。

「是的，」那個人答道，「那個闊兄長的名字叫該隱。」

——他走到禮拜堂的大門口，兵士們橫著他們的戟攔住他說：「你在這兒找什麼！這道門只有國王才能進來。」

——老主教看見他穿著一身牧羊人衣服走進，便驚訝地從寶座上站起來，走去迎接他，對他說：「孩子，這是國王的衣服嗎？那麼我拿什麼王冠來給你加冕呢？我拿什麼節杖放在你手中呢？事實上這在你應該是一個最快樂的日子，不是一個屈辱的日子。」

「那麼快樂應當穿愁苦做的衣服嗎？」少年國王說。他便把他的三個夢對主教講了。

主教聽完了他的夢，便縐著眉頭說：「孩子，我是一個老人，已經臨到我的晚年了，我知道這個廣大的世界上有許多壞事情。兇惡的土匪從山上跑下來綁走一些小孩，拿去賣給摩爾人。獅子躺著等候商隊走過，抓駱駝吃。野豬挖起山溝裡的穀子，狐狸咬了山上的葡萄籐。海盜洗劫了海岸，焚燒漁船，搶走漁網。麻瘋病人住在鹽澤裡，用蘆葦桿子造房屋，沒有人可以走近他們。乞丐們流落街頭，到處漂泊，跟狗一塊兒吃飯。你能夠叫這些事情不發生嗎？你會跟麻瘋病人同床睡眠，讓乞丐跟你一塊兒進餐嗎？你會叫獅子聽你的吩咐，野豬服從你的意志嗎？難道那位造出貧苦來的他不比你聰明？因此我並不讚美你所做的事情，我卻要你回到你的宮裡去，做出快樂的面容，穿上適合國王身分的衣服，我要拿金王冠來給你加冕，我要把珍珠的節杖放在你手中。至於你那些夢，不要再去想它們。現世的擔子太重了，不是一個人擔得起的，人世的煩惱也太大了，不是一顆心受得了的。」

——突然從外面街中傳來一陣吵鬧聲，羽纓顫搖的貴族們拿著出鞘的劍和發光的鋼盾牌進來了。「那個做夢的人在哪兒？」他們叫著。「那個打扮得像乞丐的國王——那個給我們國家丟臉的孩子在哪兒？我們一定要殺死他，因爲他不配統治我們。」（註33）

儘管那麼多人對少年國王提出建議、諷刺、反駁或無禮的反抗，但是並沒有辦法改變他的意志，他的神色依舊那麼自若，絲毫不受影響。王爾德把描繪的重點放在少年國王以外的反派人物身上，並且透過對於這些反派人物行爲或言談的描繪，相對技巧地「烘托」出少年國王異於常人的堅執形象。他們的表現或反應越強烈、越激動，反而越凸出了少年國王樸實、誠懇、高貴的人物形象。雖然王爾德前前後後對少年國王的著墨不多，卻能收到「聲東擊西」的效果。

童話作家對童話裡的人物，不能只做消極性的客觀描寫，還要有積極性的主觀「創造」，才能鮮明活潑，與衆不同。只是根據眞實人物去進行描寫，終究還是不夠的，因爲這樣描寫出來的人物，難免支離冗雜，沒有重心；有創造性的「典型人物」形象，性格鮮明凸出，才能讓讀者覺得眞實可信。

註釋

1 參閱洪炎秋譯本，國語日報附設出版部，六十三年三月，第三版。

2 參閱祁致賢譯本，國語日報附設出版部，五十八年一月，第二版。

3 參閱林良譯本，國語日報附設出版部，五十八年四月，第一版。

4 參閱席淡霞譯本，國語日報附設出版部，六十二年十二月，第三版。

5 參閱何容譯本，國語日報附設出版部，五十八年一月，第二版。

6 參閱譚達先著《中國民間童話研究》，八九—九〇頁。

7 同前書，八三—八八頁。

8 同前書，一〇一—一〇九頁。

9 參閱《中國兒童文學大系・童話三》，一〇五—一一〇頁。

10 參閱《新注全本安徒生童話3》，一七一—一八四頁。

11〔美〕哈地・格藍馬奇（*Hardie Gramathy*）作、朱傳譽譯，國語日報附設出版部，六十六年七月，第四版。

12〔美〕羅傑・杜沃森（*Roger Duvoisin*）作、琦君譯，國語日報附設出版部，六十七年七月，第七版。

13 參閱魏訥譯本，國語日報附設出版部，六十六年七月，第二版。

14 見前書七、一三、二二頁。

15 參閱梁實秋譯本《彼得潘》，九歌出版社，八十一年四月十日，初版五印。

16 見黃海著《嫦娥城》，二九—三八頁。

17 參閱孫建江著《童話藝術空間論》，三三頁。
18 參閱林懷卿翻譯《格林童話全集Ⅱ》，一九四—二〇二頁。
19 見〔英〕佛斯特（*E. M. Forster*）著、李文彬譯《小說面面觀》，五九、六〇、六四頁。
20 見前書，六〇頁。
21 見前書，六二頁。
22 參閱韋葦著《世界童話史》，一二頁。
23 見任大霖著《少年小說創作論》，九七頁。
24 金聖嘆撰《水滸傳・序三》，見張國光編《金聖嘆詩文評選》，二八七頁。
25 金聖嘆撰〈讀第五才子書〉，見前書，二九四頁。
26 同註22，二〇一—二〇五頁。
27 見寺村輝夫著、陳宗顯譯《怎樣寫兒童故事》，一一四—一一五頁。
28 見丁樹南譯《寫作淺談續集》，五四頁。
29 見祁致賢譯《貓王的故事》，一六—一八頁。
30 參閱《新注全本安徒生童話1》，三八—三九頁。
31 見前書，四〇頁。

32見《童話與散文詩》，四四—四六頁。

33見前書，九九—一〇三頁。

第五章 情節的安排與敘事

童話的「情節」，是童話人物在特定的童話環境下所發生的一系列因果相扣，有發展變化的具體事件的組合，是經過作家有計畫的安排和設計而形成的一個組織嚴密、結構札實的良好敘事體系。它不僅是「作者有意識地挑選和安排的相互有關的行動的結構」，而且也「比僅僅是一只故事或寓言中正常發生的過程有著一個層次高得多的敘事體系」（註1）。

所謂「情節」，實際上包含兩層意義：一層是內在的人物活動或事件發展的系列組織，另一層是外現的故事敘事結構。作家先是構思情節，將所擷取的題材加以安排規劃，使它們產生彼此緊密關聯的系列發展；再將早已構思好了的情節，進行結構性的敘事，以形成一個包含了開頭、發展、高潮、結局等完整程式的形象空間架構。可見，構思情節是一種創造「敘事體系」的思維活動，更是形成童話形象空間結構的前提；「情節」既是結構的無形內涵，又是結構的有形體現，兼具表裡意義。

現代童話所以強調「情節」，是因爲從安徒生以來的童話創作，在技巧上已明顯地小說化了，所以比古典童話只重視平實地鋪敘故事，有更嚴格、更高層次的要求。現代童話所以比古典童話更精緻、迷人，根本原因也就在這裡。

有好的情節安排與敘事，才會有精彩的童話。

第一節　童話情節的意涵和特色

壹　童話情節的意涵

跟一般的敘事性作品一樣，童話情節的組織，最先由許多最小單位的「細節」組成「事件」；或大或小、或多或少的事件又分別組成「開端」、「發展」、「高潮」、「結局」等四個部分，最後，由這四個部分組合構成完整的「情節」。

「細節」是文學作品中描寫人物的言談舉止、事件的發展狀況或景物的情態等的最小單位，通常特別重視「行爲細節」與「情態細節」的描述。細節描寫的目的，在對描寫對象做細膩逼眞、具體生動的描寫，以強化人物形象的創塑，進而反映事物的本質特徵，營造情節的藝術基礎。

「事件」是事情發生的經過或情況。在作家刻意的安排下，將許多細節匯集在一起，讓它們彼此發生或正或反的關係，並且逐步由一個點發展成一個面，因而造成一個局面。這一個個的局面，就形成既獨立又聯繫的「開端」、「發展」、「高潮」、「結局」等四大部分，最後組成一個完整的「敘事體系」，於是童話的整個「情節」就營造起來了。下面，我們就選錄一篇迷你型童話〈白雲〉來解析「情節」的組織概況：

開端

事件一

胖小豬和小白兔，本來是最要好的朋友。可是，有一天卻為了一件[1]小事，吵架了。

事件二

小白兔說：「哼[2]，叫你夜裡睡不著覺！」

胖小豬說：「哼，叫你[3]的毛變得黑黑的！」

他兩都氣呼[4]呼地回家了。到了晚上，怪事發生了：

事件三

胖小豬本來一挨上枕頭，就會呼嚕呼嚕睡著了，可是今天卻翻來[5]覆去，總睡不著。數到一百，還是睡[6]不著。哎呀，難受死了！

小白兔在睡覺前總要照照鏡子，今天一照，嚇了一跳，一身雪白雪白的毛，全變黑了！用水洗，用肥皂擦，一點也沒用[8]，還黑黑的。哎呀，髒死了！

小白兔哭[9]了一夜，胖小豬[10]也一夜沒睡。

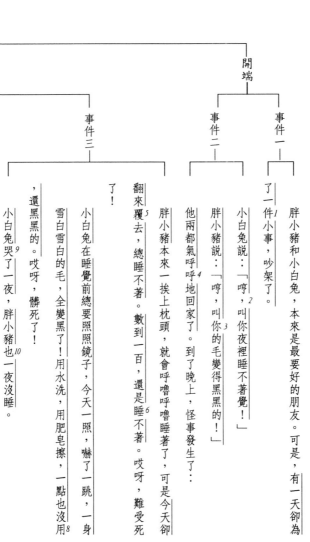

情節

發展

事件四

第二天，胖小豬一看見小白兔變成了小黑兔，[11] 就難過起來，「都是我不好，我是個壞豬！」他在心裡罵著自己，[12] 跑到山上躲了起來。

胖小豬爬上高高的山頂，[13] 看見一朵朵白雲在腳下飄過。他想，用白雲洗個澡[14] 小白兔會變白的吧？

胖小豬呼嚕呼嚕奔下山，回家拿了[15] 隻大口袋，又呼嚕呼嚕地爬上山頂。他捉住了好幾朵白雲，裝進[16] 大口袋。一會兒，就裝滿了。

胖小豬背著一大口袋白雲下了山，[17] 滿頭大汗地來到小白兔面前。

「你……洗個白雲澡吧[18]，會變……白的。」

說完，胖小豬就難[19] 為情地跑回家了。

高潮

事件五

小白兔從口袋裡捧出一朵白雲來，往身上一擦，啊[20]，真靈！擦過的地方，立刻變得雪白雪白。小白兔真[21] 是高興死了。

多好的白雲呀！[22] 他真捨不得全用完……

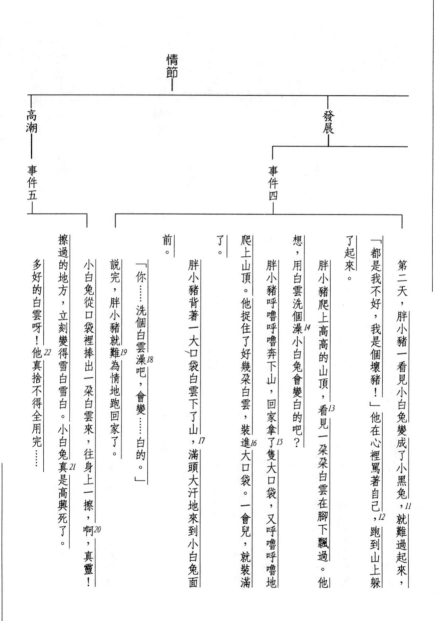

結局

事件六

晚上，胖小豬躺在床上，翻23來覆去，還是睡不著。他數到兩百，還是醒24著。他難過得想哭了。

「篤！篤！」是小白兔來了25，懷裡抱著個大枕頭。胖小豬一看，喲，26小白兔真白，真好看！

小白兔說：「這是用白雲27縫的枕頭，給你枕吧！」說完，把枕頭往胖小豬懷裡28一塞，就難為情地跑回去了。

事件七

胖小豬枕著軟軟的白雲枕頭，29又開始數：「一、二、三……」

還沒數到十，胖小豬30就呼呼地睡著了。（註2）

這個童話，全篇一共有三十個「細節」，「細節」1敘述胖小豬和小白兔吵架了，自成「事件一」；「細節」2 3 4以對話交代他們吵架時的經過，組成「事件二」；「細節」5 6 7 8 9 10敘述他們吵架後各自的生活變化，組成「事件三」；「細節」11 12 13 14 15 16 17 18 19敘述豬小胖因後悔而做出的行為，組成「事件四」；「細節」20 21 22 23 24敘述小白兔洗白雲澡的情形，組成「事件五」；「細節」25 26 27 28敘述小白兔送白雲枕頭給胖小豬的情景，組成「事件六」；「細節」29 30敘述兩人前嫌盡釋，胖小豬安心地睡著了，組成「事件七」。

「事件」一、二構成「開端部分」，「事件」三、四構成「發展部分」，「事件五」自成「高潮部分」，「事件」六、七構成「結局部分」。這「開端」、「發展」、「高潮」、「結局」就如同文章的起、承、轉、合四大部分，有機地組織成完整的整個「情節」。

一個妥善完美的童話情節，猶如上帝創造的優美人體一般，不只是一個具有「五官百骸之勢」的軀體而已，更是「由頂及踵」全身沒有半點「斷續之痕」（註3），血氣通暢無阻的完美藝術結合。作家所以要刻意安排或設計情節，無非是要創造一個有創意和特色的「童話空間」。

現代童話所以比古典童話更能滿足兒童的審美閱讀心理，在於它們有鮮明而良好的「童話空間」，而不僅是完成故事的敘述而已。現代童話既以現實生活為基礎，它的情節所體現的，正是一個包含上下、左右、前後、時間等的「四維空間」；即在事件的上下、左右、前後關係外，還有一個時間的因素在交梭聯串著、運動著。

以前引的童話〈白雲〉來說，我們可以很明顯地看出，事件的上下、左右、前後等關係，在時間因素的穿梭交織下，展現著一個有立體感的多層次空間效果：

一、時間的移動，引發人物性格的變化和發展

第一天：白天裡，胖小豬和小白兔因細故吵了一架，並且互相咀咒對方；那一晚，竟然彼此都沒睡好。第二天：白天，胖小豬因為看見小白兔突然變成小黑兔而難過，於是爬上山頂去捉了好幾朵白雲，送給小白兔洗澡；夜裡，擦過白雲而全身恢復雪白的小白兔，將捨不得用光的白雲縫了一個枕頭送去給胖小豬，胖小豬看到小白兔變白了，於是安心地枕著白雲枕頭呼呼地睡著了。

作者將短短的兩天時間切成四段，並且依著白天、晚上的時間順序構思情節，時序非常單純。胖小豬因為在第一天白天和小白兔吵架，所以晚上很後悔而睡不著覺；因為有了前一晚的後悔，所以第二天一看到小白兔變黑了，就立即奔上山去捉白雲給小白兔洗澡，以彌補昨天的過錯，小白兔因此就恢復了雪白的身子。小白兔因為第一天白天裡受了胖小豬的咀咒，所以晚上就變成了小黑兔，心裡懊惱不已；第二天白天，因為擦了胖小豬送來的白雲，所以全身恢復了雪白；由於感激胖小豬，所以將捨不得洗完的白雲縫成枕頭回報胖小豬，那天晚上，胖小豬才放心地睡了一個好覺。白天、晚上的時序跳躍，不但轉換了空間狀況，也使胖小豬和小白兔的性格有了可能而合理的變化和發展。

二、幻想效果的發揮，使事件有了連續的關聯

胖小豬第一天因爲一時氣憤而咀咒了小白兔，因而後悔得晚上睡不著覺；第二天他看到小白兔眞的變成了小黑兔，於是趕緊奔上山去捉白雲，送給小白兔洗澡。小白兔第一天因爲突然變黑了而懊惱不已，一夜没睡好覺；第二天，因爲及時擦了白雲而全身恢復雪白，並且回報胖小豬白雲枕頭，讓胖小豬安心地睡了一覺。這些一來一往交錯穿梭的事件，因爲兩人的咀咒應驗而發生了彼此相互依存的因果關係，進而產生了連續性的關聯。這種關聯性發展的契機，來自於幻想效果的發揮——讓兩人都應驗了彼此無心的咒語；作者天外飛來似的獨創幻想，使故事情節輕鬆而自然地展開，童話的空間因此變得更立體化、藝術化。

三、人物關係的層層深入，使情節饒富運動感

整個童話的情節是由胖小豬和小白兔爲了一件小事吵架正式開始的。如果小白兔不先咀咒胖小豬「夜裡睡不著覺！」胖小豬也不會咀咒小白兔「毛變得黑黑的！」小白兔一身雪白的毛如果没變黑，胖小豬就不必呼嚕呼嚕地爬上山頂去捉白雲給小白兔洗澡。如果小白兔不是因爲擦了白雲就立即變得雪白，也不會捨不得把白雲全用完，而將留下的白雲縫成枕頭送給胖小豬枕，那麼，没有軟軟的白雲枕頭可枕的胖小豬，就只有繼續在床上翻來覆去、數數兒，天天過著夜裡睡不著覺的痛苦日子了。胖小豬和小白兔之間

的關係，是這樣地環環相扣、層層深入；情節一步步地展開，懸疑一個跟著一個而來，非常富有運動感，因而造成生動多變的空間效果。

至於那些「探險記」、「漫遊記」、「奇遇記」等童話的情節，則是靠地理位置的不斷變換所造成的懸疑性，來凸顯它的運動感。

精心安排與設計的情節，才能夠展現出童話多采多姿的藝術魅力，帶給讀者絕妙的美感享受。反之，則可能矛盾百出、破綻連連，難以解讀。

貳　童話情節的特色

現代童話所要求的，已經不再只是「國王死了，王后也傷心而死」這樣輕描淡寫的事件簡略敘述了。現代童話不但重視情節的藝術經營，更重視它的表現效果。因此，童話的情節就出現了以下三個特色：

一、單純明朗的變化

童話雖然已經小說化了，但依舊保有——人物不多，兩三個，而且人物彼此間的關係也不複雜；情節單純，不求過度曲折詭變的風格。童話的情節雖然也依開端、發展、高潮、結局的章法布局開展，卻力求層次的清晰，敘述條理井然。

客觀來說，由於兒童受到認知發展的限制，童話的質量必須相對地受到限制。依據兒童閱讀心理專家的研究，兒童要到九歲左右，對故事前端、中間、尾部的大體結構，才有比較清楚的觀念；到了十歲左右，才能充分瞭解故事中繁複情節的因果關係（註4）。所謂「左右」，雖然並沒有一定的標準，而且兒童的認知發展因人而異，又有男女的不同，所以，爲了適應兒童的閱讀需求，童話的情節，還是以情節單純明朗爲宜。

古典童話的情節，通常都採用「三次反覆」的簡單組合，也就是把性質類似而具體內容不同的三個事件反覆地敘述，組成情節簡單的故事。例如，《老鼠變老虎》（註5）的情節是：隱士先把老鼠變成貓，再變成狗，最後變成老虎，前後變化三次。《三隻小豬》（註6）的情節是：三隻小豬爲了提防野狼的傷害，老大蓋了一間乾草屋，老二蓋了一間木條屋，老三蓋了一間磚塊屋，反覆了三次蓋房子的活動；而野狼爲了哄騙三隻小豬走出磚塊屋，先後引誘三隻小豬去拔蘿蔔、採蘋果、逛展覽會，也是反覆了三次哄騙事件。

古典童話的情節，大多採取這種「同中求異」的方式，情節的發展較爲呆板，缺乏起伏的變化性，所以，精彩性就必然地大爲減弱了。現代童話的情節則不然，因爲重視事件彼此間的起伏變化，因此趣味性也提高了。

《森林大熊》（註7）描述一隻世居在森林裡的大熊，在溫暖的地洞裡冬眠醒來後，發現森林已被剷平，並且建了一個規模宏大的現代化工廠。工廠的管理員看見了正在疑惑徘徊的大熊，硬是指認牠是一個「一身髒毛的大懶蟲」工人，命令牠要趕快進廠工作。任憑大熊怎麼解釋，管理員就是不肯承認牠是一隻熊，並且把牠押去見人事主任。人事主任也不相信牠是一隻熊，叱責牠是「一條沒刮鬍鬚的骯髒大懶蟲！」領著牠去見副廠長。副廠長堅持說牠是個「頭不梳、臉不洗、鬍鬚老長的懶蟲」，又帶牠去見廠長。廠長也說牠是「好個骯髒的壞份子！」就帶牠去董事長的辦公室。和善的董事長為了要證明牠眞正是一隻熊，就開車子載牠去動物園；動物園的熊認為，熊是不會搭車子的，而且一定住在籠子裡或獸欄裡，不相信牠是熊。董事長又載牠去馬戲團，馬戲團裡的熊說，熊是在圈裡表演的，不是坐在觀衆席上的，也不承認牠是一隻眞正的熊，還笑牠是個「裹著毛皮的大懶蟲！」大熊無可奈何，只得穿起工作服、剃光鬍子，跟工人們一起打卡上班。第二年的冬天又來臨了，大熊忍不住地又睡起大覺來了，於是就被工廠開除了。被開除後的大熊，扛著背包沿著公路走進一家旅館，旅館職員硬是不租房間給「熊」住的，大熊這才驚覺終於有人相信牠眞正是一隻熊。最後，牠又一步步艱難地走進另一座森林裡去了。

這個童話的情節，採用一路向前推進的直線式布局，從大熊被工廠管理員誤認爲是個「一身髒毛的大懶蟲」工人開始，一共發生了七次荒謬可笑的「反證」事件，最後旅館職員再度「確認」大熊的身分。事件的變化雖迭有起伏，卻單純明朗，而隨著情節的一路開展，「澄清事實，認明自我」的主題思想，終於豁然揭曉。一直到大熊進入旅館以前，一連七次的事件演進，雖然沒有大角度的變化，但人類荒謬的認知過程，卻起了某種程度的起伏效果，緊湊而具懸疑性，轉移了變化性不大的印象，似不變而實變，且層疊地在變，緊張性和刺激性所以能一直持續不斷，不是沒有原因的。最大的一次變化是，旅館職員堅持不租房間給大熊住，一語驚醒夢中人，事實澄清了，大熊的眞正身分獲得了最後的肯定，於是牠帶著睡意，步履艱難地走進另一個森林。最後的這一次變化，所以會有如此強烈的震撼效果，實來自於前面七次小變化的累積，那是無庸置疑的。

《不肯長大的小泰萊莎》（註8）描述鄉村小姑娘泰萊莎，因爲抗議父親爲國王出征平白地犧牲了，使家裡遭受無可挽救的損失，於是拒絕長大；並且就眞的不再長大了，別人就給她取了「不肯長大的小泰萊莎」的綽號。父親的死，媽媽因爲打擊太大而病倒在醫院，一切家務都落在年老的奶奶身上，奶奶多麼巴望泰萊莎能快點長大，卻也無可奈何。後來，泰萊莎爲了幫奶奶提水，竟然長大了一些；爲了拿杈子杈草餵牛，又長大了一些。不久，奶奶死了，媽媽仍在醫院養病，一切整理家務、照顧弟弟的工作都必須由泰萊莎一個人負擔，於是她又長大了一些。爲了讓剛出院的媽媽能夠好好休養，她又再長大了一些，而且變成全村最高的女孩子，村人又給她取了「長杆」的新綽號。變高長大了的泰萊莎，一心只想幫助別人。有一天，村裡來了個持槍的強盜，村裡的人都很怕，連男人也不敢對付他。泰萊莎很生氣，就對著鏡子大聲地叫起來：「我還要再長大點，我要成爲一個巨人。」話才說完，泰萊莎眞的就飛長起來，而且長得和煙囪一樣高，於是就去對付強盜，解除村裡的危機。在回家的路上，奇蹟發生了，泰萊莎每走一步，身材就縮短了一大截，直到縮小成一般的中等身材，並且成了村裡最漂亮的姑娘。

這是個相當有趣的童話，情節的發展一直隨著泰萊莎身高的變化而變化，並且不但深入描述她勤勞、善良、正義的美德。每一次泰萊莎的身高變化後，一定有一個新的意外事件發生，令人驚喜不已。後來泰萊莎長得比巨人還要高，難免教讀者擔心；可是，打敗了強盜後，奇蹟出現，她又一步一步地縮小，而且終於停留在中等的身材，使她成爲一個美麗的姑娘，結局完全合乎讀者的期望。

這個童話的情節完全圍繞著「善有善報」的主題展開，事件的變化幅度逐漸加大，趣味性和緊張性也漸次加強。循序漸進的變化，使情節始終保持單純明朗的風格，讀來輕鬆、喜悅、饒有興味。

二、幻想奇力的發揮

幻想是使童話產生驚奇魅力的要素，它使童話從「現實空間」轉進「幻想空間」，擴大了童話作家的藝術創造力。童話情節的幻想奇力，使「現實空間」和「幻想空間」密切融合，並營造出一個新奇瑰麗、似眞亦假的新藝術空間。讀者在閱讀童話時，所以那樣地如醉如癡，正是幻想的奇力，使他們跨越了熟悉而固定的現實世界，邁入陌生而詭異的幻想世界，肆意地徜徉神遊。

童話情節的第二個特色，就是幻想奇力的發揮。

《老房子三號》裡，那些市政廳派去拆除老房子的工人，前後去了三次：第一次看到老房子裡面住滿了孩子，以爲找錯了地方，於是又轉往城裡各處去找另一座三號房子。第二次再去，他們在三號房子面前經過了好幾次，還是不敢確認，因爲房子的每個窗台都擺著花，變得更年輕了，於是他們又離去了，結果又是爲了尋找「眞正」的三號房子，白忙了一整天。在現實的情況下，拆除隊一定有精確的位置圖，是不會找不到地方的；而且，一個城市也不可能有兩個相同的地址，這是作家刻意安排的一個大意外，來自於作家的幻想。這個幻想，使不可能的事情變可能了——拆除老房子的行動一再拖延，老房子裡的小孩子有更多的時間布置他們的天地，享受他們自由自在的快樂生活。當載著拆除工人的卡車第三度停在三號房子的面前時，政府執行公權力的決心已經無可轉圜了，不料，竟然又出現了一個大意外——工人們被小孩子們的可愛請求所感動，不但沒有拆掉房子，反而答應替他們鋪小徑，並且遊說市長取消拆除的命令。三次的意外，在現實生活裡是絕不可能發生的，但是，在童話世界裡卻是有可能的，而且讓人覺得合情合理，沒有什麼不可以。這是童話作家幻想奇力的發揮所起的作用。

《杜立德醫生》（註9）描寫懂得獸言鳥語的仁慈醫生杜立德，有一年冬天，忽然接到非洲猴國托燕子捎來的信，知道猴國瘟疫蔓延，急需醫生去救治，杜立德醫生立即借船帶領身邊的動物們趕往非洲。杜立德醫生一行到了非洲，卻遭到痛恨白人的黑人國王茱里辛基的阻撓；後來他們雖然逃脫了，茱里辛基國王卻不放過他們，派兵在後面一路追捕他們。就在他們快要離開茱里辛基國王的邊界時，前面正是一處陡峭的懸崖，下面海水湍急，後面又有追兵，情況十分危急。這時候，只聽得大猴王一聲：「孩子們，造橋！快！把橋搭上！」眾猴子們立即以手拉腳，像閃電般快速地搭成一座橫跨河面上空的肉橋，杜立德醫生一行人就平安地進入猴子王國了。這是整篇童話裡最有誘惑力、最扣人心弦的一個場面；而正因爲作者創造了這個幻想奇跡，不但解除了千鈞一髮的危機，也使後面逸趣橫生的情節繼續開展下去。現實世界裡，猴子會在樹上飛躍、盪鞦韆，可沒有聽說過能如此造橋的，而正是這個奇妙的幻想，使以後一些不可能的事件變成可能，並且增加了童話的趣味性。

當杜立德醫生遏止了瘟疫以後，爲了表示謝意，猴子們送給杜立德醫生一隻「沒有尾巴，兩邊各有一個頭，頭上長有尖銳的角，生性羞怯」、睡眠時「只有一個頭是睡著的，另一個還保持清醒，四處偵察」的「雙頭麒麟」；杜立德醫生把「雙頭麒麟」帶回英國展覽，賺了大錢，然後退休，終生和可愛的動物們過著愉快的生活。這個「雙頭麒麟」的幻想更是妙透了，有了這個幻想，童話後半部的情節才能維持著迷離撲朔於不墜，而且始終緊緊扣住兒童的注意力。

幻想奇力，爲童話情節開創了一個合理、可能的「假設空間」，滿足兒童的好奇心和刺激感，使童話散發著無窮的獨特魅力。孫建江先生在《童話藝術空間論》裡說：

> 藝術創作中，有不少優秀的作家具有一種「超前意識」。他們對問題的認識、理解和把握往往超越了對象本身。對於這樣一種超前意識，要在現實生活中找到一個具體的

「生存」環境，顯然是不可能的。超前意識要獲得形象化的表達，必須首先有一個假定的藝術空間。童話特定的空間結構，在客觀上為超前意識的具體化、系統化提供了「發生」的基礎。（註10）

三、象徵意旨的揭露

就是童話作家的「超前意識」，使他能想、敢想出別人所想不到或不敢想的人物事件，寫出別人所不敢寫或寫不出的東西來，不但為童話創造了神奇的活力，更賦予童話高貴的象徵意旨，深化了童話的美感。象徵意旨的揭露就成了童話第三個不可或缺的特色。

瑪麗亞・尼古拉葉娃教授說：

在童話中，我們可以頻頻看到人類最美的品質和最可貴的思想，諸如忠信、友誼、勇敢和名譽，還有惡不可避免要被善戰勝。優秀的童話也總是描寫著主人翁精神道德的成長過程，童話主人翁對善和人道主義的選擇，也等於是童話向少年兒童讀者提供了豐富的道德經驗和樹立了正確的選擇榜樣。優秀童話所反映的現實比許多稱之為現實主義

文學的作品更豐富、更眞切。（註11）

《鐵絲網上的小花》（註12）描寫第二次世界大戰末期德國某一小鎭裡的一個天眞而富於同情心的小女孩露斯·白蘭琪，因爲好奇而發現偏遠的郊區有一座德國拘留猶太人的集中營，這座集中營被通了電的鐵絲網圍著，裡面的難民都餓得面黃饑瘦，其中有不少小孩子，她很同情他們不幸的遭遇。自從發現了這座集中營以後，白蘭琪就每天省吃儉用，並且偷偷地從家裡帶了許多麵包、牛油、果子醬和蘋果等食物，藏在書包裡，送去分給集中營的小孩吃。不久德軍戰敗了，集中營也撤走了。白蘭琪最後一次到集中營時，看到集中營已夷爲平地，而且空蕩蕩没有半個人影，她猶疑地把裝滿食物的書包放在地上，靜靜地站著；忽然傳來一聲槍響，從此就再也看不到她的人影了。

作者自己說：

我想表達的，就是一個親眼看過戰爭的孩子，如何體驗戰爭中的種種無奈、悲哀和矛盾，又如何能在戰火中，體會永不磨滅的人性光輝。這個故事，也試圖傳達了一群抗議戰爭的德國年輕人的心聲。別人想要刻意抹煞或忽視的戰爭黑暗面，其實他們清楚得

很。他們都痛恨戰爭、反對戰爭，令人遺憾的是，他們年輕的生命，大部分卻都因戰爭而被迫結束。（註13）

戰爭的血腥和殘酷，是這個童話所要傳達的信息，多少純潔可愛的生命，無聲無息地被戰爭吞噬了，多少高貴的人性光輝，任由戰爭無情的摧毀。作者創作的意旨，在借由白蘭琪的犧牲，象徵飽受戰火蹂躪的上一代人「痛恨戰爭、反對戰爭」的無言抗議。終戰五十年以來，人類從戰爭中得到痛苦的教訓，自由可貴，和平尤足珍惜；作者在作品中所要揭露的象徵意旨，是極其明顯的，也是彌足珍貴的。無疑地，這個童話給了兒童「崇高的精神美，培養他們鑒別美好與醜陋、純眞與僞善、文明與粗野、高尚與低級的能力」（註14）。

《聽那鯨魚在唱歌》（註15）裡那個好奇可愛的小女孩莉莉，因爲聽了慈祥和藹的奶奶說起她早年常到防波堤的盡頭去聽鯨魚唱歌的回憶，盼望能夠像奶奶一樣看到鯨魚「牠們從老遠游過來，牠們悠游在水中，就像在跳舞」的情景。於是，莉莉就學奶奶，帶了一朵黃色的花兒做禮物，扔向防波堤外的水面，然後靜靜地等待鯨魚的出現。那個夜晚，她眞的看到海上有好多好多的鯨魚，在海平面上翩然飛舞，盡情地跳躍，並且聽到隨風飄來「莉莉！」「莉莉！」鯨魚對她的呼喚聲。

最新的海洋魚類研究報告告訴人類，鯨魚其實是一種溫馴的海底哺乳類動物，改變了人類對於鯨魚的錯誤而近於痛恨的壞印象，因而激起了世人保護鯨魚，極力挽救鯨魚被濫捕而瀕臨絕種的厄運。這個風味迥異於《老人與海》、《白鯨記》的現代童話，情節非常單純，作者卻以小女孩莉莉浪漫而唯美的情懷，揭露了「愛護野生動物，維護自然生態」的象徵意旨，向當代兒童投射出「物我一體、相互依存」的廣闊視角。洪文瓊教授說得好：

> 必須把人納入整個地球生態體系中一體觀照，不能以人以及自我的觀點來看待他人、論斷所有的生靈。在整個地球生態體系中，萬物彼此互相依存，有害有益是相對而不是絕對的。（註16）

作者黛安雪登就是以這種超然大度的胸襟，坦然地向兒童宣示這個寬廣深厚的思想哲理。對於未來即將主宰經營這個地球的當代兒童，讓他們多瞭解大自然的奧祕，多聽聽大自然的聲音，培養他們深邃敏銳的心靈與豪邁開朗的氣質，是相當迫切的。

優秀的童話作家，總是把他們深邃的哲理和成熟的藝術帶進童話，不但給童話帶來了更廣闊的表現空間，也給兒童帶來豐盛的心靈滋潤。他們不但給兒童實用性的智識，更給兒童取之不盡、用之不竭的美感領悟力。

第二節　敘事推動童話情節

情節含有一個「高層次的」敘事體系，這個體系，更是整個童話形象化的內在節奏和律動，它透過縝密巧妙的敘事運作，安排布局，使「現實空間」與「幻想空間」密切契合，並創造出作者獨特的、有風味的藝術空間，因而提昇了童話的文學價值。

壹　敘事的意義

敘事，又稱「序事」。「事」是故事的事件；「敘」是事件的「次序」（註17）、或「次第」（註18）。敘，既有「次序」、「次第」的意思，可知，「敘事」的本意是：按照事實發生的先後順序，一一加以描述出來。

在早期，文學觀念還沒有興起以前，敘事的精神重「實錄」，敘述人只講究「按照事實發生的先後順序，一一加以描述出來」，重點在於「事實」和「發生時間的先後順序」；敘述人不會擅自將事實內容或發生時間順序任意改變，敘事完全是一件很「忠實客觀」的敘述行爲，敘述人只要擅於表達，記憶力好，能夠將事實發生的經過，按照前後順序一五一十地敘述出來，就算大功告成了。

文學觀念興起以後，「敘事」就更講究藝術技巧了。爲了使「敘事」更逼眞、更精彩，不但可以將事實加以形象提煉，或濃縮，或誇大，使它更逼眞；而且，也可以依敘述人的需要，將事實發生的前後順序加以必要的調整或安排，使它更緊湊、更精彩。敘述人從此有更大的「敘事自由」，可以有自己的「敘事風格」，他們更重視「事件過程的描述，強調情節的生動性和連貫性」（註19）了。

童話是一種「敘事文」，有它特殊的文藝特徵：

> 敘事文的結構中有兩個因素是必不可少的。首先，被敘述的事件必須具有先後順序，如果不這樣，那就成了單純的描述而不是敘事。其次，僅僅是一系列事件本事，還不能保證必然構成敘事文。一系列事件之間，必須具有連貫性才能構成敘事文。也就是說，這些事件必須以某種方式結合起來，使得讀者想要讀下去，想要知道以後會發生什

麼：某個人物或某種狀況將如何變化，衝突是否將解決，怎麼解決，等等。換句話說，敘事文事件的線索必須導致或能夠導致某種結果，以滿足讀者的期待。（註20）

童話既然是一種「敘事文」，理所當然必須講究敘事的技巧，才能顯現它的藝術魅力。童話中情節的推展，除了讓題材循著先後順序連貫地鋪展外，還能神奇地逗引讀者，根據情節的線索和某些暗示去猜測故事將怎樣轉折，怎樣結尾（註21），使讀者如醉如癡地「想要讀下去，想要知道以後會發生什麼」。而情節推展中所發生的種種變化或衝突，好像波浪起伏一樣，連成一條高低不定的線索，因而完成了多采多姿的敘事。而且，也正是這種精彩的敘事，豐富了童話的內涵，增進了童話的趣味性和可讀性。

童話的「敘事」，是將一系列有因果關係的事件，依作家的創作理想或需要，加以合理的、創造的安排，使事件的開展，在一定的新次序下，獲得新的生命、新的關聯，以增進童話的精彩性和可讀性。

現實空間往往是無序的、游離的，一般的、陳舊的，甚至是抽象的。童話作家所創造的「藝術空間」，則是有序的、緊湊的，特性、新穎而具體。因爲：

在作品中，作者為了表達某個（人物或者事件）過程，必然要創造與這個過程相適應的藝術空間。……人物或事件的先後次序，它們的關係，上下的安排，整個作品從初始到結尾的語言組織，需要作者精心地安排和設計。這中間有著強烈的個體創造意味。（註22）

貳　敘事的功能

童話的敘事，必須以「側重於事件過程的描述，強調情節的生動性和連貫性」為主，才能發揮敘事的功能。

所謂「敘事功能」，是指作品中的「敘事」所要發揮出來的表現效果。任何一篇敘事作品，首先會被注意的，就是作者在作品中的敘事，到底「說了些什麼？」或「表現出什麼效果？」童話的敘事效果好不好，當然可以直接從這兩方面去檢驗。「敘事功能」的發揮，不但使情節得以順利的推動，也相對地節制並避免了敘述的隨意或粗疏。

一般地分析，童話的「敘事功能」主要有：表意、邏輯、媒介等三種。以下略予扼要簡述：

一、表意功能

作品是作家和讀者間相互溝通的媒體；童話內在思想的傳達或揭示，都是「表意功能」的發揮。敘事的目的，以「表意」為先，因此，童話裡每個部分的描述，也都具有單獨的「表意」作用。

自私的巨人在他那座空洞寂寞、了無生氣的大花園裡，孤獨地忍受了整整一年的苦惱日子後，當第二年的春天再度降臨時，因為有了新的領悟，因而改變了他的人生觀：

巨人看見窗外的這個情景，他的心也軟了。他對自己說：「我多麼自私啊！現在我明白為什麼春天不肯到這兒來了。我要把那個可憐的小孩放到樹頂上去，隨後我要把牆毀掉，把我的花園永遠永遠變作孩子們的遊戲場。」他的確為著他從前的舉動感到十分後悔。

他輕輕走下樓，靜悄悄地打開前門，走進園子裡去。但是孩子們看見他，他們非常害怕，便立刻逃走了，花園裡又現出冬天的景象。只有那個最小的孩子沒有跑開，因為他的眼裡充滿了淚水，使他看不見巨人走過來。巨人偷偷地走到他後面，輕輕地抱起他，放到樹枝上去。這棵樹馬上開花了，鳥兒們也飛來在枝上歌唱，小孩伸出他的兩隻胳膊，抱住巨人的頸項，跟他接吻。別的小孩看見巨人不再像先前那樣兇狠了，便都跑回來。春天也就跟著小孩們來了。巨人對他們說：「孩子們，花園現在是你們的了，」他拿出一把大斧，砍倒了圍牆。中午人們趕集，經過這裡，他們看見巨人正和小孩們一塊兒在他們從未見過的這樣美的花園裡面玩。

巨人和小孩們玩了一整天，天黑了，小孩們便來向巨人告別。（註23）

這是《自私的巨人》裡最感人肺腑的一幕。那些從圍牆的破洞爬進園子裡來玩的小孩子們的活潑朝氣，爲巨人冷冽的花園帶來了歡樂繁榮的景象——樹木開花了，鳥兒們四處飛舞；這種情景是巨人所不曾體驗過的，所以當他看了以後，「心也軟了」，他不只「爲著他從前的舉動感到十分後悔」，他更「輕輕走下樓，靜悄悄地打開前門，走進園子裡去」，和小孩子們一起愉快的玩耍、嬉戲。王爾德以生動細膩的文字，具體地描述巨人花園裡的新氣象，把巨人心理產生急驟變化的情形給予客觀形象化的反映，明確地傳達了作者的情感，讀者也因此準確地把握了這篇童話的重心。

敘事若要達到「表意」的功能，至少須注意到：

(一)人物的情感或性格要有明顯的變化

所描述的人物形象不能一成不變，前後的情感或性格要有明顯的變化，使讀者能透過對比進而領會出作者所要「表」出的意。例如，巨人一開始是自私的、冷漠的、不愉快的，後來變得慷慨、熱情、爽朗，這一前一後情感及性格上的大轉變，不但扭轉了以後情節發展的方向，也明確地交代了作者的意旨，給了兒童閱讀上的導引。

㈡事件的敘述要有承先啓後的作用

事件的敘述絕不能只是孤立靜止的，必須有接前與續後的功能。巨人所以會改變作風，開放花園讓小朋友進入，絕不是無緣無故的偶發事件，而是因爲被小孩子活潑愉快的氣息所感動才做的決定。巨人這一行爲的改變，不但使整個情節的發展有了一百八十度的大逆轉，並且成爲醞釀後面一連串事件發生的關鍵樞紐。

㈢以代表性的局部發皇整體的效果

敘事中，對於具有代表性的事件要著意描述，強化它的特徵，以凸顯它的象徵意義，藉局部來發皇整體的效果。巨人那一天早上的所見所爲，只是整個情節的一個局部而已，作者對於這個局部給予生動的描述，強調巨人內心深處善良溫和的一面，使它成爲一個代表性、象徵性的部分，因而發皇了「疼愛小孩子，珍惜新生命」的意旨，更使整個情節獲得了鮮明的藝術效果。

二、邏輯功能

邏輯，是一種思維的規律。每個作家都有每個作家獨特的創作邏輯；甚至，每一類、每一篇作品，作家都會運用不同的邏輯思考。

作家在敘事時，需要有自己的邏輯，目的在使「作品本文保持內部聯繫的一種秩序」；而且，「這種秩序使創作者有清醒的神智，也給閱讀的接受者一種有跡可循的指向」（註24）。因爲，邏輯是作家創作時的思維系統，自有它的脈絡，自有它的導向；因此，該計較的不是事件外在的是非問題，而是作品內在的邏輯，是否使事件的因果關係變得可能而合理。總之，「非邏輯」並不是表面的迷離或紊亂；「邏輯」也不是僅指簡單的因果關係。（註25）

童話的敘事邏輯，通常以「時序邏輯」和「序列邏輯」爲主。

「時序邏輯」，是指敘事時完全依據事件發生的時間順序，有條不紊地逐一敘述出來。每一生中的生、老、病、死，每一年中的春、夏、秋、冬，每一天的黎明、上午、中午、黃昏、夜晚，都有先後一定的時間順序，作家就依照這一定的時間順序去敘事。採用「時序邏輯」敘事法，因爲情節的發展受到時間先後順序的嚴格限制，最爲穩當，但卻看不出時間跨度的跳躍變化效果。

「序列邏輯」，純粹以事件爲主，「敘述是按項進行的，將所有的項依次敘述出來，序列便完成了」；不依據時間順序，前一項是後一項的起始，後一項才是前一項的眞正終結。所以「序列邏輯」敘事法，可以「將不連貫的敘述段組合起來，從而構成作品的情節」，並且「增大信息量，更具有生活的眞實感，更接近世界立體的存在狀態，又避免敘述的平直，有意打破了敘述的空間和時序，使想像和感受任意馳騁」（註26）。

以「序列邏輯」法敘事的童話，事件的串連畢竟有著合理的脈絡，情節仍然清晰可尋，兒童只要稍加梳理，就不致於混淆不清了。

《讓路給小鴨子》的情節發展順序是：*1*野鴨馬拉夫婦選定了波士頓公園裡一座池塘中的小島做爲牠們居住的地方；牠們很滿意這個讓牠們覺得既有趣又舒適的地方。*2*公園裡常常有小孩子在嬉戲，讓牠們覺得很不安全，所以準備找一個安全的地方去孵蛋。*3*牠們在空中飛翔，四處找尋適合孵蛋的地方，終於找到了離公園不遠的查爾斯河中小島。*4*馬拉太太因爲很想念原本居住的公園小島，所以牠們就天天游回對岸的公園去，而好心的警察米其爾先生每天都給牠們花生米吃。*5*不久，馬拉太太生了八個蛋，牠要全心孵蛋，且並且照顧可愛的八個鴨寶寶。*6*有一天，馬拉先生決定要先出去旅行，他吩咐太太，一個星期後在公園的老家等她帶著八個孩子一起回去。7馬拉太太教會了八個孩子游泳和排隊走路的規矩後，就帶著牠們排成一列，游到對岸。8牠們上了岸，公路上卻有很多橫衝直撞的汽車，它們急著趕路並猛按喇叭，嚇得馬拉太太和八個孩子呷呷叫。9好心的米其爾警察及時出現，他一面擺手，一面吹哨子，又急著打電話回警察局，請求派警車來支援，好讓鴨子們能平安順利地一路走回家。10鴨隊伍終於平安地走進了公園的大門，牠們都禮貌地回頭向警察們謝謝。11當牠們游回原住的小島時，馬拉先生果然正在那裡等牠們呢！從此，牠們就在小島上過著逍遙快樂的生活。整個情節的發展，主要以事件發生的順序爲主，時間甚少提及，讀來理路順暢，好讀易懂。《森林大熊》也是完全按照「序列邏輯」去敘事的，將事件依序安排在去年冬天到今年冬天中間，時間的轉移只是略爲提示而已。《愛麗絲夢遊奇境》，更是「序列邏輯」的極至運用，故事迷離撲朔、幻化多端，充滿詭譎莫測的氣氛。

現代童話大多採取「時序邏輯」與「序列邏輯」兼用的敘事法，即整個情節的發展，以「序列」爲主、「時序」爲輔，作者將事件序列於大跨度跳躍的時間洪流中，而時間的順序隱而不顯，或刻意不予重視，只是偶爾提示，但讀者已能瞭然時間的進行。安徒生的《醜小鴨》即是「時序」與「序列」邏輯兼用的敘事法，時間呈兒童、少年、青年、中年的順序發展，在每個時段中，又各有若干事件序列發生，每個事件自成一個獨立的小空間，若干小空間又擴充成一個大空間，因而能將小鴨在不同時空背景下的成長歷程，生動而系統地描述出來。

三、媒介功能

童話作家有時爲了使敘事更精彩動人，往往會在情節中，穿插進一些並非童話本身直接需要，也不是童話人物的對話，而是作家因自己的體悟、印象、經驗或直感，即興抒發的補充說明、提示或議論等個別的獨立段落文字，藉以「媒介」前後的敘事，這種功能，叫做「媒介功能」。

安徒生的童話裡，最常運用「媒介」的筆法，很像中國古代說書人慣用的技巧，頗有渲染讀者情緒的效果。像《夜鶯》就插進了一段介紹中國皇帝和御花園的媒介文字；沒有這段文字，對全篇童話的敘事絲毫沒有影響，但有了這段插敘做媒介，不但可以提高讀者對陌生的中國皇帝及御花園的關心和興趣，而且更激發他們的想像和閱讀情緒：

你大概知道，在中國，皇帝是一個中國人。他周圍的人也是中國人。這故事是許多年以前發生的，但是正因爲這個緣故，在人們沒有忘記它以前，值得聽一聽。這位皇帝的宮殿是世界上最華麗的，完全用細緻的瓷磚砌成，價值非常高，不過非常脆薄，如果你想摸摸它，你必須萬分當心。人們在御花園裡可以看到世界上最珍奇的花兒。那些最名貴的花上都繫著銀鈴，好使得走過的人一聽到鈴聲就不得不注意這些花兒。是的，皇帝花園裡的一切東西都布置得非常精巧。花園是那麼大，連園丁都不知道它的盡頭是在什麼地方。如果一個人不停地向前走，他可以碰到一個茂密的樹林，裡面有很高的樹，還有很深的湖，這樹林一直伸展到蔚藍色的、深沈的海那兒去。巨大的船只可以在樹枝底下航行。（註27）

寫這段文字，是安徒生聯想起幼年時代一個在奧登塞河裡洗衣服的老太婆，告訴他中華帝國就位於奧登塞的對面，不自覺而寫出來的。他把中國的皇帝及御花園寫得那麼氣派和考究，雖然與情節無甚關係，對於閱讀這篇童話的兒童，卻產生了思維引導的媒介作用。

王爾德的《少年國王》也有一段補充插敘的媒介文字，描述小牧羊人剛進宮時深為宮中華麗的神祕氣氛所迷惑，讓讀者設想任何人置身於這樣迷離環境中所可能會產生的驚奇感：

他把這稱爲探險旅行，事實上在他看來這眞是漫遊奇境，有時候還有幾個披著斗篷垂著漂亮飄帶的金髮長身的內侍陪伴他；不過在更多的時候，他總是一個人，他從一種差不多等於先知預見的敏捷的本能上覺得藝術的祕密最好在暗中求得，美同智慧一樣，都喜歡孤寂的崇拜者。（註28）

語意唯美而略帶艱深，與其說是在敘述主人翁追求藝術的好奇心態，不如說是要渲染氣氛，挑起讀者的想像情緒，對於後來少年國王的驀然驚覺及斷然醒悟，起了「過渡」的媒介作用。

做爲敘事媒介的個別段落文字，它的作用，在製造一種「距離的間隔」，以激發讀者的想像美感。相對於作品本身，它是個別存在的；可是，它又不能完全脫離童話而獨立存在。作品裡可以沒有它，但有了它，整個情節不但可以增強懸疑、迷離的氣氛，而且更具神祕感與思考性。對於這一種效果，孫建江先生有很精闢的詮釋：

故事敘述過程中不斷插入的段落，其目的不在於連續前後故事，……這些段落所容納的是當事者濃縮了的心理感覺，這些感覺並不直接從屬於故事的發展。……這些感覺的存在與否對作品情節的本身發展並沒有什麼影響。從局部看，這些不斷出現的心理感覺很不規則，很「零亂」。……不斷出現的心理感覺，就使得作品出現了某種「間隔」。但是另一方面，這些不斷出現的心理感覺，它與作品故事情節的發展是一種若即若離，似離非離的關係。……從總體上看，不斷出現的心理感覺又與作品故事情節的發展相互補充，形成了一個統一的有機體。間隔化達到了最佳的介入效果。（註29）

「距離的間隔」是產生美感的前提，作家敘事時突發的心理感覺介入，弔詭地間隔了情節敘事的連續性，卻產生了很不規律、甚至很零亂的局部美感，補充了情節的美感氣氛，也強化了情節「若即若離，似離非離」的空間張力。

上述三種功能的交錯發揮，使童話情節的敘事得到完美的效果，不但使童話的情節得以順利展開，並且使文字敘述有所制約，不致流於蕪漫失序，童話的藝術空間也獲得進一步的凝聚。一言以蔽之，即情節的敘事達到「連貫」與「統一」的「內在精神契合」（註30）。

第三節　童話情節安排的技巧

一個完整的童話情節，是由開端、發展、高潮、結局四個主要部分所組成，這是最正規的格式。本節中筆者將進一步舉例分析童話作家安排情節的技巧。

壹　開端

「開端」是整個童話情節的起點，是引起後面一連串衝突、困難的「第一個事件」。「開端」具有爆發及開啓情節的作用，是後來一系列事件的引爆點；它確定了衝突、困難的性質，也影響了情節發展的方向，更預設了人物行爲發展的趨勢。簡明而有力的開端，蘊藏著奇妙的誘惑力，會激發讀者強烈的好奇心，占有不可忽視的重要地位。

王爾德的《少年國王》，是這樣開始的：

在加冕日前一天晚上，少年國王一個人坐在他漂亮的房間裡。他的朝臣們都按照當時的規矩鞠躬到地行了禮，退出去，到宮內大殿中，向禮儀教師再學幾遍宮廷禮節，因爲他們中間有幾位還不熟悉朝禮，朝臣而不熟朝禮，不用說，這是大不敬的事。

這個孩子（因爲他還只是一個孩子，今年才十六歲）看見他們全走開了並不覺得難過，他暢快地吐出一口長氣，把身子往後一靠，靠在他那繡花長椅的軟墊上，他躺在那兒，睜大著眼睛張著嘴，活像一位褐色的森林牧神，或者一隻剛被獵人捉住的小野獸。

的確是獵人把他找到的，他們是差不多偶然地碰到了他，那時候他光著腳，手裡拿著笛子，正跟在那個把他養大的窮牧羊人的羊群後面，他始終認爲自己是那個人的兒子。其實他的母親是老王的獨養女兒，她偷偷地跟一個地位比她低得多的男子結了婚生下他來。（註31）

童話一開頭就交代：時間是「加冕日的前一天晚上」，地點在「少年國王漂亮的房間裡」，人物有「少年國王和他的朝臣們」。朝臣們規矩鞠躬行禮告辭少年國王後，繼續到宮內大殿去練習明天加冕典禮的禮節；而即將於明天行加冕禮的十六歲少年國王，在繁縟的行禮後，暢快自如地靠在繡花長椅的軟墊上休息。特殊的人物和地點，對兒童原本就有著濃烈的吸引力。

對於少年國王的身世及來歷，作者也有簡要的提示：他是老國王獨生女的私生子，卻被一個窮牧羊人收養，入宮前過的是「光著腳，手裡拿著笛子」、「跟在羊群後面」走著的牧童生活。「他躺在那兒，睜大著眼睛張著嘴，活像一位褐色的森林牧神，或者一隻剛被獵人捉住的小野獸。」王爾德尤其以這麼趣味、傳神的形象描繪做伏筆，不但透露了少年國王在牧羊生涯中所陶鑄的樸素性格，更暗示著他會是一個仁慈平易，沒有驕橫虛矯氣燄，不喜繁文縟節，重實際不尚排場的新國王。

王爾德對於這個開端的描述，已達到了畫龍點睛的效果。

開端要這麼簡潔明快，不可拖沓含糊，簡單地指出人物特性，什麼時間、地點，扼要地交代發生了什麼事件就夠了，沒有詳細解釋或說明的必要，好讓情節趕快展開，以滿足小孩子心中早已升起的想快一點知道故事發展的興趣和慾望。

莊展鵬取材自蒙古民間故事的《馬頭琴》，有一個很乾淨俐落的開端：

有一天，蘇和趕羊回家時，天色好暗。

「咦？路旁一團白茸茸的，是什麼呢？」他下馬去瞧，原來是一匹可愛的小白馬。

蘇和抱起牠：「小傢伙，你的媽媽呢？」

小白馬睜著大眼睛，把頭靠著蘇和，輕輕搖著小尾巴，看起來有點傻。

「不要怕，有我來照顧你，包管你長得快又壯。」蘇和一邊說，一邊就帶牠回家。（註32）

一個純真的小牧童，和一匹可憐又可愛的小白馬，在野地裡不期而遇，竟如緣定三生一樣熟稔親切。蘇和坦率堅定的承諾，小白馬信賴的回應，開啓了這一「相知相惜、生死不渝」的傳奇故事。

古典童話的開端，都相當簡單，如：

「從前，有一個地方，住著一對老夫妻……」；
「從前，在遙遠的海邊，住著一個漁夫和他的妻子……」；
「很久很久以前，有一個仁慈的老國王……」；
「很久以前，在一座森林裡，有一間木屋，住著一個樵夫以及他漂亮的女兒……」。

這樣的開端，雖然籠統而含糊，卻能很快地把兒童帶進一個迷離、奇異、新鮮、富於想像的時空裡，並在他們的腦際迸出想像的火花來。

兒童的耐性有限，所以，童話的開端應該愈簡單明瞭愈好。因爲，簡單明瞭的開端，能使情節愈早展開，使兒童愈快接觸到故事的本身，不會因等待太久而失去興趣。因此，童話的開端，除了非交代不可的文字外，千萬別對人物個性、背景做太多的描繪，否則就太不切實際了（註33）。

除了簡單明瞭外，童話的開端更要注意以下三個要點：

一、單刀直入的開場

單刀直入的開場，不但容易處理，而且節奏明快，不會發生延宕拖沓的毛病，能順應兒童心急的習性，使他們大致有個理解，這是一個什麼性質的童話。「很久很久以前」、「從前」等傳統的開端筆法，雖然簡扼，卻失諸籠統呆板，趣味性不強，不見得適合現代兒童的好奇心理，非謹慎斟酌使用不可。

二、挑起兒童的感官情緒

開端要能引起兒童的注意或興趣，最有效的方法就是挑起他們的感官情緒。「一團白茸茸」的小白馬，好可愛；牠「睜著大眼睛，把頭靠著蘇和，輕輕搖著小尾巴，看起來有點傻」，一副楚楚可憐的模樣，就像一個走失的小朋友，溫馴善良又羞怯怕生，很能引起兒童的同情。而蘇和又是那麼和氣慈祥，他安慰小白馬：「不要怕，有我來照顧你，包管你長得快又壯。」既英勇又果決，宛如小義俠的化身，小讀者會情不自禁地佩服起他來。這樣的邂逅，很讓兒童感動，他們又驚又喜，注意力全集中了起來，急著想知道下文的發展。

三、開端對結局應有所暗示

開端對結局應有所暗示，以求前後呼應。但開端的暗示，也不能太明顯，要能引人「臆測」，而不是使人「預知」；愈是充滿「懸疑」，讓兒童持續在「接下去會發生什麼？」的懸疑感中一路讀下去，直到結局豁然開朗，像《快樂王子》的開端就是個很好的例子（註34）。

有的童話，在開端前面還有「序幕」，向讀者提醒或暗示時間、空間的特殊性，不但爲以後情節的發展提供徵兆或依據，更爲開端做必要的鋪墊和準備，有激發讀者情緒的作用。

《馬頭琴》有這樣生動的「序幕」：

> 你見過蒙古的大草原嗎？
> 在廣闊的大草原上，天特別藍，草特別綠。騎著馬慢慢走，像是在雲裡飄，又像是

在船上搖，風一吹，什麼煩惱也沒了。

聽，小牧童蘇和唱起歌來了。

他的聲音眞響亮，沒有人不叫好。他騎馬的功夫眞厲害，誰都贏不了。天天趕著羊群來吃草，從來沒有一隻會跑掉。（註35）

這個「序幕」，先把兒童帶進一個絕美的境界；讓兒童彷彿徜徉其間，彷彿自己就是趕著羊群的蘇和，正唱著嘹亮的歌聲。廣闊的大草原，飄揚著優雅、紓緩的旋律，早就讓小朋友入迷；何況蘇和的一身本領，象徵著聰明、敏捷、和樂、勇敢、負責，更令小讀者振奮、雀躍。優美的情境與鮮明的人物，塑造出一個優雅、美麗、有力的特定藝術空間。

貳　發展

「發展」，緊接著開端而展開，是情節的主體部分。「發展」是童話的主體部分，它由一連串相關事件組成，而這些相關事件，連續不斷地一步步向前推進，爲高潮的到來奠定穩妥的基礎。發展部分醞釀衝突或困難從展開到激烈化的整個演變過程，由於持續不斷的變化，使人物性格越趨明朗，衝突越尖銳，困難越嚴重，主題思想也更深化，爲高潮的出現做合理化的準備。

《馬頭琴》的情節發展，是這樣的：

小白馬眞是好伙伴，天天跟著蘇和到處跑。

白天，他們一起到大草原去牧羊。不管蘇和騎馬跑多遠，小白馬也會搖搖擺擺的追到他身邊。

晚上，蘇和吹著笛子，小白馬跟著點頭又踏腳，有時候還昂頭嘶叫，逗得蘇和忍不住哈哈大笑。玩累了，小白馬就靠在他的身旁，陪他一塊睡覺。

就這樣，小白馬一天天長大了。

晚上的大草原，很冷很暗，有點可怕。

小心，黑影出現了！靜悄悄的，靠近熟睡的羊群。唉呀，是可怕的大野狼來了。

小白馬跳起來，一面大聲嘶叫，一面用力踏腳。羊寶寶都醒了，嚇得擠在一起。

「噢——嗚——」大野狼低聲吼著，露出又尖又長的牙齒，眼睛閃出凶狠的綠光，一步步逼進。

小白馬一點也不怕，牠緊緊跟著大野狼轉，不讓牠靠近羊群。

聽到小白馬的叫聲，蘇和趕快拿起火把衝出來，終於把大野狼趕跑了。

「小白馬，你眞勇敢。」蘇和抱住小白馬。哇，這麼冷的晚上，小白馬竟然熱騰騰的一身都是汗。蘇和好心疼，不停的摸著牠的頭，說：「謝謝你，小白馬。」

一年一次的大節日到了。

走啊，大家都去熱鬧熱鬧吧。大帳蓬已經搭好，各地的人都趕過來，穿著最漂亮的衣服，帶來好吃的食物。大家一起來唱歌、來跳舞，痛痛快快的玩一玩。

最精彩的，當然是看大力士比賽摔跤，看神箭手比賽。

小孩子呢，來比一比誰最會騎馬吧。看看誰是草原上最棒的小騎士！

比贏了，王爺還會有重重的獎賞哩。

哇！騎馬大賽開始啦！

每個小孩子都騎著自己最心愛的馬，拚命的往前衝。衝呀！看看誰騎得比風快。

咦？蘇和跟小白馬呢？

「加油呀，小白馬！」

蘇和在小白馬耳邊大聲喊。別的小騎士都揮動皮鞭打馬，要馬跑得更快。蘇和才不肯用鞭子呢，他只是不停的喊。

看哪，跑在最前面的，是誰啊？

像一道閃電，又像一顆流星，小白馬跑得好極了！

大家都還來不及眨眼，牠已經衝到了天邊，把其他的馬甩得老遠。所有人都看呆了，還來不及喘口氣，牠又從天邊衝回來。

小白馬跟蘇和贏得冠軍。

「好馬！眞是一匹好馬！」坐在大帳蓬裡的王爺看得非常滿意，下令叫蘇和帶著小白馬過來。（註36）

發展部分承接開端末尾蘇和「有我來照顧你，包管你長得快又壯」的承諾，分兩線繼續展開：一條是，小白馬果眞「長得快又壯」——牠勇敢地在冰冷的暗夜裡，抵禦凶狠貪婪的大野狼，保護羊群；更在騎馬大賽時，使出渾身解數，以「像一道閃電，又像一顆流星」般的速度，「把其他的馬甩得老遠」，贏得了冠軍，獲得王爺的稱讚。另一條是，小白馬聰明伶俐，有靈性，與蘇和親密相處，成爲他的好伙伴——牠「天天跟著蘇和到處跑」，白天跟著蘇和一起到大草原上牧羊；晚上，聽蘇和吹笛子，高興得「點頭又踏腳」地和著他的笛聲，「有時候還昂頭嘶叫」，情不自禁地唱歌來，「逗得蘇和忍不住哈哈大笑」；玩累了，就靠在蘇和的身旁，「陪他一塊睡覺」，他們簡直就是一對相依相偎、形影不離的知己。參加騎馬大賽時，蘇和捨不得用皮鞭打牠，只是在牠的耳邊喊叫；蘇和對牠有信心，牠也不負蘇和所望，彼此默契十足，合作無間，終於獲得勝利。整個「發展」循序漸進，卻又精彩連連，緊張而有趣。

童話「發展」部分的處理，也要把握三個要領：

一、懸疑不斷

情節的發展要有懸疑性，要始終讓兒童心中存著「下一個事件是什麼？」的好奇與期待。事件要不斷變化，而且每一次變化，都能出乎兒童的意料，或是緊張，或是憂戚，或是驚喜，或是訝異。如此，環環相扣、一步一步地朝向結局交互發生，緊緊吸引住兒童的情緒。

二、情節一路向前不斷推進

童話情節的發展，不論運用反覆或循環的布局，務必講求事件與事件間的因果關係，即前一事件是後一事件的前提，後一事件是前一事件的演變。事件與事件密切銜接，線索清晰可見，劍及履及、步步推進，有如後浪壓過前浪，一波比一波精彩、有趣，一節比一節懸疑、深入。如此，則能保持人物性格的統一與事件本質的一致性，使內容始終保持著一貫的氣氛。

三、插敘以扭轉氣氛的「趣味事件」

有時候，爲了打破過度憂傷或沈重的氣氛，作者可適時插敘「趣味事件」，以扭轉氣氛，使情節的推進變得輕鬆愉快一些。安徒生在一連串敘述醜小鴨悲苦的經歷時，卻選擇在醜小鴨冬天被池水凍昏了而獲救後，突然插敘了一段頑皮小孩跟醜小鴨玩耍嬉鬧的「趣味事件」（註37），使原本憂傷的氣氛，一瞬間轉爲喜悅開朗，效果相當不錯。

但是，運用這種筆法時，仍然要顧慮情節前後氣韻的連貫，不可太唐突或太勉強，以致打斷了情節的推進而收不回來，反而弄巧成拙。

參　高潮

「高潮」是情節的心臟部分。這個部分，是衝突最尖銳、困難最緊急的階段，氣氛劍拔弩張，一觸即發，也是決定人物前途和命運的關鍵時刻；而且，主要的衝突或困難、主要人物的性格、主題的思想都得到最充分、最集中的展現。「高潮」更可以說是情節的漩渦中心，是使讀者產生極度的驚奇、意外、喜悅、傷心或憤慨的時刻。但「高潮」要寫得有層次，符合情節自發性的突變。看《馬頭琴》的高潮：

「小弟弟，你的馬很會跑，賣給我吧。」王爺叫人捧出一大堆錢。

「不賣不賣。」蘇和搖搖頭說：「我們是來賽馬，不是來賣馬。」

王爺不耐煩的說：「我看上的東西就一定要！快說，你要賣多少錢。」

蘇和緊緊抱住小白馬：「我跟小白馬是好朋友，我們不想分開。」

王爺生氣了：「你這個窮小子，敢反抗我？來人呀，把他趕出去！」

王爺的部下圍過來，用鞭子抽，用棍子打，把蘇和狠狠打一頓，趕走了。

「哈哈哈！」王爺大笑：「現在這匹好馬是我的了。大家都過來，看我來騎這匹冠軍馬，表演一下我的騎馬功夫。」

部下拉住小白馬，套上重重的馬鞍。王爺很得意，一下就跨上去——

「嘶——」小白馬高聲嘶叫，突然用力蹦跳起來，把王爺重重的摔下地。

小白馬衝過包圍的人群，向大草原跑去。

王爺大叫起來：「快射牠！快把這可惡的傢伙射死！」

王爺的部下舉起弓箭，對準小白馬射去。

危險呀，小白馬，快跑！

小白馬急著要回蘇和家，跑得眞快。可是箭就像是一陣大雨似的，「咻咻咻」，又多又快，全向小白馬射過去——（註38）

這個高潮，激情十足，令讀者血氣亢張。首先是王爺高興地要向蘇和買小白馬，「不賣不賣」，「我們是來賽馬，不是來賣馬。」堅定的意志、急切的口吻，蘇和有著硬挺的執著；「我跟小白馬是好朋友，我們不想分開。」他的眞情眞性，完完全全地流露出來了。王爺那裡肯放過？他有錢有勢，「我看上的東西就一定要！快說，你要賣多少錢。」沒有妥協的餘地，這是王爺的權威本色。劇烈的衝突，不堪收拾的後果，終於發生了——王爺叫部下「用鞭子抽，用棍子打，把蘇和狠狠打一頓」，又絕情地把蘇和趕走了。蘇和一時蒙受了無理的欺壓；可是，通人性的小白馬，卻以十足的「獸性」回應王爺，牠「高聲嘶叫，突然用力蹦跳起來，把王爺重重的摔下地」，然後，「衝過包圍的人群，向大草原跑去」，快跑著，「急著要回蘇和家」去。惱羞成怒的王爺，早已失去了理性，「快射牠！快把這可惡的傢伙射死！」一聲令下，王爺的部下們「一陣大雨似的」利箭，「咻咻咻，又多又快，全向小白馬射過去」。這麼緊湊、集中、生動的描述，把一場激情、雜亂、紛變、殘忍的局面，非常生動具體地描述出來，不僅精彩，更是扣人心弦，令人摒息噤聲、情緒亢奮——結局會是如何呢？

「高潮」的設計要緊湊集中，要出其不意，不落俗套，有如臨門一腳，讓讀者摒息，才有震撼力。

肆　結局

「結局」是情節發展的最後結果。到了這個階段，衝突或困難經過了劇烈的變化，基本上已得到了解決，人物和事件有了明朗的結果，童話的主題也因而完全呈現出來。童話的結局，要戛然而止，預留思考的空間，使兒童有回味的興致。

這天晚上，蘇和正在家裡傷心，忽然聽到馬嘶的聲音。他跳起來：「小白馬回來了！」蘇和衝出去，果然看到一個白影，從遠遠的地方一跛一跛的走過來。真的是小白馬。牠的身上中了好多支箭，痛得沒辦法跑，可是牠還是一步一步走回來。

蘇和哭著說：「可憐的小白馬，看那些壞人把你傷成這個樣子！」

他用力拔起箭，血就像泉水一樣冒出來。

小白馬努力睜大眼睛，看著蘇和，又軟弱的伸長脖子，把頭靠著他。

然後，小白馬腿一彎，倒下去，死了。（註39）

《馬頭琴》這個悲悽的結局，令人無限哀思。但是，小白馬最後終於回到了蘇和的身邊，「把頭靠著他」，含冤而死。牠的忠心，始終如一，與蘇和的溫情厚愛相互輝映，讓人憐憫，更為讀者留下不盡的遐思。

烏拉·波拉博士的《太陽請假的時候》，描述在太陽因對人們的懶惰而生氣退隱後，人們就生活在陰冷困乏的世界裡，最後人們覺悟到沒有太陽是不行的，於是齊聲呼喊太陽再度出來發光照耀世界。太陽也被人們的醒悟所感動，就「張開笑口，從地平線上昇起來，閃出耀眼的光芒，把世界重又容納在他溫暖的懷抱裡去了」：

無論男女老幼都跑出屋子，站在睜不開眼的陽光中，溫暖他們發抖的四肢，一種新的生命很快地顯現在他們灰白色的臉上。太陽憑了他的光線，又表演了無數的奇蹟，都是人們一向不曾注意到的。他化解了冰封的泉水，讓他們向前潺潺地流去，他融化了江河湖澤，讓海水再生波浪，水手和漁夫照常工作。太陽又溫暖了空氣層，引起氣流的紛擾，於是風也吹了，風車上的風帆也轉動了。溶解的冰雪從山顛流下來，於是瀑布也甦醒了。風車和水車的老板又啣著煙斗，高高興興地磨著他們的麥粉。張三、李四、阿貓、阿狗又在新解凍的田裡用犁來翻著泥土。樹木茁長新芽；殘存的小鳥從潛藏的洞穴裡飛出來，快活地唱著歌；在天空的雲端背後依舊漂浮著那環遊地球的老旅行家月亮，臉上露出一種狡猾的笑容。

但是太陽拉開了圓圓的臉，笑迷迷地漸漸西沈，像是賢明的父親關心著他的孩子們一樣。

於是人們就跪下來唱著太陽的頌歌，因爲他們對於他已不再輕視了。（註40）

世界因而再度恢復光明，人們又獲得了生氣、開朗、健康、喜悅的新生。好的結局，能夠令人再三讚嘆，深入咀嚼，意猶未盡，並把讀者帶入一個新的境界。

「結局」的處理，也要注意以下幾個原則：

一、饒富情味

童話的結局，雖然有它的必然性，早在高潮發生時，就已看出端倪了；但要力求敘述生動有勁，飽含密度，饒富情味，使讀者留下深刻的印象。有些童話的結局，兒童可能一時間無法馬上理解，但經過一番反覆思索和推敲，不但能豁然瞭解其中的道理，而且領悟了深含的情味，因而獲得了寶貴的啓示。

二、富啓發性

童話的結局，要有啓發性，不說明道理，不解釋主題，不舉示教訓，且留下感人的驚愕，如此才不會引起兒童的反感，才能產生情趣與韻味。結局所寓含的啓示，要單純化、具體化，切忌深奧、複雜，避免抽象、籠統或模稜兩可，以利兒童的思考、省察、覺悟，這樣，對兒童才有助益。

三、圓滿開朗

現代童話的結局大可擺脫「善有善報，惡有惡報」的窠臼，但仍以正義、圓滿、喜悅、開朗爲宜。如此，才能薰陶兒童優雅向善的氣質，培養活潑健康的情操，建立樂觀進取的人生觀。結局千萬不可讓兒童感到悲觀、絕望或沮喪，那就違反了教育的原則了。

有的童話，在結局後面還有一段「尾聲」，那是因爲作者覺得還有必要對人物的命運或事件未來的發展，做一些補充的說明或交代。

《馬頭琴》更有這麼一段悠揚動人的「尾聲」：

失去了小白馬，蘇和每天都悶悶不樂。他不去騎馬，也不再唱歌。只是不斷的自言自語：「小白馬，不要離開我啊，再陪我一起唱歌，再陪我到大草原痛快的跑一趟吧……」

有天晚上，他夢見了小白馬。

小白馬對他說：「不要傷心呀，好朋友。你可以用我的骨頭、筋和尾巴，做一把琴，我就可以永遠陪伴你了。」

蘇和醒來以後，眞的就照小白馬的話，做了一把琴。爲了紀念小白馬，他在琴把的上頭，雕刻成小白馬的模樣。

蘇和常常拉這把馬頭琴。

每到夕陽西下，他就去大草原，拉起馬頭琴。他一想起小白馬，琴聲就變得很悲哀，像在哭。他又想起以前和小白馬在一起奔跑、唱歌，琴聲就變得很輕快，像是快樂的笑聲。

大家都喜歡圍在一起聽。寂寞的人、傷心的人、被欺負的人，全都靜靜的聽，像是有人在親切的安慰他們，感到很溫暖。

你聽，馬頭琴又響起來了——（註41）

琴聲依舊悠揚，沁進人們的心坎裡。它變化多端，或紓緩低吟，或激揚輕快，不管是「寂寞的人、傷心的人、被欺負的人」，只要靜靜地聽，就「像是有人在親切的安慰他們」，使每個人都「感到很溫暖」。「馬頭琴又響起來了——」，聲聲不絕，絲絲入扣，小白馬的音容，將永遠勾起小讀者的回憶和懷念。

洪汛濤的《神筆馬良》，以「尾聲」交代馬良的出路：

皇帝死了以後，「神筆馬良」的故事就傳開了。但是，馬良後來到什麼地方去了呢？大家都不清楚。

有的說：他回到自己的家鄉，和那些種地的伙伴在一起。

有的說：他到處流浪，專門給許多窮苦的人們畫畫。（註42）

非常簡短的「尾聲」，卻連續寫了兩次「有的說：……」，使小朋友不致於失望沮喪，留下了想像的餘地，反而更增添了它的韻味，眞是別出心裁的神來之筆。

並非每一個童話都一定非有「尾聲」不可，要不要有「尾聲」，完全視情況的需要而定，切勿勉強加上去，以免狗尾續貂，破壞情趣；更不要硬扯上一段評論或說教，畫蛇添足，令讀者有拖泥帶水的感覺。但是，「尾聲」也絕非是童話的點綴，有時反而是一種別致的「禮物」，用以安慰小讀者，平撫他們的情緒，回饋他們對童話的關注。

野渡先生曾歸納童話的尾聲，有以下七種意義：(1)在故事結束以後，向讀者分析事理；(2)只增注讀者某一情緒；(3)像是回答小讀者的疑問；(4)品評人物；(5)是細節方面的提示；(6)交代故事的來歷或揭穿眞相；(7)更重要的任務是交代結局的「下文」（註43）。可見，如果創作時有必要，爲童話寫一段有意義的「尾聲」，豈不是讓小讀者更著迷嗎？

註　釋

1 見丹青版《大不列顛百科全書》第十二冊，三二四頁，〈情節〉條。

2 見冰波撰，《優秀兒童故事精選》，一——三頁。

3 李漁著《閒情偶寄》，〈結構第一〉說：

「塡詞首重音律，而予獨先『結構』者，……則在引商刻羽之先，拈韻抽毫之始。如造物之賦形，當其精血初凝，胞胎未就，先爲制定全形，使點血而具五官百骸之勢；倘先無成局，而由頂及踵，逐段滋生，則人之一身，當有無數斷續之痕，而血氣爲之中阻矣。」見臺灣時代書局版六頁。

4 參閱吳英長演講記錄〈故事化的處理技巧〉，《兒童圖書與教育》雜誌，第二卷、第五期，一七—一八頁，七十一年五月出版。

5 〔美〕瑪西亞・勃朗（Marcia Brown）作、何容譯，國語日報附設出版部，六十六年三月，第四版。

6 〔美〕伊麗沙白・羅斯（Elizabeth Ross）作、夏承楹譯，國語日報附設出版部，六十六年三月，第四版。

7 〔德〕約克史坦納（Jörg Steoner）作、袁瑜譯，格林文化事業公司，一九九四年一月初版一刷。

8 〔義〕姜尼・羅大里作、楊實誠譯，見《世界童話名篇欣賞》，一八六—一九二頁。

9 〔美〕休・羅夫亭（Hugh Lofting）作、何曼儀譯，成文出版社，民國七十年二月，初版。

10 見《童話藝術空間論》，一七七頁。

11 見韋葦著《世界童話史》，一八—一九頁。

12 〔義〕英諾桑提（Roberto Innocenti）作、林海音譯，格林文化事業公司，一九九四年十二月，初版二刷。

13 見前書封底介紹文字。

14 見《兒童文學初探》，二二頁。

15 〔美〕黛安雪登（Dyan Sheldon）作、張澄月譯，格林文化事業公司，一九九四年十二月，初版二刷。

16 見《兒童文學見思集》，八五頁。

17 見三民書局版《大辭典・中》，一九三五頁。

18 見許慎著《說文解字》，三篇下，四〇頁。

19 見《童話辭典》，七頁，〈故事〉條。

20 見王靖宇撰〈怎樣閱讀敘事文〉，五—六頁。中央研究院中國文哲研究所籌備處，八十年五月三十一日「中國文哲研究的展望學術研討會」論文。

21見前文，七—八頁。
22見《童話藝術空間論》，六二—六三頁。
23見《童話與散文詩》，三七—三八頁。
24見孟繁華著《敘事的藝術》，二五頁。
25同前註。
26見前書，二六頁。
27見《新注全本安徒生童話4》，三一四頁。
28見《童話與散文詩》，八五頁。
29見《童話藝術空間論》，八七—八八頁。
30參閱蔡尚志著《兒童故事原理》，七八—八四頁。
31見《童話與散文詩》，八二—八三頁。
32見莊展鵬作《馬頭琴》，四頁。
33見《兒童故事原理》，七一頁。
34見《童話與散文詩》，三頁。
35見《馬頭琴》，二—三頁。

36 見前書，六—一八頁。

37 參閱《新注全本安徒生童話 *1*》，三九頁。

38 見《馬頭琴》，一八—二四頁。

39 見前書，二六—二七頁。

40 見吉柏爾著《烏拉波拉故事集》，一〇九頁。

41 見《馬頭琴》，二九—三〇頁。

42 見上海教育出版社編《童話選》，四一五頁。

43 參閱野渡撰〈認識童話尾聲〉，六十九年三月二十三日，國語日報〈兒童文學〉周刊。

第六章

結論

本書的撰述，除了第一章「緒論」綜論童話的相關問題及概念外，其餘四章，則分項深入探討童話創作的原理與技巧，盼望能提供一愚之得，以爲創作的參考。今再將前述諸章論述中因故保留、或無法即時討論的問題，斟酌補述，或提出建議，以求詳贍完備，並做爲本書的結論。

第一節　再爲童話下一個定義

海峽兩岸的兒童文學專家學者們，都曾經用心地爲「童話」下定義（註1）。歸納他們所下的定義，都能兼顧兒童、趣味、幻想、故事等四方面而立論。其中最簡扼易懂的有兩個：

蔣風教授說：「童話是在現實的基礎上，用符合兒童的想像力的奇特情節，編織成的一種富於幻想色彩的故事。」

張美妮教授說：「童話是一種帶有濃厚幻想色彩的虛構故事。」

童話基本上有一個「故事」做基礎，卻有比一般故事更嚴謹、更豐富的敘事體系；它的特質是「幻想」，卻不是毫無章法的胡思亂想，而是從現實生活中的具體事物，幻想出「合於作家自建世界運作邏輯」的超現實世界；它雖負教育功能，更重視「情趣」的提煉和營造；它主要是針對「兒童」而創作的。在任何一位優秀童話作家的心眼中，這四個要件都必須兼備，缺一不可；因此，童話終能發展成為一種饒富藝術氣質的文學作品。基於以上的認識，筆者在此願嘗試再為童話下一個定義：

童話，是一種專為兒童創作的，以神奇詭異的幻想來反映現實生活，融現實與幻想於一爐，飽含著想像與情趣的故事性敘事作品。

第二節　童話理應具有民族性

優秀的童話，都飽含著獨特而明顯的民族色彩，這是因為作家生平深受自己的鄉土文化、社會風俗習慣、地理人文氣息、民族語言特色等等的薰陶，在創作時不自覺地流露出來。因為每一個童話作家，都是從他最熟悉、最感親切、瞭解最深刻的現實題材寫起，而這樣的題材通常都富於鄉土親情，因而，作品裡自然就洋溢著該作家所歸屬的民族性。

安徒生童話不只表現了丹麥人的幽默風趣、恬淡氣質與平衡精神，更描繪了丹麥的特定現實及秀美靜謐的自然風光。美國童話表現了這塊新大陸年輕、朝氣、活潑、獨立的新氣象，也展現了民主開放後自由富庶的精神面貌。德國童話表現了日耳曼民族樸實無華、嚴謹理智的風格。法國童話表現了理性、機智、優雅的民族性格。英國童話展現了盎格魯撒克遜民族重實際而不失幽默、穩重而帶宗教氣的習性。日本戰前的童話，格局傳統而保守，戰後則因打開現代視野，而展現出新興活躍的開朗氣象。

日本「現代童話之父」小川未明認爲，文學作品「具有民族色彩，是光榮的事，也是必要的」：

每一個國家的生活、風土、習慣都是各不相同的。觀察那些特殊的自然而描述其經驗，對它抱具愛心，這就是藝術家。我是北方生的，因而會想起北方的海的濤聲，冬天的晨曉，走在簷下的旅人的草鞋聲。這些都是北方生的小孩才有的回想。現在對它有無限的懷念，同時也想起生活在那邊的人，這些寫入作品裡的時候，甚至會帶著有機的血肉的關係，於是可以說，鄉土色彩是對故鄉抱著懷念的人寫作時必然會表現出來的。所以，藝術上具有民族色彩，是光榮的事，也是必要的。……某一民族的部落帶有它特殊的美及個性，那個民族或部落始有獨自存在價值。倘若從其鄉土除掉該民族的特質，究竟會剩下什麼呢？人僅以單純的理論上的條文式的幸福是不會感覺眞實的幸福的。（註2）

小說家李喬就他多年的小學教學心得議論說：

生長中的兒童，任何設計下的活動，不論依哪一家的學說看，「成長與適應」，必然是主要目標；課外閱讀，自不例外。而這裡所謂「成長與適應」，其第一優先目標是所屬族群文化內的生活。……童話，畢竟還是自實際生活，以及歷史文化背景中提煉出來的；而童話的「課程目標」，就是要他們在自己的歷史文化與實際生活中學習成長與適應。然則，讓「我們的兒童」置身歐洲風土，北美風情，扶桑風味，那是多麼陌生，多麼難以產生經驗的類化啊！（註3）

他們兩人分別從創作與閱讀兩方面的立場來討論童話民族色彩的必然與必要問題。

換個說法：有「民族性」的童話，應該飽含深刻的民族文化氣息、鮮明的鄉土色彩、濃厚的民情風味；而這些現象，無不是活生生的出現在我們的生活裡、我們的思考裡、我們的感覺裡、我們的心眼裡。

文學創作最崇高的境界，就是能夠表現鄉土人情所隱含的精微——民族的心靈與情韻；而閱讀文學作品的最高境界也就在這個層次上。不講究這個層次，創作就沒有價值，閱讀也沒有什麼意義了。

但是，一味地「餵」給兒童強調民族性、立國精神的作品，他們一定會喜歡嗎？老是看一些〈女媧摶土造人〉、〈盤谷開天闢地〉、〈黃帝大戰蚩尤〉、〈精衛塡海〉、〈大禹三過家門而不入〉的故事，老是提堯、舜、禹、湯、文、武、周公、孔子等偉人、聖人、賢者，兒童不會厭煩嗎？他們眞會感動嗎？讓兒童認識我們的立國精神、文化道德固然很重要，但是沒有別的好方法了嗎？一定要藉這些嚴肅正經的傳統人物形象來表現嗎？處在資訊發達、知識爆發時代的現代兒童，光是對他們灌輸這些就夠了嗎？他們會滿足嗎？這是很值得教育家及兒童文學工作者仔細去思考的問題。

保羅・亞哲爾就說：

兒童們希望大人們，把他們所擁有的潛在的特質，毫無隱瞞，毫無保留，誠懇的告訴他們，可是大人們卻只把那些自己認為祖國所擁有的，不能捨棄的特質傳達給兒童。（註4）

大人總是操之過急，怕兒童耽誤了學習的時機，卻老是用一些生硬、無趣的歷史或故事，來解說深奧的哲理概念或展現嚴肅的人物形象，效果當然不會很好。這套童話觀已經過時了，因為：

特地為兒童而製作的，強調祖國輝煌的特色的書，卻不一定會給兒童最深刻的影響，相反的，不特別強調的書，因為多少含有想像的成分，並且毫無教訓的口氣，所以能夠更有效的給孩子們，深切的體會這個所謂國家的團體，所具有的最微妙的特點。（註5）

「民族性」，這麼高深玄奧而抽象的精神氣質，要讓兒童在自然的情況下用心去體會，而不是聲嘶力竭地吶喊提醒就有效的。

幾十年來，台灣的兒童文學作家，花費了很大的心血，深入而廣泛地從中國古代典籍、文人筆記、章回小說裡去找尋改寫中國童話的原始資料，而一些規模比較大的兒童文學出版社，像東方出版社、國語日報、光復書局、漢聲出版社、遠流出版社等，也無不熱衷於此類作品的出版。因而，在兒童文學的創作及出版事業上，這一類作家爲數最爲龐大；這一類作品也成爲國內兒童的主要課外讀物。

回頭檢視近年來從中國古書取材改寫的童話讀物，雖然有亮麗的印刷與裝幀，甚至有中外名家生動的插畫；然而，在文字處理上，充其量只是把簡潔難懂的文言文改寫成通俗易懂的白話文而已。敘述的文字雖然互有長短，情節可是大同小異，沒有增添什麼新創的內容，毫無情趣可言。徒然高舉「發揚中華文化」的大旗，卻不能加以「光大」，無法使兒童對中華文化有嶄新、具體的領悟和認識。安徒生最早期的童話創作是從民間故事中取材而來的，但卻能把握故事重點，創作新的情節，注入新的思想觀念，並且用自己獨特的筆調去敘述，因而使舊的民間童話脫胎換骨，有了煥然的新面貌。他的做法，仍然是值得我們效法的。

「民族性」往往在經過相對比較後，才會發現它的特色與可貴。因此，多看外國童話，自然能察覺出我們本國的童話是否表現了我們獨特的民族性？又表現了多少民族色彩？表現的是什麼樣的民族特色？

第三節　童話應力求現代化

現代童話，要有現代的視野，要用現代的手法去創作。

兒童的潛意識是遼闊、自由、開放的，他們不預設立場，他們喜歡有趣的事件和新鮮的人物。而現代文明不斷在進化，自由、民主、科學的新觀念和新理想也不停息地在衝擊、挑戰保守的舊社會、舊文化，幾乎已經沒有一個民族的心理、習俗、思想、感情能夠完全避免被改變或影響的命運。處在這個開放多元的新時代、新世界裡，一切發展無不日新月異，新文化、新科技、新事物、新生活、新思潮、新風貌迅速地產生與變化。我們的童話作家，應該要跟緊時代的腳步，關注新一代兒童在新時代、新環境裡的處境，從而擷取新而有意義的題材，創作具有時代感的童話，藉以建立兒童的現代觀，陶鑄獨立自主的性格，培養他們適應新生活的能力與獨立發展的信心。

兒童心中沒有國界，沒有種族歧視，沒有對立與憎惡。對兒童過度強調極端的愛國主義、唯我獨尊或憂患意識的時代已經過去了；具有「時代性」的童話，應該向他們宣揚世界大同、博愛和諧的人類愛。

兒童的書的確有民族的感情，可是更重要的是含蘊著全人類的意識。因此兒童書固然把生長的故鄉，以濃郁的筆調，表現芳香的感情，但同時也用心描述，未曾謀面的同胞居住的，遙遠的土地。兒童書表現種族本身的生命，但同時也越過山，跨過海，向地球的邊緣追求友情。兒童書就是尋找友情的使者，全世界的國家都紛紛派遣使者，同時所有國家都歡迎這友善的使者，形成一片樂融融的，毫無隔閡的交歡。（註6）

聯合國於一九五九年公布的《兒童權利宣言》，開宗明義就宣示：

兒童享有宣言所載一切權利。所有兒童，絕無例外，一律有權享受此等權利，不因其本人或其家庭之種族、膚色、性別、語言、宗教、政見或他種意見、國族或家世、財產、出生或其他身分而有所軒輕或歧視。（註7）

這是世界性的共識和理想，更是大同主義精神的具體發揚。本著這個共識和理想所創作的童話，才能爲兒童所喜歡，並且誘發他們產生彼此瞭解、尊重、合作、互助的情懷，使他們逐漸領悟到，要把民族的感情和理想，超越擴大爲全人類的感情和理想。

童話現代化的另一個具體做法，就是運用現代的文學技法去創作，不但我們的童話作家要有所自覺，我們的出版界也要全力去配合，學者專家更應該挑起評鑑監督的責任。

過去，我們的童話界，只著重在西洋童話的翻譯及中國古典童話的改寫，我們在創作實踐上的努力實在很不夠。理論上，大量翻譯西洋童話，應該有助於我們對這個新興文學體裁的學習，促進我國童話創作的發展。可是，以往我們的態度卻始終很不嚴謹：翻譯者少有就原著去進行翻譯的，以致譯本不能忠於原文；有些翻譯者在翻譯時還任意加以改寫、改編，以致譯文完全走樣，這顯示我們對西洋童話的內涵精髓，並沒有認眞想去挖掘和吸收，只要有一些形式化的表面成果就滿足了。而很多所謂的翻譯本，其實只是敘述故事的梗概而已；翻譯者對原著瞭解不夠，對語意也沒有融會貫通，對原文的神韻更沒有確切地把握住，以致對原著特有的敘述風格、人物刻劃、景致描繪都不能忠實、傳神地表現出來。那些最不負責任的版本，更是隨便找幾個已出版的翻譯本，經過綜合改寫、修改詞句、略事拼裝或截長補短一番就草草出版了。

這樣潦草粗糙的翻譯手法，把原著的一切美質、優點、風格、特色都破壞殆盡，不但讀者讀不到眞正的好童話，更不知好童話是怎麼一回事，誤以爲著名的童話也不過爾爾。由於讀不到眞正的好童話，作家因而缺乏學習、模仿的對象和機會，也不易產生創作更優秀的童話的理想和企圖；長期缺乏創作實務的磨練和體驗，當然無法提昇創作的水準。近年來，官方的文化教育機構或民間的兒童文學專業組織，雖然每年都舉辦多項獎金優渥的童話創作比賽或徵文，重賞之下，仍然鮮少有出類拔萃的童話作品出現，這未嘗不是一件令人憂心抱憾的事情。

優秀的作家，一定要有深厚的文學素養、豐富的閱歷、嫻熟的技巧、清新流暢的文筆，童話作家當然也不能例外。「文章千古事，得失寸心知」，必須童話作家的「寸心」要有所覺悟，深切期許，不斷充實學養，增長見識，淬勵情感，並且多多觀摩鍛鍊，建立自己的風格，以提昇童話的思想內涵；萬勿固步自封，總是在舊題材、舊思想、舊技法裡打轉，以致自縛手腳，半籌莫展。

童話評論家楊實誠先生說，「現代化」的童話應該是：

> 一方面有著作家對世界對當代兒童也對自己的認識，抒發著自己的情感，另一方面

更注意了從當代兒童的眼裡去看，從當代兒童的角度去想，從當代兒童的興趣去表現，去提出眞正屬於當代孩子的問題，去抒發眞正屬於當代孩子的情感。這個時候的童話也是現代化生活被作家從當代兒童的角度出發，以情感活動爲主的幻想所籠罩，從而被感知、被滲透、被加工而呈現出來的，酷似現實生活又非現實生活，似眞非眞、似幻猶眞的童話世界。（註8）

現代的童話作家，應該以「現代」的理念和眼光，多方面去挖掘與當代生活有密切關係的題材，探討具有時代意義的主題，使作品飽含時代的精神和氣息，並且運用新的藝術手法去創作，注入眞誠的感情，才能得到兒童的注意和喜愛。

能否創作出足以崢嶸國際兒童文壇的童話作品，一直是國內兒童文學界相當關切和期待的事。海峽彼岸的大陸，近年來由於開放的腳步加速，童話的創作業已掙脫「政治掛了帥，藝術脫了班，故事公式化，人物概念化，語言乾巴巴」（註9）的層層阻礙和陋習，並朝向自由化、現代化的目標邁進。他山之石，可以攻錯。

台灣自從解嚴以後，報章雜誌的種類增多了，文字需要量暴增，童話作家發表作品的機會也增多了。這本來是一個難得的契機，可以增加磨練的機會；可是，很不幸的，一些知名的童話作家，卻在編輯先生們過於頻繁的催稿壓力下，猛寫，趕寫，仍然供不應求，幾乎已沒有多餘的心力去研讀創作理論，好好地思索創作的相關問題，這是一個不容等閒視之的危機。

第四節　為童話重新定位

向來，我國的兒童文學理論研究者，分別從兩個角度來看待童話。一種是從創作對象來立論，把童話看成「兒童故事」的一類，將「童話」跟其他種為兒童編寫的敘事性作品——生活故事、歷史故事、科學故事、神話、傳說、民間故事、寓言、笑話等同列並存的（如圖示一），吳鼎、林守為、鄭蕤、葛琳、王秀芝、林文寶、許義宗、張清榮等教授都持這個看法。另一種則特別強調童話「想像或幻想」的特質，認為「童話」應該和其他的敘事性故事分開，自成一個獨立的領域（如圖示二），陳正治教授特別持這樣的看法（註10）。

○指「兒童故事」

〔圖示一〕

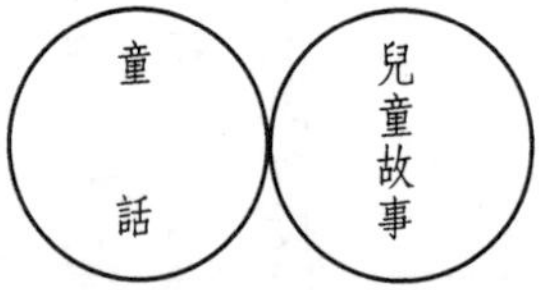

〔圖示二〕

上述兩種看法，前者仍然沿襲傳統民俗文學的分類法，在理念上還不能和民俗文學劃清界線，徒然留下名義混淆的困擾；後者雖然已看清了童話的特質，卻忽略了童話發展的未來性。兩種看法，都沒有辦法解決「童話」和「兒童故事」的名義瓜葛。

從童話發展的趨勢來看，筆者以爲，在不久的將來，童話不但可以包舉所有的兒童故事，並且取「兒童故事」的名目而代之。理由有兩個：

一、「童話」是兒童文學中最後發展成功的一種敘事性新體裁，它兼具著其他各類兒童故事的優點。很多新創作的童話，甚至與傳統的兒童故事多少有些關聯，但它在結構的穩定性和情節敘事技巧多元化方面，卻獨領風騷。因此，「童話」在體製上具有包舉所有兒童故事的優勢。

二、「童話」貴在「新創」、強調「想像或幻想」，實際上並無題材選取的限制，不只是可以選用現實生活的、科學的或幻想的現代新題材，也可以選用神話、傳說、寓言、民間故事等古典舊題材。不管任何題材，只要童話作者在創作時能化腐朽爲神奇，將這些舊題材加以改造或創新，賦予新的思想意識，展現新的文學風味，使它們充滿新的生命活力，一概都可以稱爲「童話」。如此，「童話」既可包舉各式各樣的新舊題材，就不會再發生與「兒童故事」名義相困擾的問題，當然可以統一一切故事體兒童文學作品的名目了（如圖示三）。

○指童話

〔圖示三〕

註釋

1 陳正治教授在《童話寫作研究》一書中，曾引錄蘇尚耀、朱傳譽、林文寶、蔣風、林良、林守為、嚴友梅、林鐘隆、洪汛濤、張美妮等十位學者專家的童話定義。參閱該書，四—五頁。

2 見小川未明撰、吳瀛濤譯〈童話創作的態度〉，《兒童讀物研究2》，一一三頁。

3 見李喬撰〈成長的寓言〉，八十一年一月十八日自立晚報〈自立書房〉四版。

4 見《書・兒童・成人》，二五二頁。

5 同前註。

6 見前書，二五七頁。

7 轉引自《兒童讀物研究》。

8 見楊實誠著《世界童話名篇欣賞》〈前言〉，一六頁。

9 見茅盾撰〈中國兒童文學是大有希望的〉，一九七九年三月二十六日《人民日報》。

10《童話寫作研究》，五—六頁。

重要參考書目

壹、兒童文學論著

兒童文學研究　吳　鼎著　台灣教育輔導月刊社　五十四年三月臺初版

兒童讀物研究　張雪門等著　小學生雜誌社　五十四年四月四日初版

兒童讀物研究（第二輯）　吳　鼎等著　小學生雜誌社　五十五年五月二十日初版

國語與兒童文學研究　台中師範專科學校編　五十五年十二月出版

談兒童文學　鄭　蕤著　光啟出版社　五十八年七月初版

師專兒童文學研究　葛　琳著　華視出版社　六十二年二月出版

淺語的藝術　林　良著　國語日報附設出版部　六十五年七月第一版

兒童文學論　許義宗著　著者自印　六十七年再版

兒童文學的認識與鑑賞　傅林統著　作文出版社　六十八年十月出版
兒童文學概論　浦漫汀等編著　四川少年兒童出版社　一九八二年五月第一版第一刷
周作人全集⑤　周作人著　藍燈文化事業公司　七十一年十一月十二日初版
西洋兒童文學史　葉詠琍著　東大圖書公司　七十一年十二月初版
兒童文學十八講　葉君健等著　陝西少年兒童出版社編　一九八四年九月第一版第一刷
兒童文學初探　金燕玉著　花城出版社　一九八五年五月第一版第一刷
認識兒童文學　林良等著　中華民國兒童文學學會　七十四年十二月八日初版
兒童文學　葉詠琍著　東大圖書公司　七十五年五月初版
兒童文學　林守為著　五南圖書出版公司　七十七年七月初版
中國兒童文學大系（理論）　蔣　風主編　希望出版社　一九八八年十二月第一版第一刷
中國現代兒童文學文論選　王泉根評選　廣西人民出版社　一九八九年八月第一版第一刷
歐洲青少年文學暨兒童文學　（法）*D.Escarpit* 著、黃雪霞譯　遠流出版事業公司　一九八九年九月十六日初版一刷
兒童文學　祝士媛編訂　新學識文教出版中心　七十八年十月初版
兒童文學教程　張美妮等編寫　山東文藝出版社　一九九一年五月第一版第一刷

兒童文學的審美指令　王泉根著　湖北少年兒童出版社　一九九一年五月第一版第一刷
眼中有孩子　心中有未來——90'上海兒童文學研討會論文集　上海少年兒童出版社　一九九一年六月第一版第一刷
書・兒童・成人　（法）保羅・亞哲爾著、傅林統譯　富春文化事業出版公司　一九九二年三月第一版第一刷
兒童文學與兒童讀物探索　林武憲著　彰化縣立文化中心　八十二年六月出版
兒童文學　林文寶等著　國立空中大學　八十二年六月初版
兒童文學見思集　洪文瓊著　傳文文化事業公司　八十三年六月初版第一刷

貳、童話專論

童話論集　趙景深編　上海開明書店　十六年第一版
怎樣講故事　王玉川編著　國語日報社　五十八年九月四版
兒童讀物的寫作　林守為著　作者自印　六十二年九月三版
童話研究　林守為著　作者自印　六十六年四月再版

童話與兒童研究　（日）松村武雄著、鍾子岩譯　新文豐出版公司　六十七年九月初版

不醜的醜小鴨　葉君健著　湖南少年兒童出版社　一九八四年四月第一版第一刷

中國民間童話研究　譚達先著　臺灣商務印書館　七十七年八月臺灣初版

中國民間童話概說　劉守華著　四川民族出版社　一九八五年八月第一版第一刷

怎樣寫兒童故事　（日）寺村輝夫著、陳宗顯譯　國語日報附設出版部　七十四年十月第一版

世界童話名篇欣賞　楊實誠著　新蕾出版社　一九八八年十二月第一版第三刷

童話藝術思考　洪汛濤著　千華出版社　七十八年八月十日初版

童話學　洪汛濤著　富春文化事業出版公司　一九八九年九月修訂第一版

童話辭典　張美妮主編　黑龍江少年兒童出版社　一九八九年九月第一版第一刷

兒童故事原理　蔡尚志著　五南圖書出版公司　七十八年十月初版

兒童文學故事體寫作論　林文寶著　台東師院語文教育學系　七十九年元月初版

童話寫作研究　陳正治著　五南圖書出版公司　七十九年七月初版

童話十六講　浦漫汀著　安徽教育出版社　一九九〇年五月第一版第一刷

世界童話史　馬　力著　遼寧少年兒童出版社　一九九〇年十二月第一版第一刷

外國童話史　韋　葦著　江蘇少年兒童出版社　一九九一年十二月第一版第一刷
世界童話史　韋　葦著　天衛文化圖書公司　八十四年一月初版

參、一般文學相關論著

史記（三家注本）　司馬遷著　洪氏出版社　六十四年九月一日三版
閒情偶寄　李　漁著　台灣時代書局　六十四年三月出版
人物刻劃基本論　丁樹南編譯　文星書店　五十六年四月二十五日初版
小說面面觀　（英）佛斯特著、李文彬譯　志文出版社　六十二年九月初版
文藝心理學　朱光潛著　台灣開明書店　六十三年四月重七版
寫作淺談續集　丁樹南譯　台灣學生書局　六十三年十月再版
世界名作家談寫作　洪　達主編　故鄉出版社　七十一年二月二十日初版
文學寫作手冊　朱明雄等編　江蘇少年兒童出版社　一九八四年七月第一版第一刷
文學概論教程　曲本陸等編著　東北師範大學出版社　一九八五年十二月第一版第一刷

小說入門　李　喬著　時報文化出版公司　七十五年八月一日初版二刷

文學概論　蔡　儀主編　人民文學出版社　一九六七年五月第三版第二刷

文學概論新編　向錦江等主編　北京師範學院出版社　一九八八年十二月第一版第一刷

現代文學欣賞與創作（下）　簡宗梧編著　國立空中大學　七十六年八月初版

文學的基本原理　以　群主編　上海文藝出版社　一九八八年二月第一版第十刷

小說創作技巧描述　劉安海著　華中師範大學出版社　一九八八年四月第一版第一刷

文學改革芻議　胡　適著　遠流出版事業公司　七十七年九月一日三版

胡適演講集(一)　胡　適著　遠流出版事業公司　七十七年九月一日三版

敘事的藝術　孟繁華著　中國文聯出版公司　一九八八年四月第一版第一刷

文學概論　王夢鷗著　藝文印書館　七十八年八月三版

小說創作論　羅　盤著　東大圖書公司　七十九年三月增訂初版

少年小說創作論　任大霖著　上海少年兒童出版社　一九九〇年十二月第一版第一刷

怎樣閱讀敘事文　王靖宇撰　中央研究院「中國文哲研究的展望學術研討會」論文　八十年五月三十日發表

小說的藝術綜合　鍾本康著　浙江文藝出版社　一九九一年十二月第一版第一刷

小說和故事（連載）　丘　陵譯　八十一年五月三十日─八月十六日　國語日報「兒童文學」周刊

童年的消逝　（美）*Neil Postman* 著、蕭昭君譯　遠流出版事業公司　一九九四年十一月初版一刷

肆、相關期刊

發掘童話寶藏　蘇尚耀撰　五十一年四月四日　中央日報「副刊」

安徒生的童話原則　蘇　樺撰　六十一年四月十六日　國語日報「兒童文學」周刊

童話的「創作觀」　林鍾隆撰　六十四年六月八日　國語日報「兒童文學」周刊

我的童話觀　（日）坪田讓治作、林鍾隆譯　六十五年四月二十五日　國語日報「兒童文學」周刊

兒童文學的兒童性　林　桐撰　六十六年七月十日　國語日報「兒童文學」周刊

認識童話尾聲　野　渡撰　六十九年三月二十三日　國語日報「兒童文學」周刊

兒童文學的「文學價值」和「教育功能」　林　良撰　「師友」月刊二一五期　七十年五月一日出版
寫作與我　吳　當講　「兒童圖書與教育」雜誌第一卷第四期　七十年十月出版
童話！童「話」？　蒲　子撰　七十一年一月十日　國語日報「兒童文學」周刊
永遠長不大的老人——蘇斯博士　陳淑琴撰　「兒童圖書與教育」雜誌第二卷第三期　七十一年三月出版
故事化的處理技巧　吳英長講　「兒童圖書與教育」雜誌第二卷第五期　七十一年五月出版
提倡科幻童話的寫作　黃　海撰　七十二年六月五日　中央日報「晨鐘版」
談童話的寫作　陳正治撰　台北市立師專「國教月刊」第三十三卷第一、二期合刊本　七十五年四月三十日出版
談童話　林　良撰　省立台東師範學院「東師語文學刊」第三期　七十九年五月出版

童話的藝術(九)　丘　陵譯　七十九年五月六日　國語日報「兒童文學」周刊
成長的寓言　李　喬撰　八十二年一月十八日　自立晚報「自立書房」四版

伍、作品・選集

臺灣民間文學集　李獻章編著　牧童出版社　六十七年八月卅一日初版
「世界兒童文學名著」欣賞　國語日報社出版部主編　六十一年九月第一版
愛的教育　（義）亞米契斯著、靜珍譯　大衆書局　五十一年七月出版
我的一生　（丹）安徒生著、李道庸等譯
四川少年兒童出版社　一九八三年十二月第一版第一刷
格林童話全集（三册）　（德）格林兄弟作、林懷卿譯
聯經出版事業公司　七十三年八月新一版
新注全本安徒生童話（四册）　（丹）安徒生著、葉君健譯注
遼寧少年出版社　一九九三年八月第一版第二刷
童話與散文詩　（英）王爾德著、巴金譯　東華書局　一九九〇年一月初版

懷　念　林　良撰　國語日報附設出版部　六十四年四月第一版
阿福救羊　（美）瑪麗・培琳作、祁致賢譯　國語日報附設出版部　五十八年一月第二版
愛幻想的珊珊　（美）伊娃琳・奈斯作、何容譯　同　前
了不起的孩子　（美）維多利亞・林肯作、林良譯　國語日報附設出版部　五十八年四月第一版
文德林在那兒　（德）威夫瑞・勃勒卻作、席淡霞譯　國語日報附設出版部　六十二年十月第三版
小貓荷馬　（美）瑪麗・可珥作、洪炎秋譯　國語日報附設出版部　六十二年十二月第三版
小房子　（美）維姬妮亞・波頓作、林良譯　國語日報附設出版部　六十六年二月第四版
老鼠變老虎　（美）瑪西亞・勃朗作、何容譯　國語日報附設出版部　六十六年三月第四版
三隻小豬　（美）伊麗沙白・羅斯作、夏承楹譯　同　前

炮彈小黑　（英）約翰・伯霊罕作、何容譯
國語日報附設出版部　六十六年七月第二版
蟒蛇克瑞特　（法）湯米・安階勒作、林天明譯
國語日報附設出版部　六十六年七月第四版
貓王的故事　（美）湯姆・洛賓遜作、祁致賢譯　同前
烏龜大王亞特爾　（美）修斯博士作、洪炎秋譯　同前
拖船小嘟嘟　（美）哈地・格藍馬奇作、朱傳與譯　同前
小獅子的幻想　（美）桑亞・蓋作、謝冰瑩譯
國語日報附設出版部　六十六年十月第七版
傻鵝皮杜妮　（美）羅傑・桂沃森作、琦君譯　同前
不愛理髮的孩子　（美）唐・佛利曼作、洪炎秋譯
國語日報附設出版部　六十七年三月第三版
巫師莫林　（英）珍納・瓊斯東作、魏訥譯
國語日報附設出版部　六十七年七月第二版
井底蛙　（美）阿爾文・崔賽特作、林海音譯

芳子的雛祭　國語日報附設出版部　六十七年十月第七版

朋友麥克　（日）石井桃子作、朱傳譽譯　國語日報附設出版社　六十七年十月第七版

木偶奇遇記　（美）梅・馬克尼作、何容譯　國語日報附設出版部　六十九年九月第四版

快樂的綠紙船　（義）科羅狄著、佚名譯　臺灣開明書店　六十八年三月三版

拔釘子　徐紹林作　六十九年十一月二十三日　聯合報「萬象版」

烏拉波拉故事集　白寶貴作　六十九年十二月十八日　國語日報「兒童版」

嫦娥城　柏吉爾著、佚名譯　台灣開明書店　六十七年十月臺三版

叢林奇談　黃海著　聯合報社　七十四年十月初版

讓路給小鴨子　（英）吉卜林著・劉元孝改寫　東方出版社　七十七年三月三十四版

優秀兒童故事精選　（美）羅勃・麥羅斯基作、畢璞譯　國語日報附設出版部　七十三年十二月第八版

胡適譯短篇小說　冰波等著　謙謙出版社　七十八年十二月初版

胡適著　岳麓書社　一九八七年七月第一版第一刷

一千零一夜精選　平平等譯　上海譯文出版社　一九九一年一月第一版第一刷
愛麗絲夢遊奇境　（法）路易士・卡洛爾著、郭悅文譯　世茂出版社　八十年八月初版一刷
童話選（增訂本）　上海教育出版社　一九九一年五月第二版第七刷
山地故事　蘇　樺著　幼獅文化事業公司　八十一年四月四印
馬頭琴　莊展鵬撰　遠流出版事業公司　八十一年十月初版一刷
彼得潘　（英）巴利著、梁實秋譯　九歌出版社　八十一年四月十日初版五印
大俠・少年・我——一九九二年海峽兩岸少年小說徵文作品集　聯經出版公司　八十二年四月初版
長襪子皮皮冒險故事　（瑞）林洛倫著、任溶溶譯　志文出版社　一九九三年三月初版
尼爾斯奇遇記　（瑞）拉格勒芙著、蕭逢年譯　志文出版社　一九九三年三月初版
狼王羅勃　（美）西頓著、齊霞飛譯　志文出版社　一九九三年十一月初版
鐵絲網上的小花　（義）英諾桑提著、林海音譯　麥田出版有限公司　一九九四年十二月初版二刷
聽那鯨魚在唱歌　（美）黛安雪登著、張澄月譯

麥田出版有限公司　一九九四年十二月初版二刷

森林大熊

（德）約克坦那著、袁瑜譯

麥田出版有限公司　一九九四年十二月初版二刷

附錄

淺語與童話敘述

國民教育研究學報，第1期，111～134頁，民84年，國立嘉義師院初等教育研究所

摘　要

童話創作所運用的語言，應該是兒童容易理解、樂於接受、能夠感受的「淺語」。

本論文首談童話作家所以要用「淺語」創作的理由，次論「淺語」的特色及效果，再論及「淺語」的鍛鍊，最後全面性探討童話語言運用的技巧。

本論文旨在提示童話作者，把握「淺語」的特色及運用原則，落實到實際的創作上，使淺語的運用能與敘述的技巧相得益彰，以提昇童話的創作水準。文中徵引名家文例，分析解說，務求深入淺出，盼望讀者能獲得觸類旁通、舉一反三的助益。

壹、前言

資深兒童文學名作家林良先生曾撰寫〈兒童文學——淺語的藝術〉一文，就他長期從事兒童文學創作的經驗和體悟，提出「淺語」的概念：

兒童跟成人所使用的是同一種語言，就是指使用國語來說的。不過兒童對國語的使用，跟成人有程度上的差異。兒童所使用的，是國語裡跟兒童生活有關的部分，用成人的眼光來看，也就是國語裡比較淺易的部分。換一句話說，兒童所使用的是「淺語」。這「淺語」，也就是兒童文學作家展露才華的領域。（註1）

因為「兒童跟成人所使用的是同一種語言」，而語言的深、淺又不是絕對的，全視使用的時機和對象而定；更因為所謂「淺語」，實在沒有一定的標準，當然就難以為它下精密的定義。林先生雖然只是約略的提到「淺語」的性質和範圍，但是，一位資深作家運用「淺語」從事創作的體認，卻是值得加以深思的：

一、就語言使用的實況來說，兒童跟成人所使用的既然是同一種語言，則兒童文學的語彙、語法、章法，當然和一般的成人文學並無二致。童話作家在創作時，根本就無需、也不可能另創一套遷就兒童的語法、章法或修辭等專供童話創作使用的「兒童語法與修辭學」。換句話說，如果兒童已經能夠理解或適應成人作家平常所運用的語言，又何苦降格以求，非模仿或運用「兒童的口吻與腔調」去創作不可呢？現代的童話作家，只要能夠把握現代語言的特色，只要能夠靈活運用現代的口語，大可運用他精熟拿手的語言去從事童話創作。大陸童話作家曹文軒先生就很堅決地表明說：

我要說我這個年紀上的人應該說的話，不是拿腔拿調扮成兒子樣。但我又確實想著：

我既是對老子們說話，又是對兒子們說話。（註2）

「既是對老子們說話，又是對兒子們說話」，只要是兒童在理解上沒有障礙的語言，都是創作童話的語言，都是「淺語」。

二、就語言深淺的層次來說，童話既是為兒童而創作的，童話作家當然要考慮到兒童的經驗及思想層次，所運用的語言就必須落實在「比較淺易的」、「跟兒童生活有關的」層次上。兒童的生活、思想、感情，原本就單純樸直，所使用的語彙也不如成年人深刻複雜。如果作家只知道用自己能懂的語言來創作，那就是只顧著「對老子們說話」，卻忘了「又是對兒子們說話」了；那麼他所運用的語彙就會超出兒童的理解層次，那就不是淺白易懂的「淺語」了。

作家在從事創作時，雖然要注意到他的讀者對象，要自發性地選擇直接有利於創作對象閱讀的語言；可是，也不能因而就降低自己的語言水準。當一個童話作家用心去創作時，他的心思是放在兒童的生活層次及思想經驗上，而不是去猜測兒童會喜歡什麼樣的語言。他既要使用兒童能懂的語言，也要用合乎自己水準的話，力求維持自己的語言水準和風格，使兩者達到圓滿的平衡；否則，他就是在糟蹋自己，就是在敷衍兒童，這對他自己或兒童都是有害的。

貳、淺語是口語化文字

「淺語」既是對大人們說的話，又是對兒童們說的話，當然是一種老少咸宜、活潑易懂的「口語化」文字。

一個時代有一個時代的文學，文學的時代性，就在於能夠充分反映那個時代風貌的語言。每個時代的文學，無不建立在當代口語的基礎上；文學作品如果不能「口語化」，必然會失去時代性。「國語文」或「白話文」，其實就是文字與語言結合的「口語化」文學。口語是有時代性的，口語文學的真諦，就在於：每一個時代的人，都應該用那個時代的語彙和語法，寫出自己真正所知、所感、所見、所聞的經驗或情意；不用自己不熟悉的語言，也不寫不真實的語言，一定要情動於衷，才發為真摯誠懇的文字。新時代有新時代的事物、思想和感情，新事物的描述，新思想的傳達，新感情的抒發，都必須運用語、文密切結合的新口語——「國語」才足以發揮。以新時代的「國語」做為文學創作的語言，才能真正的達到「是什麼時代的人，說什麼時代的話」（註3）的文學理想。

作家以民間通用的、新的、活的、豐盛的、易懂的、普遍可以接受的「口語」做基礎，提煉成文學的語言，才能創作出真正具有開創性、鮮明性、生動性的「國語文」或「白話文」。更因為口語是有時代性的，它不斷在開創，在包容，因此，產生了很多有創造性和時代性的新語彙，這些新語彙是作家們苦心收集、擷煉、創造出來的，它們豐富了「國語」的內涵，發揮了口語的魅力。用它們來創作，必能嶄新文學的氣象。

童話作家當然要使用飽含口語化特色、最適宜抒情達意的現代國語從事創作。以下是林良先生寫的幾段充滿口語神韻，把「淺語」運用得活靈活現的文字：

我最喜歡看的就是這些帶狗出來散步的人。他們帶出來的狗，甚麼樣子都有。要不是我在門縫兒看得多了，我眞不敢相信世界上的狗會有那麼多種。我看到的狗，除了像我這樣的狐狸狗以外，還有凶糾糾的狼狗，像個巨人的牧羊狗，像個小獅子的哈巴狗，一臉橫肉的老虎狗。只有一種狗是「自己散步」的，那就是「土狗」。「土狗」的意思就是「本地狗」。這種狗因爲很便宜，大家都買得起，所以也就不怎麼愛惜。養狗的人都喜歡養「外國狗」，因爲外國狗值錢。

其實土狗也是很漂亮的。土狗要是到外國去，就成了外國人的「外國狗」，只要賣貴一點，我想外國人也會很喜歡牠，也會每天帶牠出去散步的。我最關心的，是那幾隻跟著主人出來散步的白狐狸狗。我很羨慕那幾隻狗，很希望有一天「爸爸」也能帶我出去散步。每次有這種狗從大門前經過，我就會對著那隻狗大叫幾聲：「散步散步散步！」那隻狗就會跟我開玩笑說：「出來出來出來！」（註4）

由於作者懂得用「狗眼」來看狗相，用「狗嘴」來說狗話，因此，文字極盡口語的精妙。語彙是那麼熟悉親切，語意是那麼清晰明白，語氣是那麼幽默生動，語調是那麼流利順口；「散步散步散步」，「出來出來出來」，摹聲摹狀的，情味無窮。這麼「口語化」的文字，不但兒童喜歡，連大人也會愛不釋手。

我們不妨回頭讀讀《馬頭琴》開端的那段敘述：

小白馬睜著大眼睛，把頭靠著蘇和，輕輕搖著小尾巴，看起來有點傻。「不要怕，有我來照顧你，包管你長得快又壯。」蘇和一邊說，一邊就帶牠回家。

小白馬眞是好伙伴，天天跟著蘇和到處跑。

白天，他們一起到大草原去牧羊。不管蘇和騎馬跑多遠，小白馬也會搖搖擺擺的追到他身邊。

晚上，蘇和吹著笛子，小白馬跟著點頭又踏腳，有時候還昂頭嘶叫，逗得蘇和忍不住哈哈大笑。玩累了，小白馬就靠在他的身旁，陪他一塊睡覺。

就這樣，小白馬一天天長大了。（註5）

作者有意交錯運用ㄚ、ㄤ、ㄠ、ㄢ四種開口呼的字眼，做不規則的押韻，譜成「一種牧歌的調子，來詠唱草原民族的歡樂」（註6）。我們讀著這一段文字，馬上可以感受到字裡行間所洋溢的那股輕快、爽朗、坦蕩的氣韻。作者洗鍊的文字敘述，淋漓盡致地發揮了口語的自然美和節奏美。

安徒生的童話所以深受喜歡，就是因為他重視口語節奏，因而產生悅耳的韻調和語氣。他說：

在我初次出版的這一冊童話裡，我不過像穆扎烏斯（德國諷刺小說家，1735-1787 A. D.）那樣用自己的手法敘述了我兒童時期聽到的古老故事。仍在我的耳朵裡回響的這些故事的韻調；聽起來似乎很自然，……。

我們的一些第一流喜劇演員試圖在舞台上講我的小故事。這是新鮮事物，是對觀眾聽厭了的詩朗誦的一次大改革。所以《堅定的錫兵》《牧豬人》和《陀螺與球》都在皇家劇院和私營劇院的舞台上講過，很受歡迎。爲了把讀者置於恰當的地位，我採取了講故事的

態度，……我寫在紙上的，正是我親自用口語向小朋友們講故事的那種語言和語氣，我深信不同年齡的人都會對它們感興趣。（註7）

安徒生就是運用了宛如「講故事」的口語表達技巧去創作童話，所以不只是適合閱讀，更適合朗頌或講述。這是因為他的口語敘述，產生了悅耳的語氣和腔調，創造了迷人的韻味。

天氣冷得可怕。正在下雪，黑暗的夜幕開始垂下來了。

讀起來比：

天寒地凍，雪花紛飛，已經是陰暗的黃昏了。

不只淺白易懂，而且文氣流暢，樸質可愛。

但是，口語絕不是「兒語」，「兒語」是幼兒說出的一些語詞支離破碎、語意模糊不清、句式不完整的語言，是一種曖昧不清的「保母語詞」（註8）。例如「乖乖吃糖糖」、「寶寶睡覺覺」、

「我們去坐嘟嘟（汽車）」、「媽媽抱抱、帶寶寶去看咩咩（羊）」。經過篩選的「保母語言」，偶爾用在特殊情節中描述稚幼兒童天真無邪的說話情狀，以製造生動風趣的氣氛，倒是無可厚非；但是，如果一個作家竟然樂此不疲，刻意矯情造做，專門喜歡用一些「牙牙兒語」，還一廂情願地自以為逸趣橫生，那就太走火入魔了。

「淺語」來自於普遍流行的生活語言，然而，無趣的土腔、鄙語，冷僻、艱深、晦澀、抽象的詞彙，佶倔聱耳、忸怩作態的語句，不但輕浮而且會傷害了口語的自然純美，尤其忌諱。

參、淺語需要鍛鍊

「淺語」雖然崇尚順口平淺，但若運用不當，卻易流於粗糙低俗，因此，必須注意鍛鍊，以求精緻。鍛鍊的手段，就是使它精確化、鮮明化。

一、精確化

所謂「精確」，就是「恰到好處」——增一分則太長，減一分則太短，傅粉則太白，施朱則太赤。精確的語言，一定是語彙簡潔貼切、語意肯定明確、句式扼要完整的。

一個童話作家，無論是描寫一個人或敘述一件事，都應該仔細地挑選貼切的語彙，而不應心存「意思差不多」、「這樣寫就好了」的草率態度。用那一個動詞才能使人物描寫得生動傳神？用那一個名詞才能忠實地把名物指稱出來？用那一個形容詞才能使事物的性質鮮明？用那一個連接詞才能使前後文字流暢連貫？用那一個語尾助詞才能使語氣完整、腔調動人？對這個所要使用的語彙，作家都要做「唯一」的選擇。用心推敲，只要有一絲絲不滿意的感覺，便絕不罷休，非到心中覺得穩當妥切不可。

《賣火柴的小女孩》一開頭，安徒生是這樣描寫的：

天氣冷得可怕。正在下雪，黑暗的夜幕開始垂下來了。這是這年最後的一夜——新年的前夕。在這樣的寒冷和黑暗中，有一個光頭赤腳的小女孩正在街上走著。是的，她離開家的時候還穿著一雙拖鞋，但那又有什麼用呢？那是一雙非常大的拖鞋——那麼大，最近她媽媽一直在穿著。當她匆忙地越過街道的時候，兩輛馬車飛奔著闖過來，弄得小姑娘把鞋跑落了。有一隻她怎樣也尋不到，另一隻又被一個男孩子撿起來，拿著逃走了。男孩子還說，等他自己將來有孩子的時候，可以把它當做一個搖籃使用。

現在這小姑娘只好赤著一雙小腳走。小腳已經凍得發紅發青了。她有許多火柴包在一個舊圍裙裡；她手中還拿著一扎。這一整天誰也沒有向她買過一根；誰也沒有給她一個銅板。

可憐的小姑娘！她又餓又凍地向前走，簡直是一幅愁苦的畫面。雪花落到她金黃的長頭髮上──它卷曲地鋪散在她的肩上，看上去非常美麗。不過她並沒有想到自己漂亮。所有的窗子都射出光來，街上飄著一股烤鵝肉的香味。的確，這是除夕。她在想這件事件。

（註9）

這段文字交錯而集中地描述在「天氣冷得可怕」的時空下，小女孩「又饑又凍地向前走，簡直是一幅愁苦的畫面」──天「正在下雪，黑暗的夜幕開始垂下來了」，這時分，一般的小孩子都已經回到溫暖的家了，可是，這個可憐的賣火柴小女孩，卻還兀自「在這樣寒冷和黑暗中」，「光頭（沒有包頭巾或戴帽子）赤腳」地在街上走著，她的一雙小腳，早已「凍得發紅發青了」，雪花又不斷地飄落到她金黃的長頭髮上──這樣的敘述，已讓小讀者不覺既寒又冽，好個「冷得可怕」的除夕夜！在這樣的冰天雪地裡，光頭赤腳地在街上走，是任誰也無法忍受的，小女孩何其不幸啊，她必須冒著風雪，在外兜售火柴──「她有許多火柴包在一個舊裙裡；她手中還拿著一扎。這一整天誰也沒有向她買過一根；誰也沒有給她一個銅板。」──小女孩的處境，是何等的悽愴愁苦。而追敘小女孩失落拖鞋的文字——她離開家的時候還穿著一雙「非常大」、是「媽媽一直在穿著」的大拖鞋，「那麼大」的拖鞋，對一個在冰天雪地行走的小女孩，本來就無濟於事，卻又遇造化弄人——「當她匆忙地越過街道的時候，兩輛馬車飛奔著闖過來，弄得小姑娘把鞋跑落了。有一隻她怎樣也尋不到，另一隻又被一個男孩子撿起來，拿著逃走了。男孩子還說，等他自己將來有孩子的時候，可以把他當作一個搖藍使用。」文字簡鍊生動，並以誇張戲謔的筆法，做了強與弱、幸與不幸的對比，更深刻地凸顯小女孩坎坷的命運與遭遇。

再看安徒生在《醜小鴨》開頭那段描繪鄉下景色的文字：

> 鄉下眞是非常美麗。這正是夏天！小麥是金黃的，燕麥是綠油油的。乾草在綠色的牧場上堆成垛，鸛鳥用它又長又紅的腿子在散著步，嚕嗦地講著埃及話。這是它從媽媽那兒學到的一種語言。田野和牧場的周圍有些大森林，森林裡有些很深的池塘。的確，鄉間是非常美麗的，太陽光正照著一幢老式的房子，它周圍流著幾條很深的小溪。從牆角那兒一直到水裡，全蓋滿了牛蒡的大葉子。最大的葉子長得非常高，小孩子簡直可以直著腰站在下面。像在最濃密的森林裡一樣，這兒也是很荒涼的。這兒有一隻母鴨坐在窠裡，她得把她的幾個小鴨都孵出來。不過這時她已經累壞了。很少有客人來看她。別的鴨子都願意在

溪流裡游來游去，而不願意跑到牛蒡下面來和她聊天。（註10）

夏天的鄉下，景色是如此地「非常美麗」——金黃的小麥、綠油油的燕麥、綠色的牧場、堆成垛的乾草。先描繪出眼下的田野近景，繼而範圍逐漸擴大，牧場外是大森林，森林中點綴著深池塘，點綴著一幢老房子。由面而點，再由點而面——房子的周圍有幾條很深的小溪，從牆角一直到水裡，滿滿地蓋著牛蒡大葉子。以上全是靜態的描繪，卻錯落有致，精確不紊，好像一幅美麗的風景畫。在這一幅靜態的風景畫中，又依稀地看到腿子又長又紅的鸛鳥一面散步著，一面張嘴嚕嗦地說著埃及話；太陽的光芒也正照射著房子；又大又高的牛蒡葉，突兀的佇立著；鴨子在溪流裡游來游去，整個畫面不由得就動了起來，而盎然的綠意，顯得更活潑朝氣。在圖景的一角，一隻母鴨無奈地靜坐在窠裡孵蛋，動中有靜，動靜分明，栩栩如生。在這一幅遼闊的圖景中，每一個物件，各有各的顏色、狀態或神情，各自獨立，卻互相搭配得很完美，令人不得不佩服安徒生描繪的精確和細膩。

運用的語彙要精確，才能使整個句子的表達或整體的敘述達到所預期的最好效果。因此，千萬要避免使用意思難以掌握的語彙，敘述時，如果對某一語彙的意思無法確切瞭解，那就表示極有可能會用錯；錯用了語彙，不但無法精確地表情達意，讀者也可能無法準確地看懂文句的意思，甚至要會錯意，那就太粗心大意了。因此，基本上應該多選用詞性差異大、結構巧妙、音調鏗鏘、韻律優美、意思明確的語彙來敘述。

精確的語彙，來自作家仔細斟酌，精益求精，絶不允許有絲毫馬虎，更不允許自己有蒙混的念頭，隨隨便便找一些意思差不多的語彙、詼諧流氣的字眼，去遂行詐騙讀者的勾當，那是很不負責任的做法。對兒童來說，「你有你的，我有我的方向。」的歐化句子，絶對比不上「我們喜歡的東西不一樣」來得簡潔精確。抽象的、概念化的、語意不明確的語彙，都是創作童話時要極力避免的。

二、鮮明化

鮮明化的語彙，就是清新、活潑、明朗的語彙，可以把景物的圖象、事件的實況或人物的情態，明朗而具體地描述出來，給讀者一個清晰生動的印象。

運用鮮明的語彙去描述人物，可以使人物更婀娜多姿，甚至使讀者情不自禁地想伸出手去撫摸他們。我們再來看林良先生如何用鮮明的語彙，來描述那隻活生生的狗：

> 每天早上四點多鐘，天還是黑黑的時候，送國語日報的人就到了。他是騎車的，所以

不大容易聽到他來的聲音。可是他一到了大門外，我就能聞到他身上的氣味。他的氣味我聞慣了，所以只要聞到那氣味，我就知道送報紙的人到了。除了他身上的氣味以外，還有報紙上的油墨香氣，也是我聞慣了，特別愛聞的。因爲我能靠鼻子認人，所以就不會在不該叫的時候亂叫。報紙扔進院子，總有那一聲「啪」的聲音。聽到了那聲音，我就低低的回答一聲：「好。」算是跟送報的人打了個招呼。

還有那送牛奶的，每天到得也很早。我只要聞到他身上的氣味，聞到那牛奶的香氣，我就放心了。我低低的說一聲「好」以後，任憑他在大門底下卡搭卡搭的拿走空瓶子，放好鮮牛奶，我連動也不動，因爲我知道他是熟人，他做的並不是壞事。我一點兒也不用操心。我操心的反倒是他走了以後，放在門邊的那兩瓶牛奶。我得看好那兩瓶牛奶，不能讓壞人把兩瓶牛奶摸走。

如果我沒有一個好鼻子，每天送報紙的人一到，我就大叫一陣，送牛奶的一到，我又大叫一陣，這不是要鬧笑話了嗎？每天早晨都要鬧兩次笑話，這還算是一隻好狗嗎？

守夜並不是一件簡單的事。爲了守夜，我差不多整夜都不敢睡。我的眼睛就像手電筒，整夜的照照這邊，照照那邊，一點兒也不敢大意。有時候我實在很睏了，就臥在肥皂箱外，閉著眼睛休息一會兒。不過那樣休息也並不舒服，我的耳朵照樣「醒」著，我的鼻子也照樣「醒」著，只要有一點點響聲，一絲絲古怪氣味，我就會忽然驚醒過來，一跳跳了起來，對著大門口站好，準備好了大叫一場，準備好了跟壞人拚命。（註11）

守夜的狗，眼睛就像「手電筒」，整夜的「照照這邊，照照那邊」；牠的耳朵和鼻子也都「醒」著，時時「監視著」任何可能發生的突發狀況。而敏銳的嗅覺，更使牠熟悉各種聞過的味道，牛乳的香氣、送報人及送牛奶的人身上的味道、報紙的油墨香氣，牠都很熟悉；牠知道，什麼味道是好人的，什麼味道是壞人的，牠還會跟好人說「好」。這樣的描述，把一隻靈犬的機警、盡責、能幹，非常鮮明地寫出來，令讀者情不自禁地想走近看看牠，想伸手去摸摸牠。

我們特別要注意的幾個語彙是，林先生用「手電筒」來譬喻狗的眼睛，所以它們是整夜地「照照」這邊，「照照」那邊；而牠的耳朵是「醒」著的，鼻子也是「醒」著的，任何一點點聲響，一絲絲古怪氣味，都休想逃過。「手電筒」、「照照」、「醒著」是三個文眼，整段文字所以能夠把狗描寫得那麼鮮明，就是得力於這三個語彙。

蘇樺先生的《陀螺墾地》，描述神仙下凡的那段文字，用語也相當鮮明：

當時的大霸尖山山區，已經有很多很多泰雅族山胞，結社聚居在這座山上。他們一邊勤勞地工作，一邊唱著愉快的山歌。

「我倒要看一看，這些唱著快樂而動聽的歌聲者，究竟是怎樣的人？他們爲什麼這樣快樂？難道他們沒有痛苦和困難？」

大神這樣一想，就搖身一變，化做一個英俊健壯的青年，連蹦帶跳地一路唱著歌，走下山岡。

這時候，有一位泰雅族的姑娘。她是全族最最漂亮的姑娘，正在山腰上的樹林裡採野果，忽然看見一個英俊健壯的年輕人，輕輕快快地唱著歌走過來。在這以前，她從來沒有見過這麼可愛的青年男子，因此她就停下手裡的工作情不自禁地上前問：

「嘿！你是那裡人，我以前好像沒有見過你？」

大神被她這樣一問，立即停下腳步。他端詳一下面前的姑娘，也被她的美麗吸引住了。「我剛從天上下來，你叫我鐵波好了。姑娘，我願意跟你做個朋友。你的芳名是——」他很溫文有禮的回答。

「我呀！我的名字叫綺而美。是這山上的人。」姑娘經這樣一問，倒有點不好意思起來，羞答答地這樣回答。（註*12*）

以「一邊勤勞地工作，一邊唱著愉快的山歌」，描述了泰雅族人開朗樂觀的性格和生活態度。而天神「化做一個英俊健壯的青年，連蹦帶跳地一路唱著歌，走下山岡」；他「端詳一下面前的姑娘，也被她的美麗吸引住了」；「你叫我鐵波好了。姑娘，我願意跟你做個朋友。你的芳名是——」，展現了祂豪邁、瀟灑、浪漫的個性。「她是全族最最漂亮的姑娘，正在山腰上的樹林裡採野果」，表現了綺而美的美麗嫻淑；當她回答天神：「我呀！我的名字叫綺而美。是這山上的人。」後，竟又「有點不好意思起來」，就更流露出她樸實大方、純真矜持的氣質。造語鮮明，簡潔有力，數語之間即能凸出地描繪出人物性格氣質及活潑生動的情趣。而且語調輕鬆暢快，使讀者留下深刻的印象。

任何文學作品，都必須以精確鮮明的語言去敘述整理才能完成；而這一個步驟尤其重要，這是任何一個老練的作家都不敢掉以輕心的。一個童話作家，如果能把握淺語的特色，瞭解淺語的最新變化趨勢，必能將所熟悉的語彙加以鍛鍊，然後透過各式各樣的語法結構及優越的修辭技巧，融鑄出自己的語言風格，形成自己獨特的筆調，當然能創作出風味出衆、獨樹一幟的作品。

肆、童話的敘述

敘述的目的在於描寫，換句話說，一切景況的描繪、人物的描摹、事態的描寫，都必須靠敘述去完成。景況一般都是靜止的，透過語言的描繪，因而窮形盡態，歷歷在目。事態稍縱即逝，難以持久，經過一番描寫，得以活生生地重現真象，喚醒記憶。人物描摹最難，因為人物性格最複雜，心思變化又大，不易把握，而且言談舉止、神情姿態、語調聲口各有特色，想把人物描摹得維妙維肖，更需要有優越的敘述能力和技巧。童話作家尤其需要像畫家那樣，用「淺語」將一切的景況、事態、人物，簡扼地、生動地、浮雕似地呈現在讀者眼前。

童話中用來敘述的語言，主要包括「人物語言」與「敘述語言」兩種。「人物語言」是指人物的對話或獨白，由於在書面上是由人物直接說話或表達，可以說是「直接敘述」淺語；「敘述語言」是指由作家自行對人事景物所做的概括性敘述或描寫，是「間接敘述」淺語。

一、人物語言的運用

「人物語言」是作家根據人物的身分、地位、個性、思想、氣質、感情、生活習慣等條件，選擇最貼切的語言，透過人物的口吻表達出來。人物語言要避免庸俗化、蕪蔓化，作家尤其忌諱把人物「傀儡化」，成為機械式的傳聲筒，以致人物的語言流於刻板無味，無法鮮明生動地呈現出人物的音容笑貌來。

人物語言的極致表現，是讓人物了無遮掩地在讀者面前表達或說話，讓讀者沒有隔閡地直接碰觸到這個人物，好像真正看到這個人物一般。人物語言包括「人物對話」及「人物獨白」兩種。

（一）人物對話

「人物對話」有揭露性格、表現情意、交代細節、展現衝突、製造懸疑等功能。

小燕子和快樂王子不期而遇，隨即展開一番動人的對話：

快樂王子的眼裡裝滿了淚水，淚珠沿著他的黃金的臉頰流下來。他的臉在月光裡顯得這麼美，叫小燕子的心裡也充滿了憐憫。

「你是誰？」他問道。

「我是快樂王子。」

「那麼你爲什麼哭呢？」燕子又問；「你看，你把我一身都打濕了。」

「從前我活著，有一顆人心的時候，」王子慢慢地答道，「我並不知道眼淚是什麼東西，因爲我那個時候住在無愁宮裡，悲哀是不能夠進去的。白天有人陪我在花園裡玩，晚上我又在大廳裡領頭跳舞。花園的四周圍著一道高牆，我就從沒有想到去問人牆外是什麼樣的景象，我眼前的一切都非常美。我的臣子都稱我做『快樂王子』，不錯，如果歡娛可以算做快樂，我就的確是快樂的了。我這樣地活著，我也這樣地死去。我死了，他們就把我放在這兒，而且立得這麼高，讓我看得見我這個城市的一切醜惡和窮苦，我的心雖然是鉛做的，我也忍不住哭了。」

「怎麼，他並不純金的？」燕子輕輕地對自己說；他非常講究禮貌，不肯高聲談論別人的私事。

「遠遠的，」王子用一種低微的、音樂似的聲音說下去。「遠遠的，在一條小街上有一所窮人住的房子。一扇窗開著，我看見窗內有一個婦人坐在桌子旁邊。她的臉很瘦，又帶病容，她的一雙手粗糙、發紅，指頭上滿是針眼，因爲她是一個裁縫。她正在一件緞子衣服上繡花，繡的是西番蓮，預備給皇后的最可愛的宮女在下一次宮中舞會裡穿的。在這屋子的角落裡，她的小孩躺在床上生病。他發熱，嚷著要橙子吃。他母親沒有別的東西給他，只有河水，所以他在哭。燕子，燕子，小燕子，你肯把我劍柄上的紅寶石取下來給她送去嗎?我的腳釘牢在這個像座上,我動不了。」

「朋友們在埃及等我,」燕子說。「他們正在尼羅河上飛來飛去,同大朵的蓮花談話。他們不久就要到偉大的國王的墳墓裡去睡眠了。那個國王自己也就睡在那裡他的彩色的棺材裡。他的身子是用黃布緊緊裹著的,而且還用了香料來保存它。一串淺綠色翡翠做成的鏈子繫在他的頸項上,他的一隻手就像是乾枯的落葉。」

「燕子,燕子,小燕子,」王子要求說,「你難道不肯陪我過一夜,做一回我的信差麼?那個孩子渴得太厲害了,他母親太苦惱了。」

「我並不喜歡小孩,」燕子回答道,「我還記得上一個夏天,我停在河上的時候,有個粗野的小孩,就是磨坊主人的兒子,他們常常丟石頭打我。不消說他們是打不中的;我們燕子飛得極快,不會給他們打中,而且我還是出身於一個以敏捷出名的家庭,更不用害怕。不過這究竟是一種不客氣的表示。」

然而快樂王子的面容顯得那樣地憂愁,叫小燕子的心也軟下來了。他便說:「這兒冷得很,不過我願意陪你過一夜,我高興做你的信差。」

「小燕子,謝謝你,」王子說。

燕子便從王子的劍柄上啄下了那塊小紅寶石,啣著它飛起來,飛過櫛比的屋頂,向遠

處飛去了。（註13）

王子和燕子，本是兩個人生閱歷和性格背景截然不同的人物。王子因為看盡了城市裡的一切醜惡和窮苦，早已收斂了歡樂玩世的情懷，變得悲天憫人了；而燕子依然抱著浪漫享樂的態度。當燕子被王子的淚水滴濕了身子時，立即不耐煩地問王子：「你是誰？」並且向他抱怨：「那麼你為什麼哭呢？」「你看，你把我一身都打濕了。」於是王子向牠娓娓敘述自己的身世——他生前是住在無愁宮裡的「快樂王子」，看不到宮外人間真實的景象，不知人間有醜惡和窮苦，以為人生「一切都非常美」。而今，他真正地看見了「這個城市的一切醜惡和窮苦」，他為過去的天真和無知感到懺悔和痛苦，因而從心裡發出悲憫不忍的感觸，所以「我的心雖然是鉛做的，我也忍不住哭了。」王子的訴說，雖然讓燕子感到詫異，但牠卻無法立即體會王子的心境；一來，牠天生就是個浪漫的旅者，只知任情地到處遨翔冶遊，二來，牠受夠小孩粗野的攻擊，痛恨人類的醜惡和無情。牠一面傾聽著王子的肺腑心聲，卻故做無動於衷：牠雖然很禮貌地回應王子，卻盡是說一些漫不經心的話。此刻，牠一心一意要趕快飛到埃及去，牠心裡想的只有埃及——尼羅河上、大朵蓮花、偉大的國王墳墓和彩色的棺材。

王子和燕子第一回合的對話，是那麼南轅北轍，實在令人氣結。

王子為了救助那位生病發熱、嚷著要橙子吃的貧窮小孩，連續兩次向燕子苦苦哀求做一回他的信差；他的哀求，聲聲令人動容，可是燕子總是有充足的理由加以回絶。直到王子絶望得「面容顯得那樣地憂愁」了，小燕子的心才軟化，勉強答應做他的信差。「小燕子，謝謝你，」王子總算了卻了一樁心願，他的語調充滿感激和喜悅。

這一節對話，處處展現著兩個人物不同的性格和處境。兩人說話的神態和語氣是那麼不搭調，彼此的心裡有著對立，氣氛並不和諧，王子的哀求一直得不到燕子爽快的應允，不但讓讀者焦急，也製造了不少懸疑的效果。最後話鋒一轉，以圓滿收場，事件的發展有了出人意表的突變。王爾德在對話的設計上頗費心力，既營造了令人摒息以待的氣氛，更應合人世情理，緊緊抓住了讀者的心理。

精彩的對話，可以使情節的敘述更有變化，人物性格更生動凸出；反之，則沉悶呆板，讀來索然無味。因此，對話的設計要合適貼切：

1. 切合身分：要注意什麼人說什麼話，對什麼人說什麼話。說話人的年齡、教養、性格、興趣、經驗的不同，說話所用的語彙、語式語法、內容層次、語氣的輕重緩急都要適切的調整和變化，才能創塑鮮明的人物性格。

2. 適合場面及時機：什麼場面或時機要說什麼話，什麼話不適合說，作家都要事先安排好，使

對話能和情節的發展相吻合，才能達到凸顯人物性格，傳達主題的積極效果，而不致蕪蔓無趣。

3.具體精要而自然：人物對話的內容要經過嚴格取捨，不能只是一般性的說話或寒暄語，必須具體而自然。由於具體，人物才真實可感，形象才會鮮明深刻；因為精要，只說該說的話、有用的話，才能避免囉嗦；因為自然，才更合乎人性情理，才有可信性和說服性。

4.契合情節的發展：人物的作用推動情節，所以人物的對話也要配合情節的發展，否則就會顯得突兀而扞格不入。不管在開端、發展、高潮或結局部分，人物語言都要把握適當的節奏，以營造適當的氣氛，給讀者心靈上的感受。

5.比例要勻稱：一篇童話中，對話應該占多少比例，本來沒有定則，但要注意與敘述語言搭配勻稱，恰到好處。通常在一段敘述後加入一段對話，若干對話後又出現敘述，交錯運用，最為合宜。

童話中，對話的設計，還要注意「對話指示詞」的運用。所謂「對話指示詞」，是指童話中用以概括、提示、勾勒人物心理和描摹人物說話時的神情姿態的描述語言。

通常童話作者所使用的「對話指示詞」，不外「說道」、「問道」、「喊道」、「叫道」，或「輕輕地說」、「喃喃地說」、「大聲地說」、「氣憤地說」、「大膽地說」、「反駁地說」、

「咆哮著說」、「驚訝著說」……，用語雖然略有不同，卻無法讓讀者清晰地感受到說話者的神情態度，以致說話者的臉孔都是一樣地模糊，沒有動人的面貌和神態。

出色而精彩的「對話指示詞」，不但可以概括描摹說話者的動作、神情、聲態、心理及言語特徵，而且對人物對話有提綱挈領、畫龍點睛的作用，可以更生動鮮明地表現人物的性格特色。將人物對話和「對話指示詞」聯繫起來對照印證，更可以加深讀者閱讀的興味，使他們獲得豁然明瞭的藝術品賞享受。因此，「對話指示詞」和人物對話，有著形影相隨、水乳交融的藝術價值（註14），童話作家應該重視，並且妥切安排及運用「對話指示詞」。

有時，作家把「對話指示詞」安排在人物對話前。王爾德的《少年國王》，當全身打扮著牧羊人模樣的少年國王將前往大殿接受加冕時，竟引起軒然大波，不論朝臣、百姓或主教，都對他的行徑做出不滿的舉動或發出不齒的批判。王爾德在各人的對話前面，都運用了不同的指示詞來加以標示。例如：

貴族們拿他取笑，有的對他叫起來：「……」有的動了怒說，「……」

百姓們笑著，嚷著：「……」

人叢中走出一個男人來，他痛苦地對少年國王說：「……」

兵士們橫著他們的戟攔住他說：「…………」

他氣紅了臉，對他們說：「…………」

老主教看見他穿著一身牧羊人衣服走進，便驚訝地從寶座上站起來，走去迎接他，對他說：「…………」

主教聽完了他的夢，便縐著眉頭說：「…………」

「對他叫起來」，「動了怒說」、「笑著，嚷著」、「痛苦地對少年國王說」、「橫著他們的戟攔住他說」、「氣紅了臉，對他們說」、「走去迎接他，對他說」、「皺著眉頭說」，不同的「對話指示詞」，向讀者提示或說明每一個說話者說話時不同的心理、神情、反應或態度。這也顯示，王爾德是如何審慎地根據他們不同的身分、教養、性格選用切當的「對話指示詞」，以鮮明地描摹出他們說話時的情狀。

有些「對話指示詞」，被作家安排在人物對話中間，例如：

媽媽回頭看芳子一眼，眨了眨眼睛。

「不便宜。」她簡單的說。接著她似乎感覺到芳子不高興，又用溫和的聲音說：

「可是，芳子，如果我能夠找到你所喜歡的雛祭人形，不管多貴，我都會給你買的。你知道，我已經給你預備了買雛祭人形的錢。」

「那麼你願意給我買了！三與公司裡有一套，好極了。」芳子湊到她媽媽身邊，用胳膊摟著媽媽說。（註15）

芳子中意那套售價高達七千五百元日幣的雛祭人形，這超乎了媽媽的經濟能力。媽媽先是直截了當地說了句「不便宜」，才發覺可能會傷了芳子的心，因而立即改用溫和的口吻安慰她一番，終於使芳子放了心，而且做出體貼善意的回應。這樣的處理，不但可以將複雜的人物對話切割開來，使人物對話的情境更為明確，並且可以避免對話的呆板和冗長。

有時，作家把「對話指示詞」安置在人物對話的後面：

「不成，我不能離開！」拇指姑娘說。

「那麼再會吧，再會吧，你這善良的、可愛的姑娘！」燕子說。於是他就向太陽飛去。拇指姑娘在後面望著他，她的兩眼裡閃著淚珠，因爲她是那麼喜愛這隻可憐的燕子。

「滴麗！滴麗！」燕子唱著歌，向一個綠色的森林飛去。（註16）

拇指姑娘救了受傷的燕子，當燕子療傷痊癒後，想帶著拇指姑娘一起飛走，拇指姑娘卻怕傷了田鼠的心而婉拒了。作者以敘述語言「拇指姑娘在後面望著他，她的兩眼閃著淚珠」，傳神地指示出拇指姑娘說話前後的神情，不但縮短人物對話的長度，使增添了人物對話的韻味，既收到簡潔緊湊的效果，也能將人物對話的結果，做了一個總結式的交代。

（二）獨白

「獨白」是人物最直接、最坦率的心理自剖，最能夠讓讀者具體明晰地瞭解人物真實的一面。

芳子的媽媽帶著芳子到百貨公司選購雛祭人形，她們雖然在百貨公司逛了一大圈，卻始終看不到中意的，媽媽怕芳子會生氣，就溫和而耐心地向她解釋：

她們看了大約三十分鐘，決定去百貨店的飲食部休息一會兒。她媽媽告訴她，她喜歡吃甚麼，就可以叫甚麼。芳子要了一塊熱蛋糕，一杯橘子水，和一杯豆果汁。媽媽要了一客冰淇淋。冰淇淋送來以後，媽媽一面吃，一面說：「芳子，關於雛祭人形的事，你讓我多考慮一下好不好？如果我實在找不到更好的，就買那對站著的親王和公主給你。你看這樣好不好？」

芳子驚奇的望著媽媽，因為她發覺，媽媽說話的語氣，從來沒有這樣認真過。

「芳子，我一心想把我自己的那套雛祭人形給了你。甚至現在，我對他們還記得很清楚。有時候我覺得，我還能夠用手摸他們，然後給你看，向你說：『你瞧，就是他們！』可是他們都燒掉了。我要給你的是我們兩人都中意的雛祭人形。」

芳子默默的吃完了豆果汁，又在吃蛋糕。

「芳子，我不知道你是不是聽懂我的話，可是你應該看出我說的那些雛祭人形和現在所看到的不一樣。我一切都是為你著想，希望給你最好的人形，我相信你外曾祖母給我那套雛祭人形的時候，也有這種感覺。那些人形並不是世界上最好的，但是我對他們有一種說不出的親切的感覺。甚至那些盒子，和盒子上的字，都對我有特別的意義。」

「現在，只有我們倆住在一起，我靠給人家做衣裳過日子。我小時候做夢也沒想到會有這一天，我相信我對那些雛祭人形的愛和關切，對我今天的工作很有幫助。人們都喜歡我所做的衣裳，說比商店裡賣的還好，你跟我就靠這個過日子。現在你明白不明白我的話？」

芳子點了點頭。並不是因爲她瞭解媽媽的話，而是因爲她發覺媽媽很認眞。並且一個在鄰座吃東西的老太太，也正在聽她媽媽的話，因此芳子不願意她媽媽再說下去。

「媽，好了。我等你找到那種雛祭人形再說吧！」芳子說。（註17）

媽媽希望給芳子的是「最好的」、「我們兩人都中意的」雛祭人形。她向芳子解說她心目中的雛祭人形，是令人「有一種說不出的親切的感覺」，對人「有特別的意義」，會影響人一輩子的雛祭人形。她小時候外曾祖母送給她的雛祭人形是那麼精雕細琢，甚至影響她一生的工作態度──「對我今天的工作很有幫助。人們都喜歡我所做的衣裳，說比商店裡賣的還好，你跟我就靠這個過日子。」媽媽是以如此虔敬的心情，想藉著雛祭人形來傳承一種難以言說的意義和精神，送給芳子一個終生受用不盡的禮物。這麼微妙高深的道理，並不是年幼的芳子所能瞭解的，她只是感覺到媽媽說話的神情「很認真」，很誠懇；她是被媽媽的這種神情所感動，因而相信媽媽一切都是為她設想的，所以決定一切完全由媽媽做主安排，她會耐心地等待著媽媽送給她的雛祭人形。

媽媽長長的獨白，節奏紓緩，氣氛祥和，更赤裸裸地表白她對芳子的「愛和關切」，她試圖讓芳子知道什麼才是最好的、最有意義的「雛祭節」禮物。

獨白，讓人物直接在書面上現身說法，不用作者的間接轉述，讓讀者有如直接面對說話者那樣，很容易進一步揣摹出說話者的神情、姿態和口吻，使人物的思想和感情無所遁形地完全流露出來，因而留下不可磨滅的印象，而且可以加速情節的推展，節省敘述的語言，縮減篇幅。

二、敘述語言的運用

童話的敘述語言，通常用在景況的描繪、人物行動及神態的描摹、情節發展的交代。作家在運用敘述語言時，首先要注意，敘述語言應居於主導地位，並有效地對人物語言發生統制約束的作用，以結合成一個和諧統一的敘事作品。其次，敘述語言也應該有作家獨特的風格，以獨特的語調和節奏，在敘述中流露對描寫對象的態度和情感，以營造出獨特適當的氣氛，給讀者特殊的感覺和印象。敘述語言絕不是庸弱平板的純中性語言，它應該常帶感情，展現作家特殊的文字韻味，形成作家的語言風格，以便對讀者產生引導性的影響作用。

（一）描繪景況

《烏龜大王亞特爾》(Yertle, The Turtle) 的開端，作者修斯博士用非常平和安詳的筆調，描寫亞特爾所統治的烏龜王國的景況：

在很遠很遠的沙拉馬松島上，有一個叫做亞特爾的烏龜，是那裡的一個池塘國王。那是一個美麗的小池塘，乾淨、清澈，池塘裡的水並且是溫暖的。吃的東西很豐富，只要是烏龜需要的，那兒都應有盡有。因此所有的烏龜都過得很快活。

在他們的國王亞特爾還沒感到他所統治的國土太小以前，他們是很快活的。（註18）

修斯博士的描繪首先告訴我們：這個池塘王國乾淨、清澈又溫暖，是個環境優美的地方；而住在這裡的烏龜子民，也都過著豐衣足食的快活日子。但是，作者的筆鋒陡然一轉，緊接著告訴讀者，這是在亞特爾國王「還沒感到他所統治的國土太小以前」的景況。作者顯然將提出自己的看法或批判，他強調以前的池塘王國是好的，所以他用了許多正面讚賞的語彙來描述，表示他對這種環境景況的肯定。「在他們的國王亞特爾還沒感到他所統治的國土太小以前」這句話，不但為以後即將展開的情節埋下伏筆，更起了銜接並開啟下面情節的作用。總之，相對於以後發生的種種事件，作者是喜歡並認同這種「快活」的太平歲月的。所以，除了客觀的敘述外，作者在字裡行間所滲透進的主觀意識和感情，已對讀者的閱讀產生某種程度的引導作用。

《貓王的故事》(Buttons)一開頭，作者就這樣描繪著：

他是一隻花貓。

他生在一條僻靜的巷子裡面。那條巷子又窄又髒，很少有人走過。巷子裡到處都是破盒子，空鐵罐，舊鞋子等破爛的東西。他生在這條僻巷的一個畸角的垃圾桶裡。（註19）

「花貓」，應該是漂亮的，象徵著優雅、可愛。可是，作者卻把花貓所處的環境，寫得很糟糕，又窄又髒。作者在此已向讀者們預示矛盾與衝突——這樣惡劣的地方，必定會有它的不平凡處，花貓生長在這個地方，勢必會發生什麼不平凡的事蹟。作者著墨不多，卻布設了一個氣氛詭譎的境況，所製造的懸疑頗能引起讀者的注意，期待著即將展開的情節。

(二)描摹人物

《井底蛙》(The Frog in the Well)（註20）的作者是這樣描摹這一隻已在井裡住了很久的青蛙：

因爲青蛙住在井裡很久，連他自己都不記得日子了，這使他產生了一種奇怪的想法。

他認爲他的井就是整個世界。

他不知道一朵雛菊是甚麼樣子，或是春天有甚麼氣味。他從來沒有坐在一塊木頭上整夜叫喚。他從來沒有在一個水百合的葉子上曬過太陽。他甚至不知道還有別的青蛙！他說：「世界不過是一些長了青苔的石頭，下面有一池水。」（註21）

對於認為牠所住的井就是「整個世界」的青蛙，牠當然沒有看過一朵雛菊的樣子，沒有聞過春天的氣味，不曾坐在一塊木頭上整夜叫喚過，更沒有在一張水百合的葉子上曬過太陽；而且，牠甚至以為牠是世界上唯一的一隻青蛙。牠所知道的世界，只「不過是一些長了青苔的石頭，下面有一池水」而已。作者很有層次地描述這隻井底蛙的孤陋寡聞，鮮明而有趣地凸顯了牠的幼稚和無知，使小讀者對牠的形象有了深刻的印象。

《小貓荷馬》（The Nine Lives of Homer C. Cat）（註22）的作者一開始是這樣地描摹這隻「九命貓」的：

荷馬跟推思普太太住在一起，他們兩個人相處得很愉快。荷馬最高興的，是推思普太太的閣樓上老鼠很多。同時，也因爲推思普太太認爲他是世界上最漂亮的小貓。

推思普太太最高興的，是荷馬會抓老鼠。同時，也因爲她認爲荷馬是世界上最漂亮的小貓。

的確，他是一隻快活的小貓，是一隻蹦蹦跳跳的小貓，是一隻身上有閃亮的斑紋的小貓。

他的低哼細叫，使整個屋子充滿著喵，喵，喵的快樂的聲音。

如果他不過分驕傲，那就太好了。

從他的銳利的耳朵尖端，到他那尾巴末尾彎曲的地方，他都感到驕傲。

他炫耀他那細小而尖銳的貓鬚。他炫耀他那閃亮的斑紋。他炫耀他的名字。

「荷馬」眞是個非常漂亮的名字。荷馬爲了有這麼一個響亮的名字而驕傲。

其中最讓荷馬感到驕傲的，是他有九條老命。不用說，九條老命是比任何動物都多的。

不幸得很，推思普太太很鼓勵荷馬的驕傲。（註23）

「荷馬」因為會抓老鼠，所以深得推思普太太的歡心，認為牠是世界上最漂亮的小貓；牠因此活得很快活，天天蹦蹦跳跳，到處低哼細叫，使整個屋子充滿著「喵，喵，喵」的快樂聲。推思普太太的縱容，使「荷馬」變得愈來愈驕傲，牠尤其驕傲於自己的「漂亮」。作者在描摹「荷馬」的形象時，就集中在「漂亮」與「驕傲」這兩個焦點上——小貓覺得牠全身的每一個地方都是漂亮的，包括牠銳利的耳朵尖端、彎曲的尾巴末梢、細小而尖銳的貓鬚、身上閃亮的斑紋，甚至連「荷馬」這個名字，牠也覺得非常漂亮，牠為這漂亮的一切感到莫名的驕傲；尤其牠有九條命，更值得驕傲一番。作者的敘述，鮮明地突出了「荷馬」喜歡自矜自憐的性格特質。

(三) 交代情節

在童話情節的發展中，作者有時必須做某些必要的交代，好把前後情節緊密地連接起來，以說明前後事件的關係。交代情節，更有補充說明情節或啟發讀者深入體會情節的功效。《自私的巨人》，第一個情節是：「每天下午，孩子們放學以後，總喜歡到巨人的花園裡去玩。」因為巨人的花園很「可愛」：

這是一個可愛的大花園，園裡長滿了柔嫩的青草。草叢中到處露出星星似的美麗花朵；還有十二棵桃樹，在春天開出淡紅色和珍珠色的鮮花，在秋天結著豐富的果子。小鳥們坐在樹枝上唱出悅耳的歌聲，牠們唱得那麼動聽，孩子們都停止了遊戲來聽牠們。

「我們在這兒多麼快樂！」孩子們互相歡叫。（註24）

藉這一段描繪花園景象的文字，說明為什麼「孩子們放學以後，總喜歡到巨人的花園裡去玩」的原因。有了這一段描述，孩子們所以「喜歡」的原因，就有了明確的交代，而「我們在這兒多麼快樂！」的歡叫聲，也因此自然而然地呼應出來。

第二個情節，因為巨人不允許孩子們進入他的花園遊戲，所以儘管春天已經來臨，花園卻仍然一片蕭條寒冷，巨人心裡總是納悶著：「我不懂為什麼春天來得這樣遲。」作者對這「一片蕭條」的景象，也做了這麼形象化的描繪：

春天來了，鄉下到處都開放著小花，到處都有小鳥歌唱。單單在巨人的花園裡卻仍舊是冬天的氣象。鳥兒不肯在他的花園裡唱歌，因爲那裡再沒有小孩們的蹤跡，樹木也忘了開花。偶爾有一朵美麗的花從草間伸出頭來，可是它看見那塊佈告牌，禁不住十分憐惜那些不幸的孩子，它馬上就縮回在地裡，又去睡覺了。覺得高興的只有雪和霜兩位。他們嚷道：「春天把這個花園忘記了，所以我們一年到頭都可以住在這兒。」雪用她的白色大氅蓋著草，霜把所有的樹枝塗成了銀色。她們還請北風來同住，他果然來了。他身上裹著皮衣，整天在園子裡四處叫吼，把煙囪管帽也吹倒了。他說：「這是一個很適意的地方，我們一定要請雹來玩一趟。」於是雹來了。他每天總要在這宅子屋頂上鬧三個鐘頭，把瓦片弄壞了大半才停止。然後他又在花園裡繞著園子用力跑。他穿一身灰色，他的氣息就像冰一樣。（註25）

鳥兒不肯來唱歌，樹木忘了開花。巨人的花園裡，任令霜雪肆虐，北風四處叫吼，冰雹也來玩一趟；王爾德發揮了驚人的想像力，集中描繪了這個風雪交加的場面，凝聚了凜冽肅殺的荒涼氣氛，讓小讀者不寒而慄。他的描繪，交代了巨人總覺得「為什麼春天來得這麼遲」的枯索心境，說明了巨人「他太自私了」的後果，更埋下了以後「巨人開放花園、接納孩子們」的伏筆，起了銜接、轉變情節的效果。

第三個情節，巨人因為看到了「從牆上一個小洞爬進了園裡來」遊戲的孩子們的歡樂情狀，「他的心也軟了」，他「為著他從前的舉動感到十分後悔」。於是，「他拿出一把大斧，砍倒了圍牆」，歡迎小孩們進入他的花園跟他一起玩：

每天下午小孩們放學以後，便來找巨人一塊兒玩。可是巨人最喜歡的那個小孩卻再也看不見了。巨人對待所有的小孩都很和氣，可是他非常想念他的第一個小朋友，並且時常講起他。「我多麼想看見他啊！」他時常這樣說。

許多年過去了，巨人也很老了。他不能夠再跟小孩們一塊兒玩，因此他便坐在一把大的扶手椅上看小孩們玩各種遊戲，同時也欣賞他自己的花園。（註26）

巨人的性格不但從此幡然大變，變得如此溫柔而多情。他更樂於接納小孩子，因此他得到了愛，也得到了上帝的垂顧。這一段敘述，啟導讀者對後來巨人的死——「你有一回讓我在你的園子裡玩過，今天我要帶你到我的園子裡去，那就是天堂啊。」——有一番深刻的體悟。透過這些交代性的敘述，更流露出王爾德對人性真善美的歌頌，傳達他唯美浪漫的信念及啟示。

敘述，也要能把童話中所有的相關情節周密地連貫起來，作家如果能注意設計安排出色的對話或獨白，必能使情節的發展一波接著一波，環環相扣，從「開端」到「發展」，進而推向「高潮」，終於「結局」。不但可以讓童話的情節綿密地組織起來，更可以使童話的內容生動具體地表現出來。

伍、結語

任何敘事性作品，最後都必須靠文字敘述加以完成；以呈現作品總體的成果。二十世紀以來，童話已發展成熟，成為一種新穎優美的文學體式；而且在講究敘述的精緻和純熟上，絕不稍讓於成人文學。童話作家在語言的選擇和運用上，也相當能把握使用「淺語」的分寸和原則。

再看，現代童話早已「小說化」了，除了敘事技巧不斷地推陳出新外，作家更是重視文字敘述效果的發揮。因此可以說，童話的創作，是「淺語」藝術化運用的文學活動。

童話作家一方面竭盡所能地進行敘述，不但增強了童話的精彩性；同時又能注重淺語的鍛鍊，汰蕪存菁，字字珠璣，更能建立自己獨特的文字風格，因而創作出饒富藝術氣息——新穎、生動、有趣、傳神的現代童話。

註釋

1 見林良著《淺語的藝術》，二一三頁。

2見桂文亞編《大俠・少年・我（上）》，二頁。
3見胡適著《文學改良芻議》，五七頁。
4見林良著《懷念》，一六一～一六二頁。
5見莊展鵬著《馬頭琴》，四～七頁。
6見前書末頁，〈作者簡介〉。
7見安徒生著、李道庸等譯《我的一生》，二三八～三二九頁。
8見註1，二一～二二頁。
9見葉君健翻譯、評注《新注全本安徒生童話3》，四二四～四二五頁。
10見《新注全本安徒生童話1》，二九頁。
11見註4，二三六～二三七頁。
12見蘇樺著《山地故事》，一一七頁。
13見王爾德著、巴金譯《童話與散文詩》，六～八頁。
14參閱劉安海著《小說創作技巧描述》，三二八頁。
15見（日）石井桃子作、朱傳譽譯《芳子的雛祭》，一六頁。
16見註10，一八〇頁。

17見註15，二〇～二二頁。
18見〔美〕修斯博士（*Dr. Seuss*）作、洪炎秋譯《烏龜大王亞特爾》，四～五頁。
19見〔美〕湯姆・洛賓遜（*Tom Robinson*）作、祁致賢譯《貓王的故事》，四～六頁。
20見〔美〕阿爾文・崔賽特（*Alvin Tresselt*）作、林海音譯《井底蛙》。
21見《井底蛙》，七頁。
22見〔美〕瑪麗・可琿（*Mary Calhoun*）作、洪炎秋譯《小貓荷馬》。
23見《小貓荷馬》四～五頁。
24見註13，三三頁。
25見註13，三四～三五頁。
26見註13，三八頁。

參考文獻

童話與散文詩　王爾德著　巴金譯（民79）　台北：東華書局
芳子的雛祭　石井桃子作　朱傳譽譯（民67）　台北：國語日報附設出版部

我的一生　安徒生著　李道庸等譯（民72）　四川：少年兒童出版社

兒童文學　林文寶等（民83）　台北：國立空中大學

兒童文學故事體寫作論　林文寶（民83）　台北：財團法人毛毛蟲兒童哲學基金

淺語的藝術　林　良（民65）　台北：國語日報附設出版部

懷念　林　良（民64）　台北：國語日報附設出版部

井底蛙　阿爾文・崔賽特著　林海音譯（民67）　台北：國語日報附設出版部

文學改良芻議　胡　適（民79）　台北：遠流出版公司

大俠・少年・我　桂文亞編（民82）　台北：聯經出版事業公司

烏龜大王亞特爾　修斯博士著　洪炎秋譯（民66）　台北：國語日報附設出版部

貓王的故事　湯姆・洛賓遜著　祁致賢譯（民66）　台北：國語日報附設出版部

馬頭琴　莊展鵬著（民81）　台北：遠流出版公司

新注全本安徒生童話　葉君健譯（民81）　遼寧：少年兒童出版社

兒童故事原理　蔡尚志（民83）　台北：五南圖書出版公司

兒童故事寫作研究　蔡尚志（民81）　台北：五南圖書出版公司

小貓荷馬　瑪麗・可琿著　洪炎秋譯（民62）　台北：國語日報附設出版部
小說創作技巧描述　劉安海（民77）　湖北：華中師範大學出版部
山地故事　蘇樺（民81）　台北：幼獅文化事業公司

The Simple Language Expression and the Narration of Modern Fantasy

Shang-Chih Tsai

National Chiayi Teachers College

ABSTRACT

The words the writer used in the creating expression of modern fantasy should be simply expressed smoothly perceptive easily understandable, and charmingly attraction for children in reading.

The outline of this essay is divided into four parts in discussion: first, the interpretation of the reasons why the simple language expressions should be faken in creation by modern fantasy writers; second, the analysis of the traits and effectiveness; third, the explanation of the training skiels in using simple words in the creating process; last, the holistic study of the writing skills in the expression of simple language in modern fantasy.

The main purpose of this essay is to indicate the modern fantasy writers to crasp the traits and principles of simple language epression and put them into practice, so that they can practically take good use of the skills in creation in the effect that the higher levels of the modern fantasy creation can be enhanced. For this, the analytical inter pretations of some famous samples in this essay are necessarily making sense of the colleboration of their better use of simple language and the narrativen skills in modern fantasy. It is hoped that the readers can be helpful in the constructive experience of the better enlightnment of them.

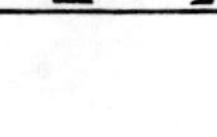

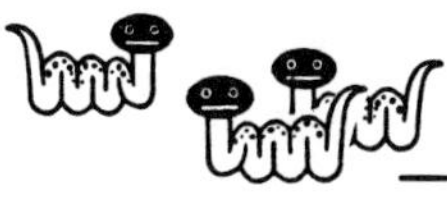

國家圖書館出版品預行編目資料

童話創作的原理與技巧／蔡尚志著.
--初版.—臺北市：五南，1996［民85］
面；　公分
參考書目：面
ISBN 978-957-11-1178-0（平裝）
1.童話 - 寫作法
815.901　　　　　85006008

1IV6 應用文系列

童話創作的原理與技

作　　者 — 蔡尚志
發 行 人 — 楊榮川
總 經 理 — 楊士清
副總編輯 — 黃惠娟
責任編輯 — 蔡佳伶
出 版 者 — 五南圖書出版股份有限公司
地　　址：106台北市大安區和平東路二段339號4樓
電　　話：(02)2705-5066　傳　　真：(02)2706-6100
網　　址：http://www.wunan.com.tw
電子郵件：wunan@wunan.com.tw
劃撥帳號：01068953
戶　　名：五南圖書出版股份有限公司

法律顧問　林勝安律師事務所　林勝安律師

出版日期　1996年 6 月初版一刷
　　　　　2018年 3 月初版二刷

定　　價　新臺幣380元